献给我的亲人——

我的妻子曾芳玲女士，

我们的双胞胎儿子祝起禛和祝起祾。

祝凤鸣

樱桃变黑之月

时代出版传媒股份有限公司
安徽教育出版社

图书在版编目（CIP）数据

樱桃变黑之月 / 祝凤鸣著. —合肥：安徽教育出版社，2019
ISBN 978－7－5336－8963－6

Ⅰ.①樱… Ⅱ.①祝… Ⅲ.①随笔－作品集－中国－当代 Ⅳ.①I267.1

中国版本图书馆CIP数据核字（2019）第163022号

樱桃变黑之月
YINGTAO BIANHEI ZHI YUE

出 版 人：费世平
质量总监：姚　莉
策划编辑：何　客
责任编辑：何换生　金　雯
助理编辑：黄晓宇
装帧设计：吴亢宗
责任印制：陈善军

出版发行：时代出版传媒股份有限公司　安徽教育出版社
地　　址：合肥市经开区繁华大道西路398号　邮编：230601
网　　址：http://www.ahep.com.cn
营销电话：(0551)63683012，63683013
排　　版：安徽时代华印出版服务有限责任公司
印　　刷：安徽新华印刷股份有限公司

开　　本：880×1230　1/32
印　　张：9.25
字　　数：250千字
版　　次：2019年12月第1版　2019年12月第1次印刷
定　　价：48.00元

（如发现印装质量问题，影响阅读，请与本社营销部联系调换）

目　录

辑一　人书滋演

3　一本书的自由之路

10　眷恋文明
　　——重读茨威格《昨日的世界》

18　断念与完成
　　——歌德的暮年之恋

25　赫尔曼·黑塞的中国智慧

39　樱桃变黑之月
　　——《黑麋鹿如是说》与语言感悟

44　钓鱼，如写诗，亦如数学
　　——沃尔顿《钓客清话》读后

51　去年之雪今安在
　　——《劫余录》中的凄婉恋曲

59　童年之花
　　——《动画中国》的启迪

67　双璧交辉
　　——关于《乃正书昌耀诗》

74　记忆塑造未来

80　除夕六祖镇

84　流光共徘徊

辑二　光影证验

91　他承担了作为人的责任
　　——纪念克洛德·朗兹曼

101　圣像画折射的俄罗斯灵魂
　　——电影《安德烈·鲁勃廖夫》与《三圣像》

110　影评九篇

135　光影里的文学大师

140　在家的乡愁

145　迷恋与回响
　　——方汉君《看不见的电影》序

150　电视纪录片中的"现实"与"真实"
　　——纪录片《我的小学》编后感

153　面包与郁金香
　　——纪录片中的叙事策略与主观感受

157　锐度、广度与转换
　　——中国新现实主义电影之思

173　作者表达与精品电影

辑三　丹青省识

187　黄山，璀璨的画卷

197　东方性灵之光
　　——《洪凌油画集》前言

207　此去吴江三千里
　　——高居翰的文化意义

214　迷梦的诗心之旅
　　——郭凯和他的油画

221　柔厚之美，忧思之心
　　——罗朗绘画印象

227　在凝重与温婉中重塑故乡
　　——俞宏理与黄山绘画

234　惊悚与沉迷
　　——薛峰油画新作展《夜空无声》观后

辑四 诗陌花馨

239 诗与群
——二十世纪八十、九十年代中国诗人交流一瞥

258 我与诗,一份回忆

263 做一个诗的禁欲主义者
——托马斯·特朗斯特罗姆获诺奖有感

270 自画像中的心灵景象
——冯晏和她的诗

279 诗人与批评
——凌越与《寂寞者的观察》

283 雄辩与依偎
——读吴少东诗歌有感

288 把岁月打翻的灯盏搂进怀里
——许敏近作读后

辑一　人书滋演

一本书的自由之路

纽约花红草绿的春天来了。1920年4月7日,一位内心迷茫而又热烈的青年在哥伦比亚大学买了一本英文书,并顺手用蓝黑色钢笔在扉页上签名如下:"C. H. Hsu, April 7, 1920. C. U."

买下这本书的春天,徐志摩赴美留学已经两年。这一年,他二十四岁。和我们今天想当然的预期不同,徐志摩这时还没写过一行诗;从诗歌对创作者年龄的严格要求来看,他显然也不是一位早慧的诗人。他的第一首诗《草上的露珠儿》,还要等到来年深秋才能写出,在另一个雾霭迷漫的岛国。

据家谱记载,徐姓家族里从明代永乐年间以来,还没有人写过半句可供传诵的诗歌。买槎出海,远赴美国,徐志摩也不是为了写诗,而是为了子承父业——父亲花费了毕生心血经营布厂、电灯厂,总得有个接班人。除实业救国之外,徐志摩还给自己定下一个目标,那就是要做中国的汉密尔顿,将来在政治、金融两个领域施展抱负。

两年前,1918年夏天,从初出国门的那天起,徐志摩就难耐心中爱国激情。在赴美的轮船上,他几乎彻夜未眠,奋笔写就《启行赴美文》,并且在晨风中拍打甲板长栏高吟,这略显夸张的举动,惹得同船的汪精卫暗自惊叹。

初入克拉克大学,徐志摩便加入学生陆军训练团,挖战壕,练射击。在寝室,他和室友们早晨举行朝会,晚上合唱国歌,借以激发爱国热情。远隔万里，徐志摩为国内的"五四"运动而激动。"一战"停息的那天晚上，美国举国欢庆，徐志摩也兴奋不已，连夜给梁启超写信。这封信里，他谈古论今，满腹家国之思、世界风云。

1919年6月，徐志摩获一等荣誉奖，从克拉克大学毕业。接着，他在哥伦比亚大学入经济系念硕士生，不过此刻，徐志摩似乎对经济学理论并没有很大的兴趣，依旧热衷于政治和时势。那时，他读尼采、马克思、克鲁泡特金、罗斯金、欧文的著作。

直到1920年4月，徐志摩买下那本改变他命运轨迹的书：*PROPOSED ROAD TO FREEDOM*，也就是罗素的《通往自由之路》（徐志摩译为《乐土康庄》）。

罗素的这本书刚刚在纽约出版，在前言中，罗素写道："本书试图以很短的篇幅概述需用长篇文字能讨论的论题。全书完成于1918年4月，不久之后，我便开始了一段囚徒生活。那个时候，谁也不敢妄断战争会在新年来到之前结束。和平实现了，重建问题随之来临……"

罗素，这位英国哲人，心怀正义，睿智而又温情，强烈的社会关怀加上多姿多彩的博大胸襟，使徐志摩沉醉不已。实际上，在《通往自由之路》之前，徐志摩还读过罗素1916年出版的《社会改造原理》。但《通往自由之路》这本书，简直把未来的诗人迷住了。徐志摩日后用如下诗意的话语评介罗素的思想，说它就像"夏日黄昏时穿透海上乌云的金色光芒——冷静、锐利、千变万化"。

受金色光芒牵引，徐志摩决定放弃继续在哥伦比亚攻读博士学位的计划，跨过大西洋，远赴英国，师从罗素。他要跟这位"二十世纪的伏尔泰认真念一点书去"。

"四月，是个残忍的月份"，也是寂寞懵懂之月。

就在1920年4月徐志摩买下《通往自由之路》、心仪英伦之时，有一位十七岁的少女刚刚来到伦敦，正独自一人一边看雨，一边吃饭，一边咬着手指头哭泣。

父亲林长民担任"国际联盟同志会"的总干事，远赴瑞士"国联"开会，把林徽因一人丢在伦敦，美丽的少女倍感孤单。她在以后写给朋友的信中，谈到当时的情况：

> 我独自坐在一间顶大的书房里看雨，那是英国的不断的雨……我在楼上，嗅到顶下层楼下厨房里炸牛腰子同洋咸肉的味儿。晚上，又是在顶大的饭厅里（点着一盏顶暗的灯）独自坐着（垂着两条不着地的腿和刚刚垂肩的发辫）一个人吃饭，一面咬着手指头哭——闷到实在不能不哭！理想的我，老希望着生活有点浪漫的事发生，或是有个人叩门走进来，坐在我对面同我谈话，或是同我同坐在楼上炉边给我讲故事。最要紧的还是有个人要来爱我，我做着所有女孩做的梦。而实际上却只是天天落雨又落雨……

那个浪漫而爱她的人，此刻还在大西洋彼岸，还要等到初秋，等到9月24日，才跳上伦敦白雾茫茫的码头。

二十世纪九十年代中期，一个冬天的傍晚，我骑车经过合肥桐城南路与南一环路交口的曙光新村门口，被马路边上的一堆英文旧书吸引。

挑选了几本十九世纪小说后，我再随手打开一本暗红色的布纹精装书，扉页上除了古旧的英文钢笔签名外，下方还有一处印章，椭圆形，深蓝色，外圈带细小齿轮，上书"志摩遗书"，精湛而醒目。在该书第二页，又见一椭圆形蓝色印章，刻有"松坡图书馆"字样。

这是徐志摩当年买的那本书吗？事后我仔细查看，这本英文书的确是罗素1919年在纽约出版的《通往自由之路》，上方的钢笔签名是

"C. H. Hsu，April 17，1920. C. U."。可是，"C. H. Hsu"是什么意思？它显然不是汉语拼音，莫非是徐志摩的英文名字？这本书怎么流落到了合肥？松坡图书馆是个什么图书馆？徐志摩遗留的书籍还有别人收集到吗？

在我的书架上，这本书一放就是十多年。2006年，在诗友西川新出的一本文集《深浅》中，我读到一篇《与书籍有关》的散文，文中谈到他在北京各旧书店东挑西拣，收藏的诸多旧书中，就有一本打着"志摩遗书"蓝色椭圆形印戳的牛津版《十九世纪英语文论选》，徐志摩的圈圈点点跃然纸上。看来，当年徐志摩的藏书的确没有保护好，在国内各处流传。

2008年，在北京我与西川相遇，老朋友只顾叙旧，我全然忘却核实徐志摩旧书上的英文名字。

"如其我到美国的时候是一个不含糊的草包，我离开自由女神的时候也还是那原封没有动。"1920年9月，徐志摩完成了满怀理想的旅行，来到伦敦。但是，现实往往和理想相差很远——徐志摩渴望拜师罗素的伦敦之行，完全是一次鲁莽的决定。

到了伦敦，徐志摩却没有找到罗素。罗素，这位名噪一时的哲学家，由于在"一战"时主张和平，加之与妻子阿鲁丝离婚，已被异常苛严的剑桥大学撤销讲师职务，此时已远赴苏俄和中国访问。罗素1920年10月从上海进入中国，并任北京大学客座教授，时间长达一年之久。

雾都一厢情愿的导师不在，徐志摩倍感无奈。然而，正是这次"错位"的旅行，使得徐志摩有机会认识林徽因。到伦敦后一个多月，也就是1920年11月19日，在伦敦国际联盟协会会议上，徐志摩结识了英国学者兼作家狄更生，还有林长民和他的女儿林徽因。

与林徽因相遇，徐志摩可谓一见钟情，神魂颠倒。但这场单相思极为短暂,速战速败。这次邂逅,不止改变了徐志摩的一生,也点燃了中国浪漫派诗歌的火种——徐志摩开始写诗了,从此,中国多了一个诗人,也多了一个浪漫缠绵的爱情类型。

1921年春天,由于狄更生的热心举荐,徐志摩终于获得了剑桥大学国王学院特别生的资格。随后,是诗人独自缔造的剑桥神话;再随后,是林徽因变成《再别康桥》里诗人作别的"西边的云彩"。

最近,因从事艺术批评工作,我着手研究英国形式主义批评大师罗杰·弗莱的理论,并系统阅读关于伦敦布鲁姆斯伯里文化圈的著作。作为该文化圈的核心成员,罗杰·弗莱因其年长,加之知识渊博,为同道所敬重。

现代美学的第一命题"有意味的形式",术语是克莱夫·贝尔创造的,但罗杰·弗莱首先给予了系统的理论阐明。罗杰·弗莱对中国艺术,特别是青铜器情有独钟,他认为文明世界的两极,中国和欧洲,有很多相似之处。

也主要为了研究罗杰·弗莱,在合肥三孝口爱知书店,我买了一本旅欧学者赵毅衡的著作《对岸的诱惑》。在该书中,作者提到徐志摩与罗杰·弗莱一段交往逸事——徐志摩曾赠送罗杰·弗莱一幅十九世纪初年中国女画家的画,罗杰·弗莱也还赠一幅自己的作品,随后被徐志摩带回中国,据说画的正是当初帮助徐志摩进入剑桥大学的狄更生。

在赵毅衡这篇文章中,无意中的一个发现,使我很是兴奋,那就是徐志摩的英文名字。赵毅衡书中的原话是"《弗莱书信集》中提到 C. H. Hsu,编者注'中国诗人,1921—1922剑桥学生',所以 H 是 M 之误,手写不清楚"。

由此看来,罗杰·弗莱的记载是准确的。赵毅衡虽在伦敦遍查资料,还是将 C. H. Hsu 当作 C. M. Hsu,将徐志摩的英文名当作了拼音。也由此可以推测,赵先生在英国没有见过徐志摩亲笔签名的藏书。

为了弄清罗素《通往自由之路》在当代中国的传播,上网搜寻中,我再一次感到意外。2003年西苑出版社和2005年文化艺术出版社两个中文版的罗素的《自由之路》(即《通往自由之路》),都是我以前安徽省社会科学院的同事和好友李国山翻译的。

年华迢迢,往事浮上心头。当年,我和李国山,还有在中国科学技术大学任教的方刚,时常聚会,为罗素的学生与朋友维特根斯坦而激动。我们曾有动议,编一本关于维特根斯坦生活和学术相结合的书,但最后还是不了了之。后来,李国山考入北京大学,攻读博士学位。有年夏天,我们三人兴致勃勃在国山的合肥家中观看他刚从德国带回的一盘录像带——德里克·贾曼导演的《维特根斯坦》,他还谈起在德国一本杂志上看到我的诗歌。

一个夕阳殷红的下午,我曾在北大拜访过李国山,只知道他正在撰写关于维特根斯坦的博士论文,并且说起在翻译罗素,只不过当时我不清楚他翻译的正是这本《通往自由之路》。随后,李国山赴南开大学哲学系教书,一别经年,各自忙碌,我们很少联系。方刚从复旦大学博士毕业后,见面也不多,只是偶尔在合肥绩溪路一家卖电影碟片的小店邂逅。

1920年,徐志摩携带《通往自由之路》,在伦敦没有见到罗素,随后,康河的柔波开启并折磨着诗人的性灵。1928年的一个夏夜,诗人重回剑桥,终于如愿以偿,在罗素家逗留了一夜。之后,他独自伫立剑河边,往昔情事,纠缠心灵。同年11月6日,在归国海轮上,徐志摩写下名诗《再别康桥》。三年后的一个秋天,从南京赴北平的途中,飞机失事,徐志摩不幸遇难,死于泰山脚下,时年三十五岁。徐志摩去世后,他的藏书有一部分入藏"松坡图书馆"。"松坡图书馆"

始创于 1923 年，由梁启超等人为纪念蔡锷将军而建，以蔡锷将军的字"松坡"命名，是中国近代较早的一座私立图书馆，也是北京图书馆前身。

2008 年，为纪念《再别康桥》诞生八十周年，剑桥大学在剑河之畔为徐志摩立了一块诗碑——在一块白色大理石上，用中文镌刻着《再别康桥》的开始与末尾共四行诗句。2014 年秋天，当我在剑桥大学国王学院的河边草地上见到这块诗碑时，树叶正飘落地面，天鹅游弋于秋波，柳影交错的康河上，似乎还积攒着轻烟般的离愁；我也记得，那天黄昏打车赴剑桥城郊 All Soulslane 墓园，寻觅维特根斯坦墓地时的寂寥与孤清。

如今，这本 1919 年出版的 *PROPOSED ROAD TO FREEDOM*，历经整整一百年时光，静静平躺在我的案前。我再次展纸察看，除了徐志摩墨色陈旧的签名外，内页干干净净，没见眉批和旁注。

我忽发奇想，像许多藏书家一样，或许徐志摩当初曾买了两本《通往自由之路》。一本供他描描画画，仔细研读，并渐渐融化在他的心里。另一本，则开始它自由而又神奇的旅行，从美国到英国，从英国到北京，再从北京到合肥，最后停在我的书桌上——在夜深人静时分，告诫我，这个物质涌动的人世上，曾经还有过哲人的忧思，有过强权下不屈不挠的自由思想，也有过青年的热望——的的确确，曾经，我们内心也有过贵重的、智性的追求。

2008 年 9 月作
2019 年 9 月改

眷恋文明

——重读茨威格《昨日的世界》

诗人柏桦在追忆亡友张枣时,有过如下描述:在1983至1986年那段逝水韶光里,他和张枣最心爱的话题就是谈论诗艺。他们每次见面都不敢超过三天,否则会因交谈而休克或发疯。这种俄罗斯浓荫般的长谈,一如蒲宁在某篇文章里所述——只有在赫尔岑和屠格涅夫青年时期的浪漫岁月里才会有,那时人们往往彻夜不眠地畅谈美、永恒和崇高的艺术。

对美的偏狂,对文化的热爱,对艺术近乎荒唐的过分推崇,往往发生在一些特定的年代。对于我们这代人来说,是二十世纪八十年代。对于斯蒂芬·茨威格而言,则是第一次世界大战之前。

1991年秋天,我在南京买到《昨日的世界》这本书。"一个欧洲人的回忆",这个朴实的副标题使我心仪,封面上三架蓝色的飞机又隐藏着不安。在嘈杂的南京火车站候车室,在去安徽马鞍山的列车上,我几乎是急不可耐地将这本书读完。

其时,我着迷于德语诗人里尔克,并读过一本德国作家霍尔特胡森的里尔克传记。《昨日的世界》里,有大量的作者与里尔克交游的细腻描绘,正好满足我对诗人肖像的清晰渴望。

日月逝矣书长在。今天,《昨日的世界》有了新译本。重读此书,我依旧怦然心动。掩卷思量,这本书到底是什么感动我?该书除了披露众多文化大师鲜为人知的生活轶事外,我发现更为重要的,是茨威格那种庄严、舒缓的语调。

在评论卡瓦菲斯时，W. H. 奥登曾经说过："我读过许多不同译者译的卡瓦菲斯的诗，但每一首译诗都可以立即被辨认出来，那是卡瓦菲斯的诗。那么，到底是什么东西保留在卡瓦菲斯的诗的翻译里？为什么它还能那样激动我们？我只能很不恰当地说，那是一种语调，一种个人的谈话。"

就我阅读的众多作家回忆录而言，茨威格的这种语调的确很少见。比如，同是生前最后一本著作，海明威的回忆录《流动的盛宴》就太风格化——他设计了太多对话，太事雕琢。在聂鲁达的《回首忆沧桑》中，语言华丽，作者似乎又被一种奇特的政治热情所牵扯。如此等等，不一而足。

卡瓦菲斯对诗歌所持的态度是贵族式的，这点和里尔克相同。茨威格也是这样，由于他的出身，也可能由于年少时奠定的美学趣味，他朴素、清澈的文字，蕴含着一种高贵、谦逊、肯定的力量，隽永而流畅。因而茨威格描绘的世界沉沦画卷更为完整，也更为凄凉。

隐藏在这种清晰、温婉语调后面的，其本质到底是什么？我想，只能是一种心灵状态，一种古典情怀，一种磨灭自我的修养，还有对世界整体文明的深度迷恋：

> 我从未把我个人看得如此重要，以致醉心于非把自己一生中的经历向旁人讲述不可……我让自己站到前边，仅仅是作为一个放幻灯的解说员，为时代提供的画面作些解释而已……

开宗明义，茨威格在回忆录中要展示的是整整一代人的遭遇，而不仅仅只是呈现自我。

1881年，茨威格出生在维也纳一个犹太家庭。他的父亲克勤克俭、小心谨慎,渐渐变成一名富商。从孩提时代起,茨威格就未曾见过父亲急匆匆上下过楼梯,或者有过任何明显的慌慌忙忙的举止。

维也纳,奥匈帝国的首都,自哈布斯堡王朝以来,一直是一座富裕繁华的文化都市。"世界文学"和"世界城市"的概念,最早由歌德提出。在与爱克曼交谈时,歌德说的世界城市是十八世纪中叶的罗马和巴黎。和巴黎一样,十九世纪末二十世纪初的维也纳,也是一座极富精神气质的世界城市。

维也纳,七颗不朽的音乐巨星——格鲁克、海顿、莫扎特、贝多芬、舒伯特、勃拉姆斯、约翰·施特劳斯都曾在这里照耀世界;欧洲文化的各种潮流都在这里汇集;天才们将各种文化熔于一炉;对艺术尤其是对音乐、戏剧的狂热,遍及社会各阶层:

> 一个普通的维也纳市民每天早晨看报的时候,第一眼看的不是国会的辩论或者世界大事,而是皇家剧院上演的节目……一个最贫穷的维也纳人也具有某种对美的本能要求,这是维也纳的自然景色和维也纳人的人生乐趣对他的生活熏陶所致。

太平盛世,生活富足,人心融洽,对文化兼容并蓄,如此环境使茨威格渐渐成为一名超民族主义者,一个世界主义者,一个世界公民。成为世界公民,并不是一个空泛的概念,其本质,就是对各种文化的狂热之爱。

从中学阶段起,茨威格就像发烧似的想了解文艺领域所发生的一切。这种敏感而充满曙光的气息,和中国二十世纪八十年代大学校园的文学青年很接近——

在拉丁文语法书的封皮里夹着里尔克的诗,数学练习本则用来抄录最优美的诗歌;老师在讲台上念席勒《论素朴的诗和感伤的诗》

时，学生就在课桌底下看尼采和斯特林堡；有一种先入为主的偏见，瞧不起女性的智力，不愿意把自己宝贵的时间花在肤浅的闲扯上；对一切体育运动都不闻不问，甚至瞧不起，觉得那是白白浪费时间……茨威格有言，那个时代，摔跤、田径协会、举重纪录，这一切还都是城市郊外发生的事，参加者乃是屠夫和搬运夫之流。

对世界文明的执着追求，使青年茨威格走出奥地利，继而走出欧洲，游历世界——过一种世界性生活，乃是茨威格的梦想。茨威格一生到过印度、苏联、东南亚和非洲，两次踏上美洲，横越美国东西，最后寄居巴西。欧洲的德国、法国、荷兰、比利时、瑞士、英国、意大利，更是常来常往，如同第二故乡。

在世界各地游走，加上他热情正直的个性，对人和人性的尊重以及好奇，使得茨威格的朋友遍及世界。

茨威格一生结识了无数举世闻名的音乐大师、各色流派的不朽诗人、独具个性的画家、杰出的小说家和戏剧家、伟大的思想家和学者——霍夫曼斯塔尔、维尔哈伦、罗曼·罗兰、里尔克、弗洛伊德、瓦格纳、托斯卡尼尼、詹姆斯·乔伊斯等人都是他的好友。上述名单之外，《昨日的世界》中还可以看到高尔基、瓦雷里、纪德、罗丹、叶芝、萧伯纳、威尔斯、皮兰德娄、克罗齐、霍普特曼、法朗士、巴比塞、达利、卢那察尔斯基、梅列日科夫斯基……

在茨威格对众多文化名人的回忆中，我印象最深的有：十六岁时，他与霍夫曼斯塔尔的初次晤面；大学时代，专程去布鲁塞尔拜见诗人维尔哈伦；二十五岁时，在巴黎与里尔克多次漫游，如切如磋；与罗丹的首次见面，罗丹家的简单饭菜，雕塑家全神贯注的工作状态；在伦敦北郊的一栋住宅里，与临终的弗洛伊德的静谧交往。

使我感动的是，对所有同时代文艺大师的回忆，茨威格都是饱含真情，都是由衷的赞叹和心迹缕缕的温暖述说，几乎看不到他对任何朋友一丝一毫的埋怨和怀疑。

对茨威格来说，昨天与今天、人间与地狱的分界线，就是第一次世界大战。战争就像一场森林大火把动物驱赶出安乐窝一样，扼杀了人的内心安宁，内在的专心致志。他特别强调说，第一次世界大战"使我们的世界在道德方面倒退了将近一千年"。

"一战"刚刚爆发，茨威格就写了一篇题为《致外国友人》的文章。在这篇文章里，他表达自己的信念……忠于一切在外国的朋友。尽管现在相互之间不可能建立联系，但只要有机会，将重新和朋友们一起重建欧洲的文化。

在炮火纷飞的年月，茨威格过着隐居生活，埋头写作。除小说之外，出于对前辈或同辈大师的尊崇，他开始撰写了一系列作家传记，旨在从过往大师精神中，挽留文明的星星之火，砥砺自我，确认自己的位置。

耐人寻味的是，其时，欧洲各种现代派思潮涌起，表现主义者、唯意志论者、实验主义者都曾登上文坛，但是，三十六岁的茨威格宁愿被表现主义者称为"业已消逝的老一代作家"，也不改变自己的艺术追求，即文艺之路，当矢志不移为人的心灵晓然敞开。

在一部小说中，一部传记里，或者在一场思想意识的辩论中，茨威格都力避任何冗长烦琐，空泛铺张，晦涩朦胧，含混不清，以及一切的画蛇添足之处。他认为宁可缩短篇幅，也一定要字字精粹，明白易晓。茨威格甚至经常向出版商阐述他的那项大计划——把全部世界名著，包括从荷马、巴尔扎克、陀思妥耶夫斯基等人的作品，直至托马斯·曼的《魔山》，进行彻底缩写，去掉个别累赘的部分，出版一套缩写本丛书，给时代产生新的活力，发挥更大的功效。

也是基于对文明的过分惦念，从中学时代起，茨威格就开始收藏名人手迹，从此，他花费了大量的心力财力，成为一生的爱好。

茨威格的收藏成绩显赫，弥足珍贵。他收藏的歌德手稿，可以勾勒歌德一生的创作轮廓——从歌德九岁时一篇拉丁文译文手稿，到

《浮士德》一页双面对开页的手稿，一直到歌德去世前八十二岁时作的一首诗的手稿；他还收藏有布莱克的铅笔画，贝多芬临终前的画像真迹，达·芬奇的工作笔记，拿破仑的军事命令，尼采《悲剧的诞生》的鲜为人知的最初手稿，还有莫扎特、巴赫、格鲁克、亨德尔、勃拉姆斯、贝多芬、巴尔扎克等大师的手稿。

茨威格的手稿收藏中，还有众多朋友的馈赠：罗曼·罗兰送给他一卷《约翰·克利斯朵夫》的手稿，里尔克送他《旗手克里斯多夫·里尔克的爱与死之歌》的手稿，高尔基送给他不少草稿，弗洛伊德送给他一篇论文的手稿……

可是，随着"二战"爆发，茨威格的收藏乐趣随之消失。他不得不向曾经视为骄傲和热爱过的一切告别。

作为一位人道主义者、和平主义者、世界主义者，茨威格的思想无疑会遭到纳粹的排斥。1933年4月23日，希特勒政权在报上首次公布包括四十四名德语作家在内的禁书名单，其中就有斯蒂芬·茨威格的名字。他的书籍被纳粹分子从图书馆和书店里抄走，他的家受到无端搜查。

茨威格从此流亡国外，开始移居伦敦。1939年，随着英、德宣战，他又远渡重洋，逃亡到巴西。

自1938年奥地利被希特勒占领后，茨威格看到，世界对惨无人道、无法无天和野蛮残暴都习以为常了，那是几百年都未曾有过的现象。他认为，在二十世纪犹太人的悲剧中，最为悲惨的是，他们无法找到自己遭遇这种悲剧的原因，他们不知道自己有什么罪过。在中世纪遭到驱逐的犹太祖先们，至少还知道他们是为了自己的信仰受难。

"从未有过像我们这样一代人，道德会从如此高的精神文明堕落到如此低下的地步。"作为迫不得已的历史的见证者，茨威格在没有任何资料的环境下，试图通过自己的回忆，重构往昔的生活。

《昨日的世界》，实际上是一份详细的绝命书，也是为自己营造的一座坟墓——他将安顿在这里,坟墓一如故里。这里,保存着最后的精神家园,因为那个真正的家园,古老的欧洲的家园早已丧失。

里尔克有一个观点,认为人的一生中最难掌握的一门学问是"告别"。该如何向亲人或朋友告别呢?里尔克用他的一生在学习这门告别的学问。之后,曼德尔施塔姆在其一首诗中亦唱道:"我得学习告别的学问。"

是告别的时候了。在茨威格自杀前几天,传来新加坡沦陷的消息,此时此刻,他进一步感到心力交瘁,虽生犹死。

1942年2月22日,在里约热内卢近郊的佩特罗波利斯小镇的寓所内,茨威格给前妻写了一封信,再写下遗言后,与第二任妻子阿尔特曼服了超量巴比妥后,便一起躺下,离开了这个世界。

这是一次精心营构的告别。我曾经仔细凝视过茨威格夫妇自尽时的照片,平静而又充满尊严:两个单人床边的小桌子上,一盏台灯,一瓶矿泉水,一个茶杯,一盒火柴,还有三个硬币。茨威格穿着短袖衬衣,打着领带,他妻子浴后穿一件和式印花晨衣,头枕着茨威格的肩部,夫妇俩双手轻轻相握。

我也曾久久默念过茨威格的遗言,内心感叹良多:

> ……自从我的母语世界沦亡和我的精神家园欧洲自我毁灭之后,我已没有什么地方能重建我的生活。
>
> 如今我已年过六十,要再次重新开始一切生活,需要非凡的力量。所以我认为,能把为我带来最纯真快乐的精神劳动和个人的自由,视为天下最宝贵的财富固然好,但是我的力量已在无家可归的漫长漂泊中消耗殆尽,因此及时和有勇气结束自己的一生,岂不更好。
>
> 我向我所有的朋友们问候!愿他们在漫长的黑夜之后还会看到朝霞!而我,一个过于缺乏耐性的人先他们走了!

茨威格遗言里的语调，静穆而又新鲜，苦涩而又甜蜜，与《昨日的世界》一脉相承。

实际上，这种眷恋文明、也缔造文明的语调，一直代代相传。至少在二十世纪，一直隐隐约约贯穿在里尔克、曼德尔施塔姆、卡瓦菲斯、W. H. 奥登、布罗茨基、米沃什等诗人的诗歌中；也贯穿在塔可夫斯基、帕拉扎诺夫、索库诺夫、伯格曼、布列松、贝拉·塔尔、罗伊·安德森、安哲罗普洛斯等人的电影里。

如今，离我初次阅读《昨日的世界》，转眼已快三十年过去了。二十世纪八十年代，虽然是个脆弱的年代，但至少还充满理想和精神追求。我清楚记得，在阅读此书前一年，也就是1990年9月，我和诗人杨键第一次拜访柏桦，在南京农业大学一间简陋的单身教师宿舍，我们喝着一种名为"分金亭"的白酒，在秋天的深夜还在一直谈论着曼德尔施塔姆——其时，曼德尔施塔姆有一句话使我们心存敬意，那就是某次有人请他给他所属的文学运动"阿克梅主义"下一个定义，曼德尔施塔姆回答说："是对世界文化的眷念。"

历史是一面不断移动的镜子。如今，世界早已是光怪陆离、瞬息万变，在不断加速的物质漩涡里，人们苦苦摔打着，精神也只剩下闪烁的微光。茨威格，这个内心敏感的作家，如果活在现今，面对今日的世界，他又将如何述说？

2011年1月

断念与完成
——歌德的暮年之恋

在《亲和力》中,歌德借奥狄莉的日记,表达了如下观点:"我们的激情真是火中的凤凰,老的自焚而死,新的随即又从灰烬中诞生。"

作为情感大师,歌德从少年伊始,直至暮年,一直都被这死而复生的"凤凰"所挟持——从十七岁爱上酒店店主的女儿凯特卿,直至七十四岁,与十九岁少女乌尔莉克产生炽热恋情。

尤其是歌德最后一段暮年之恋,每每令人慨叹,激发人们遐思。一百年前,托马斯·曼就想以"歌德在马里恩巴德"为题写篇小说,后因某种顾虑而改弦易辙,写出中篇杰作《死于威尼斯》;茨威格在《人类群星闪耀时》一书中,有长文刻画出这奇异之恋的绚烂时刻;2007年夏天,德国作家、八旬老翁马丁·瓦尔泽,也以歌德这段暮年恋为主题,写出小说《恋爱中的男人》,一时好评如潮、持续热销。

马里恩巴德的故事,在德语文学圈内几乎尽人皆知,同时也是歌德研究中的一大悬案。七十四岁的魏玛公国枢密顾问,一厢情愿爱上姿色平平的十九岁少女,并向她求婚,是老不自持、为老不尊?还是情之所至、令人同情称叹?在今天,晚年歌德的激情,老诗人对情感的处理方式,以及它所缔结的果实,又给我们怎样的启迪?

近两百年时光迅疾划过,黄昏的火烧云还在波西米亚的天空灼灼燃烧……

马里恩巴德以温泉著称，在今捷克共和国西捷克州一带，也就是传统上说的波西米亚地区。1818年，这里开始成为矿泉区，随后建起了一座座旅馆、浴场、疗养院，来过这里的名人除歌德外，还包括随后而至的爱德华七世、肖邦、瓦格纳、易卜生、卡夫卡，等等。

十九世纪前二十年，歌德几乎每年都要去波西米亚休假、疗养。之前，他一直是去卡尔斯巴德，1821年，歌德另觅新地，于是来到马里恩巴德。

在马里恩巴德，歌德租住在莱佛佐太太家。十多年前，歌德曾向这位妇人献过殷勤，他把她看作潘多拉——其时她刚离婚，带着三个女儿，长女乌尔莉克尚年幼。如今的乌尔莉克，已从昔日女童长成曼妙的少女。

少女有一双淡蓝色的眼睛，褐色卷发，论姿色，是歌德众多的女友中最不漂亮的。但在丧妻五年的鳏夫诗人看来，乌尔莉克却是一枝含苞待放的花蕾。遗憾的是，这枝"花蕾"尚在沉睡之中，对眼前的文坛巨匠一无所知，她读不懂他的书。离别后，两人以父女相称，颇显亲热。

第二年，也就是1822年6月，歌德又去马里恩巴德，在莱佛佐太太家住了五周。"美丽而忠实的女儿"常常陪"父亲"散步。温泉区风景优美，气候宜人，云杉树高高耸立。随着初夏气温升高，老诗人的内心也渐渐炽热，他不知不觉地爱上了乌尔莉克。

1823年2月，歌德患了一场大病，从死神手里夺回生命后，诗人也夺回了一颗返老还童之心。这年6月，歌德第三次到马里恩巴德疗养，并入住在莱佛佐太太家对面的"金葡萄"旅社。一起疗养的人们惊奇地发现，这个七十四岁的老翁，一改平日沉默寡言、神色严峻之态，直至深夜还和女人们一起溜达，并在舞会上翩翩起舞——"昔日的维特"又回来了，只不过这次带来的是"老年维特的烦恼"。

沦入爱的漩涡之后，歌德像一个情窦初开的男孩，刚一听到林荫道上的笑声,就放下工作,不戴帽子也不拿手杖,急匆匆跑下台阶,去迎接那个活泼可爱的乌尔莉克,像一个少年似的向她献殷勤。

火山般的情感震颤,内心难耐的激情,歌德决定要解决一切,娶十九岁的乌尔莉克为妻。7月,魏玛公国的卡尔·奥古斯特公爵也抵达温泉区,歌德请他帮忙。公爵只好身披绶带,代老诗人向少女求婚。

随后,是乌尔莉克母亲的语焉不详,委婉敷衍。再随后,是少女一家从马里恩巴德去卡尔斯巴德,歌德亦尾随而至。8月28日,诗人在那里度过了自己七十四岁生日。

9月5日清晨,秋风习习,在揪心等待、不明所以的情况下,歌德离开卡尔斯巴德返回魏玛。马车滚滚向前,原野一片寥廓,一如老人的孤寂之心。歌德纹丝不动地坐在车厢里。随后几日,在马车里,在驿站中,歌德一直都在写诗……到达魏玛时,一首诗作完成了,这就是晚年歌德最沉雄有力的抒情诗《马里恩巴德悲歌》。

对于歌德晚年的这件情感轶事,历代都是仁者见仁,智者见智。歌德一生爱过很多女子,到了晚年,仍不减对女性的爱恋——六十一岁时,爱上了二十岁的少女贝蒂娜,她是歌德过去情人的女儿;六十六岁时,爱上三十一岁的玛丽安娜,一位法兰克福银行家好友的妻子。但这几次恋情,除了激发自己的创作外,诗人都处于克制状态,情感很快冷却下来。

唯有七十四岁时,与乌尔莉克的最后一次恋情,完全是一次不加节制的欲求,一次"原发性情感"的总爆发,这种充满自我摧残、享受和痛苦的激情,使他险些坠入赤贫的深渊——它那吞噬一切的火焰,也差点将老诗人烧成灰烬。

没有什么比不幸的爱情更让人同情,尤其是垂暮老翁的孤独之爱。我们完全可以将歌德的暮年之恋,理解为一个诗人激情人生的惯性使然,一种生命进入黑夜前的回光返照。但是,问题远不是这么简单。实际情况是，歌德不仅仅是在恋爱，而是向少女求婚，他要改变"生活"，实现一种"生活的"自由与冒险。

这其中，英国诗人拜伦的影响至为重要。就在1823年7月，歌德陷入苦恋之际，三十五岁的拜伦放下《唐璜》的写作，自意大利海岸出发，前往希腊，献身希腊抗击土耳其的解放斗争。临行前，拜伦给歌德去了一封信——在马里恩巴德，歌德展读这封感人肺腑、宛如临终"告别"的信件，倍受感染。拜伦闪闪发光、彻底自由的形象，在歌德情感紧张的日子里，促使他采取最后的决定：向少女求婚。

实际上，早在几年前，拜伦熠熠闪光的身影掠过欧洲时，歌德就感到震惊。古老的欧洲，经过多么漫长的时代，才第一次等到一位艺术家，他的生活比他的创作更光辉夺目。面对这位异邦年轻诗人，在情感和作品上，歌德颇具自信；但在生活的表层方面，诸如爵位、财产、女人、决斗、突变、旅游等等，歌德就自叹弗如——他自己太小心翼翼、克己内敛了。

迟暮之年，老诗人在"生活上"，自然想孤注一掷，想做出最后的搏击和抉择。

但是，歌德失败了，生命陡遇黯然神伤、悲怆哀诉的时刻。老诗人求婚的失败，到底是什么原因？诸多传记一直没有明晰的交代。

歌德去世后，乌尔莉克还活了六十七年，直到九十五岁离世。乌尔莉克终生未嫁，年老时，有一次她证实：当时，只要她母亲同意，她当然会接受歌德的求婚。

"当一个人痛苦得难以言语时，上帝让我倾诉我的烦恼。"激情受阻，痛苦涌出，不幸的时刻，歌德的智慧在于他果然断念，选择了克制，并勇敢地说出自己的痛苦，让痛苦开出花朵，让爱欲变成诗歌。

失恋后的歌德，将内心灼人的热情倾注在《马里恩巴德悲歌》里：

> 一个苗条的身形在碧空的薄雾里飘荡,
> 多么轻盈和优美,多么温柔和明净,
> 仿佛撒拉弗天使拨开浓云,
> 在迷人的香气中露出她的仙姿……

这完全是一首用热情、鲜血、勇气和愤怒铸造的爱情诗。

> 如今我已经远离!
> 眼前的时刻我不知道该如何安排?
> ……无法克制的热望使我坐立不安,
> 没有别的办法,除了流不尽的眼泪。

茨威格有言,《马里恩巴德悲歌》是一首"献给我们的奇妙的歌",是这位七十四岁的老人晚年最深沉、最成熟的诗作,恰似西下的夕阳散射出绚丽之光。

> 忠实的旅伴,让我留在这地方吧,
> 让我一个人留在这岩石边、沼泽里、青苔上!
> 你们去吧!……我已经失去一切,也失去了我自己,
> 不久前我还是众神的宠儿……
> 他们逼我去吻她的令人羡慕的嘴唇,
> 然后又将我拉开——把我抛进深渊。

茨威格进一步评价说:"从此以后,在德国的诗歌中,再也没有把情欲冲动的时刻描写得如此出色——如同歌德那样,把最亢奋的感情倾注进这样强有力的长诗。"

在自传《诗与真》中,歌德说过,每当遇到爱的苦痛,他总设法

将它"转化为一幅画,一首诗,并借此来总结自己,纠正我对于外界事物的观念,并使我的内心得到平静"。

纵观歌德一生的创作,耐人寻味的是,许多名篇都与女子的恋情有关:如凯特卿之于田园诗剧《情人的脾气》,夏绿蒂·布夫之于小说《少年维特的烦恼》,施泰因夫人之于诗剧《伊菲革涅亚》、《塔索》,玛丽安娜之于诗集《西东合集》,米娜·赫茨丽帕之于剧本《潘多拉》、《十四行诗》和长篇小说《亲和力》,乌尔莉克之于爱情名诗《马里恩巴德悲歌》。

作别乌尔莉克的爱情,完成《马里恩巴德悲歌》之后,歌德永远告别了爱的激情,进入心境平静、勤奋写作的暮年生涯。此后九年,直至八十三岁去世,歌德以惊人的毅力,写完了《威廉·迈斯特的漫游时代》和《浮士德》——在最后年迈体衰之际,写作《浮士德》时,歌德有时一天只能够写出巴掌大的一小片文字,但是,他一直在坚持。

这不得不令我们心生敬畏:暮年之恋,梨花乍开,转瞬间零落成泥,但艺术之树上却芳香如旧,自成硕果……在"欲念"和"断念"之间,歌德勇敢地选择了"断念";"断念"之后,老诗人又全力以赴,催促精神使命的最终"完成"。

这使我联想到,日常处境中,我们身边不少老人,往往也会遭遇黄昏恋情,但在情感挫败之后,一般都失却自信、自我迷失、精神萎靡,随后只剩下青春不再的哀叹。

更令我感叹的是,在歌德的时代,内心深具痛苦的人,还有一个伴侣,还有一个古老的安慰者,那就是上帝。世界,因神的在场而完整。爱情消失,尚可哀告,尚可追忆,且回忆也真切,语言和记忆也还可靠——心灵的创痛,紊乱不堪的思绪,也可以变成水晶般明净的诗歌。

二十世纪以来,历经两次世界大战后,人类的心灵也变得狼藉。

比如同是回忆马里恩巴德,无论是罗布—格里耶的小说,还是在阿伦·雷乃的电影《去年在马里恩巴德》中,我们看见的是一个男人对一个女人无端端的诉说:男人说起去年他们在马里恩巴德相处的各种细节,但全都是他虚构出来的,最后,女人也开始怀疑起自己的记忆……二次大战后世界文艺,大多弥漫着虚幻之光。记忆,再也不是歌德手中顾盼爱情、缔造诗歌的圣洁工具,而其本身变成了母题,变成了分析和描摹的对象——梦境与现实的混杂,过去和现在的暧昧不明,隐藏在这一切之中的最深刻本质乃是:生命已成为透明的虚空。

2011年6月

赫尔曼·黑塞的中国智慧

一

1959年，八十二岁的赫尔曼·黑塞写了一篇微型小说，名为《中国式传奇：孟夏的故事》，这是其卷帙浩繁的著作中最后关乎中国的小说。三年后，黑塞离开人世。

《中国式传奇：孟夏的故事》，其大致情节是：老年大师孟夏见到青年艺术家们在用脑袋着地的倒立方式观察世界时，也亲身体验，并深表赞叹。但此举令其他老年人无比诧异。随后，人们又传出孟夏新的见解，即无需用脑袋着地、用双腿站立的方式看世界也很好，这自相矛盾的观点激怒了青年艺术家和朝廷官员。面对弟子们的询问，孟夏微笑着解释说："真理很多，都对，也都错。"当弟子们渴望更多解释时，孟夏却选择了沉默。

这篇仅仅六百多字的小说，寓意深刻，几乎涵盖了儒、道、释三种思想：青年艺术家们新奇的观察世界的方式，可以理解为儒家锐意进取的入世精神；倒立与正立的观察视觉、真理的对与错，蕴含着道家阴阳互根、对立统一的辩证思想；大师孟夏最后的缄默不语，又可理解为禅宗言语道断、心行处灭的生命体悟。

实际上，早在1949年，随着自身健康的每况愈下，黑塞就写了

"孟夏语录"挂在其位于瑞士蒙塔纽拉住家宅门上,以谢绝来访者。此语录大意为"人老宜与死神交友,无望人众,唯需寂静,盼诸君过门不入,视为空屋"。

孟夏是谁?人们一时间议论纷纷。德籍华裔学者夏瑞春在《黑塞与中国》一书中根据作者当时和友人的通信分析说:"此孟夏不是什么别人,正是穿上了中国服装的黑塞自己。"

赫尔曼·黑塞(1877—1962),瑞士籍重要德语小说家、诗人,1946年诺贝尔文学奖获得者。在二十世纪德语作家中,没有一位作家像黑塞一样,五十多年坚持对中国古典文化的研究与推介。也没有一位作家像黑塞一样,把如此多的中国精神融入自己的作品中。从二十七岁起,黑塞就追踪和评论几乎一切可以收集到的、欧洲人不熟悉的中国图书的译著,特别是由卫礼贤翻译的诸多中国古籍,如《论语》、《道德经》、《南华真经》、《冲虚真经》、《易经》、《孟子》及《吕氏春秋》等。除大量阅读和写文章推介中国文化外,最重要的是,黑塞一系列影响深远的经典小说,都借鉴、融汇了中国传统儒、道、释思想。

黑塞在暮年总结说:"《诗经》、《易经》、《论语》、《老子》、《庄子》与荷马、柏拉图、亚里士多德都是我的老师,他们帮助塑造了我和我心中对善、智慧、完美的人的概念。"黑塞还说:"虽然我不懂中文并且从未到过中国,但在那古老的文化中我非常幸运地找到了自己追求的理想、心灵的故乡。"

一位德国作家,在二十世纪上半叶,为何踏上中国文化的朝圣之路?黑塞迷恋中国,有何特殊的时代背景?在回答这些问题之前,有必要简述一下中国文化在德国的传播与接受历程。

二

中国文化在西方的命运，因时代不同，理解有异，堪称飞蓬转絮、此消彼长、起落不定。学者钱林森认为："如果说，中国思想、中国哲学精神在十八世纪造就了启蒙作家们推崇备至的'政治乌托邦'，那么可以说，在十九世纪，便助成了作家、特别是唯美主义诗人们心驰神往的'艺术乌托邦'，到二十世纪则成为一代西方作家所梦寐追寻的'精神家园'。"

十八世纪启蒙时期，欧洲曾一度兴起"中国文化热"，思想界试图借孔子与儒学之力，冲破神权与王权，使西方进入现代社会。在德国，启蒙运动的早期和盛期，莱布尼兹与沃尔夫曾热烈迷恋中国；诗人歌德、席勒等，也将中国思想和文艺主题融入德国文学；而后来诺瓦利斯等浪漫派诗人，则意识到他们的"自然神秘主义"更接近中国人，尤其接近中国人对自然之爱。

十八世纪末至整个十九世纪，西方不断崛起，中国每况愈下，"东方乐园"也随之消失。欧洲工商业越发展，中国的形象便越黯淡，这一时期的德国，除叔本华受中国思想的某种沾溉之外，几乎没有一个思想家认为中国社会及文化有可取之处——康德认为中国人抱着传统死死不放，对未来漠不关心；因缺乏世界精神与主观自由意识，历史因循重复、缺乏变化，黑格尔则视中国为一个呆滞的、没有真正历史的国家；当谢林发现中国神话哲学之时，中国已沦为一个半殖民地国家，致使对马克思、恩格斯、梅林而言，中国也仅仅具有政治上的意义。十九世纪，德国乃至整个欧洲曾一度进入文化史家所说的"中国摒弃期"。

进入二十世纪后，局势突变。面对现代工业文明导致的种种负面结果，德国面临着一场深刻的精神危机。特别是"一战"爆发，青年们倍感幻灭、绝望,许多人将探求的目光转向东方,希望中国古老智慧成为救世的良方妙药。且随着东西方日趋频繁的交往,许多作家离乡东游,亲身踏上东方"朝圣"之旅。反映到文学创作上,便是"借中国智慧,释自身焦虑"的精神趋向。这其中,黑塞堪称代表。

在整个德语文学界,黑塞对中国文化的迷恋与理解,远远超过其他德语大作家,如歌德、席勒、卡夫卡、里尔克等等,在整个欧美作家中也属罕见。就二十世纪德国作家而言,对中国思想领悟之深、并且直接用之浸润作品的,也许只有布莱希特、德布林可以和与黑塞并肩(德语思想界,也只有荣格一人)。更多德国作家,则是用中国风情,或通过意译中国文学作品来显示他们对中国智慧的热情,如作家克拉邦德、霍尔茨、贝特格、戴默尔、比尔鲍姆等。引颈整个二十世纪欧美文学视野,中国思想对黑塞的深沉影响,似乎可比拟儒家思想之于庞德,禅宗观念之于美国"垮掉的一代"作家。

三

黑塞亲近中国文化,首先源于印度文化的引发,这与他特殊的家庭背景有关。黑塞出生于德国施瓦本地区卡尔夫小城一个虔敬派传教士家庭,外祖父及父亲都有过在印度传教的经历,母亲也生于印度。黑塞的外祖父是著名的印度学专家,博学多闻;父亲出版过研究中国哲学家老子的书籍,母亲天性敏感、爱好诗歌与文学。这种家学渊源,使黑塞从小就心系幻想,对遥远的东方怀有渴望。黑塞的故乡施瓦本一度是中欧德语区的中心,人文璀璨,名流辈出,少年时,黑塞就想成为一位诗人。

1911年夏天,三十四岁的黑塞与一位画家结伴,启程赴亚洲旅行。黑塞游历了印度、锡兰、新加坡等地,因中国恰逢辛亥革命,他没能进入中国。此次远行,黑塞见识到亚洲实况,领悟到东、西方的联络主要在精神领域。

黑塞的藏书室里,有一个专门存放中国书籍的角落,主要为中国哲学与文学,共计七十六种。他一生读了近一百六十本中国书籍,从1907年写作中国书评《中国之笛》到1961年发表诗歌《禅院的小和尚》,黑塞共写过四十多篇关于中国文化的文章,内容涉及哲学、文学、宗教、艺术等。每当新的中国书翻译到德国,黑塞都即时关注,特别是二十世纪德国汉学大家卫礼贤翻译的中国古籍,如《论语》、《道德经》、《列子》、《庄子》、《易经》、《孟子》、《礼记》及《吕氏春秋》等,其优美的文笔、准确的迻译,对黑塞构成极大吸引力,他为此写过十多篇书评。

大致说来,黑塞对中国文化与思想的接受,遵循一个基本轨迹,那就是在青年时代钟情道家哲学,在中后期转向儒家学说,老年趋于佛教禅宗。这其中,道家思想对黑塞影响最大、也最恒久。

大约1907年左右,黑塞开始阅读老子的德译著作,随后又深研《庄子》、《列子》等道家典籍。1919年,黑塞在为《老子》某个德译本写的评论中说:"我们迫切需要的智慧在老子中,把老子翻译成欧洲语言,是我们当前唯一的思想任务。"并在给罗曼·罗兰的信中说:"'道'这个字,对我意味着全部的生活真谛。"

黑塞对老子推崇备至,与当时欧洲社会整体状况有关。十九世纪末与二十世纪初,西方现代文明导致的种种弊端,使欧洲陷入深刻的精神危机,在黑塞看来,老子作为东方文化的教主,其"无为"、"冥思"与"反省"的思想无疑更适合人的本性的发展,对病入膏肓的欧洲也是一服清醒剂。

1910年,黑塞阅读了卫礼贤首部德文译著《论语》,算是正式接触儒家思想,并很快发表了书评文章《德文〈论语〉》,文中说道:"中国人的思想于我们而言像是来自外星球,然而益处良多,并且好好读它也是一种极佳的练习,因为它迫使我们用另一种眼光审视我们的个人主义文化。"黑塞真正在思想上转向儒家学说,大约是在1925年至1929年间,原因是当时他自己正遭遇一次精神危机:个人生活中,婚姻陷入麻烦;政治局势上,德国社会矛盾益发尖锐,纳粹正在崛起。黑塞对儒家的解读,首先从解剖个体自我出发,认为西方的战争与混乱,都是因为个人的内心分裂而引起的。儒家强调"修身、齐家、治国、平天下",社会变革恰恰首先始于个人,只有从个人着手,才能改变世事。

由于特殊的家庭背景,黑塞从很年轻的时候就开始阅读印度哲学与佛教书籍,并深深敬佩佛陀,他还常常被人们称为"佛教徒"。但对黑塞来说,印度宗教哲学虽然精妙高深,却不能解决他的心灵问题,尤其是涅槃与轮回思想,否定了当下的在世的存在价值与意义,令他无法信服,黑塞因之转向偏重生活实践的中国古代哲学。直到生命暮年,黑塞才重拾佛教,对禅宗产生浓厚兴趣——这其中一个直接原因是,1960年他的表弟威廉·贡德尔特翻译出版了号称"禅门第一书"的《碧岩录》。《碧岩录》是宋代一本禅宗公案汇编,黑塞以罕见的智慧触及到禅宗的核心,即那"无法用言语涵盖的至高宝藏"。在对该书的评论中,就公案选取、禅理分析上,黑塞显示出非凡的功力。

四

黑塞的文学创作,除了诗歌、短篇小说、书评等之外,最重要的还是长篇小说,其主旨则是关注现代文明中个体生存困惑,倡导个体人格的自我完善。作为一名杰出的文学家,黑塞既秉承了欧洲与德国的文学传统,又吸纳了中国乃至东方智慧精华。必须强调的是,文化整合不是两种文化的静态叠加,而是一种互动的、有机的渗透,一种创造性升华,这其中的关键因素是创作主体即作家本人的综合转换能力。

黑塞的长篇小说，融汇中国思想影响最深的还是道家思想。当初接触道家思想后，黑塞对世界开始了全新的认知。在《道德经》里，"道"的运行方式则是，一为元气，二为阴阳，三为阴阳参以冲气。宇宙的发展规律，就是由其内部"阴与阳"的对立与统一，来推动其独自存在与发展。事物矛盾的两极互为前提、互为依存又互为转化，这种既对立又统一的辩证思想对黑塞影响很大。

黑塞式的"两极性"观念就是，生命在二元对立的相互分裂、挣扎后，有着自我完善与自我救赎的可能。黑塞几乎所有长篇小说的主人公，都面临着生活与内心的两极分裂。这种分裂，有时体现在两个性格与命运截然相反的人身上，有时又汇聚于一人之身，人们在理智与情感、道德与人性、社会与个人、约束与自由、禁欲与纵欲、黑暗与光明间挣扎彷徨，为寻找心灵解脱与人生圆满而苦苦探寻。

无论是黑塞早期小说《轮下》中的汉斯与海尔纳、中期小说《纳尔齐斯与歌尔蒙德》中的纳尔齐斯与歌尔蒙德，还是后期小说《玻璃球游戏》中的克乃西特与台斯格诺，他们都境遇相异、性格迥然、内心世界霄壤之别，但又相互吸引，彼此互为镜像，最终合二为一。在小说《德米安》和《荒原狼》中，这种矛盾、对立与撕裂，则集中在一个人的内心，并随着时光推移最终趋于统一融合。小说《悉达多》，描写的是印度贵族少年悉达多为追寻人生真谛，远离家乡，历经沉沦，最终在一条大河边彻悟的故事。谈及此篇小说时，黑塞曾多次表示，他笔下的圣者虽穿着印度袈裟，但其智慧更贴近老子而不是释迦牟尼。《玻璃球游戏》，是黑塞最后一部长篇小说代表作，也是熔铸东西文化于一炉的典范之作。在该小说中，黑塞将各种貌似对立的文化思想糅成一片，"两极性"仍是基本视角，贯穿着主人公的一生，黑塞大量阐释了《吕氏春秋》及《庄子》等书中的道家哲学观点。小说里的玻璃球游戏，本身就是一个两极统一的游戏，它产生于心灵、回归于心灵,最后通向世界神秘的中心——在那个完美而真实的世界里,容纳着一切错与对、阴与阳、纯洁与污浊、高尚与卑下,在这每一处对立碰撞的缝隙里,真理微微闪现出光芒。黑塞的意图一目了然,就是道家思想中矛盾的双方既对立又转化、最终会趋向圆融超然的最高境界。

黑塞中后期转向儒家思想之后,其思考主要集中于个人与社会的关系中,他更倾向个人必须服务于社会。这种服务社会的思想,一度成为小说《东方之旅》的主题。在长篇小说《玻璃球游戏》中,作为玻璃球游戏大师,小说主人公克乃西特(Knecht)这个名字,在德语中就是"仆人"的意思,而"仆人"则意味着服务。经过漫长的精神探寻后,克乃西特最终认识到,只有融入社会,服务于人类,文化才能焕发出绵绵不绝的生机。克乃西特最终为救一个少年而献身,当是作家服务社会思想的极致性体现。在这部小说中,黑塞不厌其烦地长篇援引了《吕氏春秋》中关于音乐的论述,即音乐不仅仅是天地之和、阴阳之调的象征,还反映出一个国家的盛衰状况。黑塞对中国音乐观的重视,也可视为孔子儒家思想中"礼乐文化"的回声。

黑塞研读印度教与佛教数十载,对佛教的理解也融汇在很多长篇小说中。早在1910年出版的《盖特鲁德》中,黑塞就开始呈现佛教羯磨与重生的思想,主人公柯恩年少轻狂,因恋爱而意外致残,深陷悲苦,后来在家庭教师洛埃的启迪下,触及佛教教义,并亲身修正,从此心无旁骛,全身心投入公众服务中。在小说《德米安》、《荒原狼》、《东方之旅》、《玻璃球游戏》中,都有一个"群星"意象,繁星在天空闪光,这既象征宇宙之不朽,也隐喻着无穷漫游、永不消逝的生命的轮回。在小说《悉达多》中,悉达多不依赖言教而注重灵悟的倾向,与禅宗思想有着某种暗合。在这篇小说最后,故友戈文达从觉悟的悉达多脸上,看见由无数张面孔组成的面孔之河,那中间有无数的形象更迭交替着,有无数动物的头,有无数男男女女的脸,正是从这种生生不息的永恒轮回中，悉达多领悟到宇宙万象的圆融。当然，轮回思想在印度教中也存在，且中国佛教传自印度，不能算作单纯的中国思想。但作为中国佛教八大宗之一的禅宗，却是佛教中国化后的产物，黑塞晚年对此兴趣极大且有过精研。

五

不可忽视的是，黑塞终究是一位欧洲人，东方或者中国，对他而言只是"他者"，黑塞的使命就是通过这个"他者"，来更好地反观自我，重新审视、界定与塑造自我。在二十世纪二十年代初，黑塞曾在一篇日记中这样写道："我们不可能，也不允许成为中国人，在内心深处也根本不想成为中国人。我们必须在自身内部探寻'中国'，换言之，探寻那不为我们所知、但确实存在于我们自身且意义重大的东西，我们要找到它并促使它发挥积极的作用。"

二十世纪，是一个剧烈变化、动荡的世纪，特别两次世界大战，给人类造成空前的灾难。黑塞与同时代很多有强烈的社会责任感和历史使命的文人一样，热衷并求索中国古老智慧，绝不是为了积累学识、养育性情，而是为深陷"精神危机"的西方文明寻求出路。

1937年，黑塞在一封书信中回溯自己的精神发展时说："我内心充溢着对秘密的感悟，这种感觉时而来自佛陀，时而源自《圣经》，时而由老庄激发，时而又由歌德或其他诗人点拨而来。"

毋庸置疑，在黑塞看来，精神具有国际性乃至是超民族的。黑塞不仅仅是一位作家，也是一位思想者，其思想体系与文学创作至少会通了西方、印度与中国三种文化形态。就其作品的经典性与广泛、持久的国际影响力而言，黑塞堪称歌德所倡导的"世界文学"的最好实践者。

1827年1月，在与爱克曼的谈话中，歌德最早提出"世界文学"

概念："我相信，一种世界文学正在形成，所有的民族都对此表示欢迎，并且都迈出令人高兴的步子。"令人感慨的是，歌德提出"世界文学"概念时，德国还处在四分五裂、公国林立的封建割据状态中。歌德的"世界文学"无疑是一种期待，其微言大义是，文学的精神疆域应由民族拓展到世界，各民族应通过相互交流、相互借鉴，以形成民族文学的经典范本。所以，虽然歌德的"世界文学"并非实存，但可以通过无数个民族文学的经典范本去领会它。

当然，借鉴与融合，是为了"为我所用"，为了强化作品的精神内涵，而不是为了消弭自我的民族特征。黑塞曾在给诺贝尔基金会的信中这样说："然而，我的理想并不是要把民族特色搞得模糊不清，那样会引向一种精神一致的人性。相反，我但愿所有迥然不同的形体和色彩在我们这个可爱的地球上万寿无疆。"

对中国而言，无论是现代作家或当代作家，举凡经典作品，无不是既基于中国现实又汲取西方文学或思想精华，再进行融合创作而成。目前的处境是，中国的现代化进程在加快，全球化的影响力也越来越强，"汉语言写作"不可避免地要面对、吸收更多有价值的人类文明成果。中国当代文学的经典化，民族文学的进一步崛起，既不能妄自菲薄、唯西方为尊，又不能故步自封、死守传统。所以，世界性视野的精神求索，融会各文明智慧的创新性实践，无疑是作品精神强劲且影响深远的基本保证。

六

黑塞逝世已过去了半个多世纪，然而他的著作及影响却从未消失，情况恰恰相反，"二战"后的六十年代中期，美国、日本也一再掀起"黑塞热"。在中国，黑塞也拥有大量的读者。

中国传统儒、道、释文化，因二十世纪初的新文化运动、六十年代的文化运动而屡遭轻视与破坏，而作为德国人的黑塞，却将之奉若珍宝，并缔结出丰硕的精神果实。平而视之，二十世纪的中国知识界，受德国思想影响而产生的精神成果，蕴含在鲁迅、王国维、朱光潜、李泽厚等人的著述中，与黑塞的成果相对谁重谁轻，可以作为比较文化课题进行研究。

黑塞曾将中国作为"他者"来反观自我，当代中国知识界也完全可以将黑塞作为"他者"的"他者"，再回望自身。当代中国的文化自觉，诚如费孝通先生所言："首先是要了解自身文化的种子（基因），也就是民族繁衍生息的最基本的特点；其次，必须创造条件，对这些基本特点加以现代解读，这种解读融会古今中外，让原有的文化基因继续发展，使其在今天的土壤上，向未来展开一个新的起点；另外，还要将中国文化置于全球化的语境之中，研究它与其他文化的关系，使其成为正在进行的全球文化多元建构的一个组成部分。这是我们过去从未遭遇，也全无经验的一个崭新的领域。"

在新时代背景下，中国怎样辨析、继承、发展古老灿烂的传统文化，再将之进行创造性转化与创新性发展，以获得指向未来的新的生命力，的确是迫切需要回答的课题。黑塞对中国传统智慧的融汇、转化与创新，至少可以提供一个别致的参照视角。

从黑塞作品融汇中国文化的范例来看，关于中国思想对外国作家的影响是一个极有价值且极富潜力的课题。自二十世纪九十年代以来，中国学界对此也做出了很大努力，编著出版了一系列图书，如"中国文学在国外丛书"、"外国作家与中国文化丛书"、"中学西渐丛书"等，对伏尔泰、卡夫卡、庞德、斯奈德、黑塞等作家与中国文化的关联，做了个案研究。但这个研究还可以继续深入，如托尔斯泰、歌德、井上靖等作家与中国文化的联系。

在研究单个作家与中国文化的关系时，有必要做作家间的比较研究。比如在黑塞研究上，中国学界对他与同处二十世纪、同受中国传统文化影响深厚的其他作家的比较研究较少,这无疑是一个遗憾。因为,只有从这些作家间的比较研究中,才可以多视角、多维度审察中国传统文化所蕴含的精神资源。

比如赫尔曼·黑塞与艾兹拉·庞德,一为获诺奖的德国作家与诗人,一为西方现代诗奠基者的美国诗人,两人都极具国际视野,都反对西方现代文明,都对中国古代文化推崇备至。还有,他俩几乎是同时间关注中国思想,并都期望从这种异质文化中汲取智慧,以给没落的西方社会带来一线光明。庞德最初接触中国文学时,就惊喜地宣称中国古籍是一块"新大陆"、一座"宝库",并预言中国古籍对于二十一世纪的西方将"如同希腊古籍对文艺复兴一般巨大的刺激",甚至提出明智的欧美大学应该在教学大纲中用中文课程取代希腊文课程。庞德与黑塞的著作,都受到儒家与道家的影响,且在对待儒家思想方面,都首先抓住儒学中最为基础也最为关键的"修身"环节,即强调个体的修养、"依我不依他"的入世哲学。

但黑塞与庞德的区别也很大。黑塞主要写小说,且受中国道家思想影响大而持久;而庞德主要从事诗歌创作,受儒家思想影响大。庞德一开始受中国传统诗学启迪,建构英美现代诗体系,后来在其埋首五十多年创作的长诗《诗章》中,孔子则成为这部现代史诗建构三大主干主题之一(其余为但丁、希腊神话)。在《诗章》"十三"中,儒家母题开始发轫,几乎每行都指向儒学的核心概念,《四书》中的相关片语有机镶嵌其中,成为潜文。随后,《诗章》中儒学题旨不断发展,在《诗章》"四十九"中,以山水、自然景物隐喻儒家伦理,暗合了儒家以山水"比德"的传统,深层意旨还是儒家以德治国的思想。

七

无论是黑塞、庞德还是其他重视中国文化的西方作家,他们有着共同的求索路径，那就是在西方社会面临困境时，才转身面向中国文化的，他们往往将自己的理想寄托于异质文化，以构建自我的精神世界。

客观事实是，这些作家不是汉学家，他们往往不懂汉语且大多没来过中国，只是从中国典籍的译文中汲取了至关重要的灵感和启迪，再从事创作。这个精神劳作过程十分复杂，既包括误读与改写，也涵盖吸收与综合。

误读，首先指错误地阅读，或者阅读错误的文本。比如黑塞首篇评论中国的文字，是介绍德译本中国抒情诗集《中国的笛子》，这本书的译者汉斯·伯特格不懂中文，译本是从别人的译本改写而成，某种意义上，书中诗篇是德国诗而不是中国诗。然而在黑塞眼中，这是"一本惊人的书"，并由此迷上了李白。

小说《玻璃球游戏》中，主人公克乃西特事业的顶峰是一场"中国屋落成典礼"。中国屋的设计思想得之于《易经》，在黑塞的理解中，中国建筑不只是栖身之处，还体现出与天地万物的关系，择地、朝向、形式都有严格讲究，以合乎中国传统宇宙观。但黑塞始料未及的是，中国传统建筑思想中以维护安全为主的保守性与封闭性，也许恰好可以映射出中国现代化滞后的精神根源。

在黑塞作品中，对中国文化有很多改写，也有很多盲点、误判和过度诠释，但同时又闪耀着创造、灵动的智慧之光。比如，《玻璃球游戏》中神秘的玻璃球游戏本来就十分抽象，再加上诸多玄奥的东方思想，读者不可在学理上求全责备，将之理解为作家营造的精神乌托邦或许更为合适。

美国重要文学批评家哈罗德·布鲁姆，曾于二十世纪七十年代创建了"误读"理论，影响深远。布鲁姆的"误读"观并不是指错误的阅读，它是指一种改进或者修正，是后辈诗人对前人成果进行的新的阐释、偏离与修正，是一种创造力。参照布鲁姆的"误读"理论，可以帮助我们理解黑塞对中国文化的融汇与创造。

八

身为"浪漫派最后的骑士"、"个体心灵的律师",黑塞曾激荡过我们的青春。对于我们这代人而言,他宛如一阵风,一缕钟声,一个梦境——他直面人生的勇气,他绵密的精神,他皎洁的风仪,他的中国心,还有他对物质世界的冷漠轻视,都令人思慕。

黑塞终生没有自己的房子,居无定所;在最困难的时候,他那身陈旧的西装一直穿到边缘开线;秋天,从森林里带回一些栗子就是他的晚餐。经由黑塞,我们将会更加认清、珍爱自己的文化,也会反观今日物质盛行中的精神现状。

2011 年 9 月作
2018 年 12 月改

樱桃变黑之月
——《黑麋鹿如是说》与语言感悟

"我一定会回来的,黑麋鹿。你要我什么时候再来呢?""等到春天青草长得这么高的时候吧。"这时,黑麋鹿用手掌比画着,也就是青草长到一手掌那么高的时候。

《黑麋鹿如是说》,一本名叫黑麋鹿的印第安圣人的回忆录,由美国诗人奈哈特记录,1932年出版。其中文版收入上海译文出版社"美国西部文学译丛"。印第安人对事物的称谓是这样的,比如他们从来不用抽象的数字和符号表示月份,从来不说12月,而是说"树木爆裂之月"。1月至11月分别是:帐篷内结冰之月、深红色牛犊之月、雪盲之月、红草出现之月、矮种马脱毛之月、长膘之月、红樱桃之月、樱桃变黑之月、牛犊长毛之月、季节变换之月和落叶之月。

黑麋鹿的家,是一座原木小屋,泥屋顶上长着青草。在那个地方,除了天气变化以及太阳、月亮、星星的运行之外,就没有其他事情发生了。老人们除了等待昔日再来,也没有其他事可做了。

一位部落里的老人这样回忆往事:"红草出现之月刚来到,我们把帐篷迁到了河流的上游,并同白鹤订了协议,只要青草生长,河流流动,我们的家乡始终属于我们的……"白鹤,是另一位部落酋长的名字,飞鹰、母狗、斑点马、站着的熊、熊熊燃烧的彩虹、红云等都是印第安人的名字。

语言是人类生存状况的反映。各民族语言的最大差异,其实是人对世界感受性的差异。质言之，语言，就是人的世界。

有位深山里的老人，听说火车比毛驴跑得还快，于是就在村口的乌桕树下，恳求即将远行的村邻回家时割两斤"火车肉"让他尝尝。在这位老人的世界里，一切能跑的东西都应该长肉，比如毛驴、豹子、公鸡、水牛等等。

有一位朋友在瑞典生活了几十年，除写诗外，还一直从事瑞典诗歌汉译工作。在一次闲聊中，有位浙江诗人和他开玩笑说，有一句诗请翻译成瑞典语看看——"梅花开了，才知道还有故乡"。朋友沉吟良久，一时语塞。因为瑞典根本没有梅花，即便硬译过去，也失却了中国江南古老的韵味。朋友说，北欧植物种类单调，多针叶林，可能因为名词稀少，瑞典诗歌中动词用得猛烈而又考究。

原始词汇，是大自然中万物的速写符号，几乎总是自觉地发出灵光。人，也从中获得默默的抚慰。

"从前，大雷雨到来时，我总感到快乐，仿佛有什么人要来探望我们似的。"在《黑麋鹿如是说》中，我们随处可见这种鲜活的感受。

从这个意义而言，方言的确弥足珍贵——它就像村头的乌桕树，斗转星移，叶青叶红，在世世代代的流逝里，在差异和变幻中，捍卫着周遭的世界，捍卫着老人们对村庄的持久信赖。

一个民族语言的发展，最得益于诗人的创作和经典的翻译。而诗人幽深的精神故乡则是大自然。

歌德有言："哲学破坏诗意，因此我怎么也不能让自己局限于思辨性思维，而总是迫不及待地为每一个句子寻找视觉形象，我的心总是立即飞往大自然。"十六世纪，马丁·路德翻译《圣经》之前，罗马帝国皇帝查理五世曾讽刺德语，说它只配用来与马交流。诗人海涅说，路德把《圣经》译成了"一种还完全没有出生的语言"。如果说，马丁·路德通过翻译《圣经》初创德语，那么随后恰恰是歌德、荷尔德林、诺瓦利兹、里尔克等一批批语言天才的诗歌创造，才使德语变为一种深邃、致密而美丽的语言。

同样的道理，没有佛经的翻译，我们现在恐怕连话都说不周全，当然也不会知道"世界"、"究竟"、"方便"、"平等"、"吉祥如意"、"一厢情愿"等词汇。没有唐诗宋词，没有苏东坡与朱熹，我们也不会脱口而出"山高月小"、"江山如画"、"万紫千红"的恢宏描绘。

与宗教经典相比，诗的语言，更顽固地具有地域性，就像印第安人的原野一样，所以，诗人对民族语言负有最为直接的任务——首先是维护，其次是拓展和创新。

T. S. 艾略特曾感叹说："我读不懂挪威诗，但如果有人告诉我再也没有人用挪威语来写诗了，我会感到一种恐慌，而这远远不是一种慷慨的怜悯。我会把它看作一个可能传遍整个欧洲大陆的病变，一个衰败的开端。这意味着所有民族都不能够再表达，因而也就不再能感受到文明人类的情感。"

遗憾的是，在今日中国，诗歌一直处于寒冷的边缘。在日日崛起的高楼中，在急匆匆的步履里，我们失去的是静谧，是对大自然的耐心体察，还有细如发丝的感受和绵长的沉思。我们将随之失去的，也包括语言的精细和微妙。

网络时代，信息爆炸，词汇也随之疯长。但是这种语言，因为无以依赖一个恒久的形象，缺乏心灵漫长的浸润，只能速生速灭，少有意义。正如一位哲人所说："报纸，信息太多，几乎是个祸害，它使所有的事物不能成熟。"

实际情况的确如此，语言在诗中诞生，在散文中传播，而在新闻中消失……新闻，只是一种梗概式叙事，删削了心灵中的丰沛情感，也就没有细节、没有语言。

一位法国诗人说："在每个词的深处，我参加了我的诞生。"也正是因了这种幽深的心灵力量，令普鲁斯特在那部巨著的开篇，花了三十多页的篇幅，写下自己睡意朦胧、在床上辗转反侧的情形。

前几天,我正在重看阿兰·德波顿那本写普鲁斯特的小书时,母亲恰好从乡下来,她面孔酡红地坐在沙发上。

我问起春节前院子里栽的牡丹怎么样了,她说已经长了很多花蕾,红的多白的少,估计这一两天就要开花了。来合肥之前,母亲又新栽了几种果树。我仔细询问:哪几种?每种几棵?每棵树苗多高?具体种在屋前屋后哪些角落?去年竹林边种的菊花今年会再发芽吗?就这样,在慢悠悠的闲言碎语中,整个上午不知不觉过去了,母亲的话语使我安详。

我问母亲:"在老家好吗?"她说:"好。""好在什么地方?""乡下天天有变化嘛,这个月还是黑的,下个月就是黄的、红的。"我说:"城里不也有变化吗?"她说:"城里变得太快了。"

变得太快,的确是当代社会和心灵的重要症候。

作为多愁善感的卧床大师,普鲁斯特最为知名的一句口头禅就是:"请别太快,请慢点!"他还拥有一项神奇的本领,那就是面对一幅香皂广告或者一张火车时刻表,能展开无边的沉思。终其一生,普鲁斯特都在拒绝梗概式的阅读、梗概式的活法。

今天的语言为何如此枯燥而稀薄?为了求快、求准,我们把每个词的意义锉到了最小的边缘。我们毫无惋惜从鸡冠、铁锈、落日、桃花中,抽取出共同品质,而称之为"红"或"红色的";从一只苹果、一次脸红、一堆沙、一匹马中,我们往往看到的只是"一",忽略了具体的事物,忽略了自然柔软富饶的体温与呼吸……飞鸟在雪地上留下的爪印,与我们的内心震颤已经早无关联。

这种抽象过程一直向上发展,在顶端只有一个概念,即"存在"。人们长久地待在这金字塔的顶端,终究会感到不安和晕眩。而诗人的工作,就是要从金字塔的顶端痛苦地潜入地层深处,去察看那些被镇得一无言语的蛛丝马迹。

事实上,在自然界里隐藏着所有的细节,有一种看不见的缓慢变化,这就像《黑麋鹿如是说》中的印第安家园,帐篷内会结冰,矮种马会脱毛,红樱桃会渐渐变黑一样……在大自然中,永远没有否定,也不可能有否定力量的转移,即便是一片落叶、一堆土、一段腐烂的树根,也是在"肯定"。人类语言中存在的否定句,只是人的大脑的产物——语法学家的观点,更多来自于中世纪的逻辑学,本质上是一种逻辑的暴政。

即便在中世纪,强大的逻辑背景里也有温润的心灵之光摇曳。

十二世纪金雀花王朝,法国女诗人玛丽创作了一首《夜莺》。诗中,一位年轻的妻子和她的邻居产生了爱情。每到深夜,男女二人彼此在露台默默注视,久而久之,及至天明。一天,疑心的丈夫问妻子为什么要下床,去了哪里?妻子回答说,自己起床是听夜莺那甜美忧伤的歌声去了。

的确,沉默即千言万语,凝视产生倾听。在午夜,在浩瀚天宇缓慢的星河暗渡之中,心灵,恰如一盏注满油的灯盏,它满怀信心地等待着它的情侣——而诗人的工作,也就是要在这亮闪闪的初夏时节,屏声静息,默默凝视樱桃在枝丫间色泽渐渐变得深沉——在黑麋鹿的感受中,在湿漉漉的印第安草原,用手掌比画着朋友的归期。

2005 年 12 月作
2010 年 5 月改

钓鱼，如写诗，亦如数学
——沃尔顿《钓客清话》读后

"钓鱼，这项运动需要全心投入——从空中到水中，从焦躁到冷静，透过一条河的流动，看到运动的宇宙和它所有的星辰。"

去冬，南方连日大雪，龟言鹤讶，不胜天寒。夜读艾萨克·沃尔顿《钓客清话》，早年的英国乡居生活，转瞬间给我内心铺上清新、葱绿的底色，也唤醒我对往昔乡村的记忆。

记得年少时，清澈的凉亭河穿故乡小镇而过。每当夏日黄昏，水面湍急，鲞鲦鱼在水中露出点点银光。钓客们将长长的钓线甩出，再逆水急速抽钩，随后便是欣喜——与钓起的一条条活蹦乱跳的鱼相比，令我印象深刻、自叹弗如的，是有位姓张的初中同学，凭空手抓绿蝇做鱼饵的精准和神速。

这种在水面抽钓鲞鲦鱼的方法，和《钓客清话》中，沃尔顿告诉我们钩银鲤的方式很相似。只是，沃尔顿告诫说，钓银鲤的鱼饵最好是绿蛆，或者是小巧的人造飞蝇。他还听说，在意大利很多人也这样在高塔上捕燕子。

一本十七世纪的英国书，与我的童年记忆形成太多有趣的对应……估计是因为外形相似，在我的家乡，有一种说法，那就是水田里的泥鳅，是由松树上的毛虫变成的。《钓客清话》里，也有类似的叙述：因为人们很少看见鳗鱼产卵，所以认为鳗鱼是由烂泥转变而来，也可能是由特殊的露珠，或甲壳动物、幼鹅，乃至旧船的烂木板孵化而成——正如在埃及,人们认为田鼠、耗子是由地面上的腐烂物变成。

《钓客清话》,一本关于钓鱼的书,三百多年间,再版五百多次,早已被奉为垂钓者的"圣经",英国田园文学的最高成就之一。目下中国,也有缪哲、张传军、巫和雄、阮建中、张容等人的译本。

有论者称,与此书堪称姊妹篇的,有梭罗的《瓦尔登湖》和吉尔伯特·怀特的《塞耳彭自然史》。和梭罗相比,沃尔顿则显得散漫,没有前者精密和超然;和怀特相比,沃尔顿是非科学的——比如关于鳗鱼的由来和传说。

> 我不嫉妒他比我吃得好、比我富有或者比我穿得好的人,我只嫉妒那个钓鱼比我多的人。
> 比垂钓更安详,更无害的消遣,上帝还没造出来……尽可能将一切都放在最诚实的、天才的、平静的和无害的钓鱼活动上来。

《钓客清话》,全书共二十一章,以钓鱼者、放鹰者和狩猎者三人之间的谈话开始,然后转入钓鱼者和狩猎者两人的深层对话。

书中有关于钓各种鱼的知识,包括鱼的性情、鱼的繁殖、季节时令、各种鱼的烹饪方法以及垂钓建议;有从别人著作里引用的段落,穿插的歌谣和小故事;还有关于河流、旅店、各类人物的描写,等等。

令我吃惊的是,这部书虽然大谈钓鱼,但掩卷之余,脑海里出现最多的还是那一幅幅自然风景画:空气、露水和阳光,绿树丛中的潺潺河流,河边中世纪的小旅馆,鲜花盛开的草地,挤奶女的歌谣……

该书自1653年问世以来,英国历代文豪均赞许有加。大诗人华兹华斯认为,此书传世,传的是作者的仁心妙手;散文大家兰姆向诗人科勒律治推荐说："书里的一切都是活的，鱼都有性格；鸟与动物，和男人女人一样有趣，散发着天真、纯洁和质朴的心灵之气息……不论何时读，都使人性静情逸，使愤怒、浮躁的人，成为基督的信徒。快结识它吧。"

更有甚者，英国著名学者安德鲁·朗认为："写沃尔顿，真是手拿蜡烛照太阳……读《钓客清话》，书签当取花、驴蹄草、贝母草和黄蝴蝶花瓣，双美辐辏，才可逗起我们的满足心，并把那门徒的话，悄声送进我们耳朵里：'习静'。"

沃尔顿告诉我们，钓鱼是艺术，融观察、沉思、行动于一体——它既像诗，也像数学，极考验人的天赋，并且永远也学不完。沃尔顿还告诉我们，一般来说，一个钓鱼者必须是一个"原始的基督教徒，是个内心安静、寻求平和的人"。

所以，《钓客清话》这本书，写的不仅仅是垂钓，而是垂钓的哲学。其最深沉的旨趣，是做人和生活的理想境界，即简单、忍耐、淡泊、知足。

宁静之心，感激之念，寂静主义者的沉思冥想，这些恰恰需要的是信仰的力量。

艾萨克·沃尔顿出生于一个自耕农家庭。童年时代，或许是在一位敬神的母亲的督课下，萌醒了他的虔诚。二十岁左右，沃尔顿定居伦敦，出徒于五金行会，在钱兴巷开有一家五金商店，从此衣食无忧。

沃尔顿一生经过伊丽莎白、詹姆斯一世、查理一世、共和时期、和查理二世五朝。他性格平和，淡泊名利，是一位老实、刻板、守纪的士大夫。尽管他受教育不多，但博览群书，交游甚广，其中不乏学问高深之人。

作为英国著名的传记作家，沃尔顿著有五部传记，包括《多恩传》、《沃顿传》、《赫伯特传》等。这五位传主，虽身份各异，但都是宗教人士。由此看出，沃尔顿是一位坚定的国教徒、保皇派，终生都在宣扬国教的伟大，宣扬他的"原始基督教的理想"。

1653年，沃尔顿六十岁时，出版《钓客清话》（又名《高明的垂钓者》），从此不朽。

十七世纪，英国除培根的正统散文外，还有一类随意文体的流行。这些文体，如席上谈、人物性格特写、小型传记、山水记游、人物素描等等，往往比高堂讲章更亲切，更闲适，更多一份精彩。

诚如一位著名作家所言："大英帝国历代消遣文化造就博大的学问，园艺常见，木工普遍，钓鱼热门，我有一位英国友人收了十几部养蜂妙书，手绘彩色插图简直是名贵艺术品。"

《钓客清话》，自然是此类随意体散文中的明珠，其行文从容、平实，风格清新而闲淡，有伊丽莎白时代语言的古雅，更具中世纪的平静。

读沃尔顿，特别使我想起中国散文大家张岱。

沃尔顿和张岱，出生年代相近，沃尔顿生于1593年，张岱生于1597年，沃尔顿比张岱大四岁；两人都高寿，沃尔顿九十岁，张岱九十二岁；两人都历经时代的巨变——沃尔顿历英国两次内战，查理一世送上断头台，国家由封建专制转向资产阶级共和国时代，张岱历明清之变，改朝换代，心灵撕裂；两者的散文都融情与理、灵与朴、生与熟、大与小、疏与密于一体，都具"深静"、"灵敏"之美，都想在文章中重塑毁坏前的心灵世界。

沃尔顿与张岱的散文中，有一个共同的意象，即河流。只不过，沃尔顿的河流，就像人一样，是上帝的造物，是河岸、鳟鱼和野花的世界，是湿漉漉的微观宇宙，使人沉浸，供人跋涉；而张岱的河流，更具河道性质，是船的载体。河边午夜悬挂的红灯笼，映照着世代簪缨之家的享乐和奢靡。

沃尔顿晚年居于农场，心系自然；张岱晚年虽披发入山，但耽于梦幻——所谓鸡鸣枕上,夜气方回,五十年来,总成一梦。痴人说梦,遂有《陶庵梦忆》。由此,也反映出东西方文学、审美之区别。

沃尔顿的《钓客清谈》,重实描,重野趣,诚实而硬朗,量化又微观。比如在书中,他极有耐心地描写出十二种人造飞蝇的制作方法,最后还专辟一章,写"关于鱼线制作以及给鱼竿和鱼线上色说明"。

张岱的《陶庵梦忆》,重意韵,更虚幻,更唯美。他曾于夜深人静,纵舟湖上,酣睡十里荷花之中;又曾于大雪三日后,独自驾舟,往湖心亭看雪。质言之,张岱的湖上风月,乃水月镜花,乃自我的精神肖像,亦真亦幻,寂然缥缈,总带一种空灵晶映之气——恰如当代诗人朱朱在《再记湖心亭》中所写:"这萦回中上升、漾散酒香的烟/是另一条回家的路……面对炉火交谈显得多余,/风中传来远在白垩纪的回声。"

中国古代典籍中,渔书虽有不少,但是关于钓鱼的专著却极少见,如《范蠡养鱼经》、《种鱼经》、《闽中海错疏》、《鱼品》、《渔书》、《记海错》等等,大多是关于河塘或海水养鱼的著作,属于水产类专著。

倒是在古典诗词中,关于钓鱼的意象和场景比比皆是,但几乎见不到细节的刻画,多景外之情,言外之意,是一种姿态与隐喻。钓鱼,在《诗经》里,多有提及,但似乎属于娱乐;传说中的姜太公钓鱼,钓的不是鱼,是名与权,是一种谋略;"富春烟雨,一蓑一笠",严子陵钓的也不是鱼,是一种归隐之姿,钓的是宦海的失意;柳宗元的"孤舟蓑笠翁,独钓寒江雪",钓的也不是鱼,而是宦情孤冷、世态寒凉。

翻译家缪哲先生所言极是:"古人关于垂钓的诗文有千万,可若想知道他们钓术的细节,如钩、饵、竿子等,不能说无所得,即以我所知,他们多用'矫情饵'、'韬晦钩',竿子的材料,则取'酸葡萄'

的藤,然终不是沃尔顿意义上的钓术之细节。"

> 我的鱼竿和渔线,我的浮漂和铅块,
> 我的鱼钩和铅锤,我的磨刀石和小刀,
> 我的篮子,我活着的与死去的鱼饵,
> 我的渔网,我的食物,这些都是最重要的东西……

这是《钓客清谈》中,沃尔顿引用的一首诗歌。此类诗歌,要是被中国古代诗人读到,一定会掩面嗤笑,但我喜欢它的朴实和诚恳。在此,我也乐意摘录该书中另外一些空灵、抒情的歌谣——

> 让我无害地生活,
> 居住在特伦特或雅芳河的岸边,
> 守着浮翎或软木的漂子,
> 看贪吃的河鲈拖下水面。
> ……让他们继续作乐,
> 在花天酒地中得到满足;
> 我要观赏这翠绿的田野和草地,
> 每日信步于清澈的河边,
> 流连在紫罗兰和雏菊丛中,
> 还有红色的风信子、黄色的水仙,
> 紫色的水仙,仿佛早晨的光线。

西方世代田园文学,都有其批判现实的特点,《钓客清话》也一样,不仅仅是一首简单的牧歌。沃尔顿所在的时代,正当文艺复兴,人也处于从"上帝的造物"向"自然的掌管者"的转变之中。时代的急剧变化中,该书的问世与风行,恰好满足人们的需要——那就是,必须有一本生活指南,来克服人与自然的离散。

在我们这个年代,人与自然,不只是疏离,而是濒临断裂,自然生态处在日益的损毁之中。当下中国,垂钓也早已改变了性质——收费渔场,豪华的木质钓台,钓台边的香水姑娘,超声波水深计,鱼类基因诱食技术,几乎一切都染上了商业色泽。所谓垂钓,也就变成了买鱼,变成了人在筋疲力尽中的喘息和停顿。

实际情况是,离开了雾气蒙蒙的河岸,也就离开了勃勃生机;离开了自然,也就失去了内心的平静;没有沉思之心,也就离艺术与和谐越来越远。

所以,这急景流年的人生里,我们一边急需《寂静的春天》、《自然的终结》这类书,来洞察眼下的迷局和困境。一边还得平心静气,上溯源头,心怀敬虔之念,重新捧读《钓客清话》,并眷念沃尔顿的心愿:"我愿沉思以消永日,求安静的生涯,以达美好的归宿。"

2011 年 4 月

去年之雪今安在
——《劫余录》中的凄婉恋曲

一

近三十年前,大约是 1990 年,我在安徽马鞍山市一家电影院,无意间看过一部名为《天堂窃情》的彩色影片,美国达拉斯影业制作,北京电影制片厂译制。

电影开篇,一位生命垂危的修女从小十字架底部抽出一根羽毛,端详良久,将十字架狠狠砸向墙角。之后,她似乎渐渐平息下来,亲吻着那根羽毛,缓缓说道:"我明白了。"

这位年长的修女名为爱洛伊丝。那根象征尘世幸福的鸽子羽毛,来自爱洛伊丝的少女时代,来自她与恋人漫步河边的狂喜时刻。此刻,一切业已消逝,漫长人生的激情、希望、绝望和痛苦都消逝了。

影片中很多镜头令我印象深刻:美丽聪颖的爱洛伊丝率直提问"上帝也有生殖器吗?";十二世纪巴黎圣母院上的脚手架;青年神学家阿伯拉尔的俊逸、雄辩与博学;法国布列塔尼地区柔曼的乡村风光;两位老年恋人大风中的绵绵絮语……

阿伯拉尔和爱洛伊丝是谁?《天堂窃情》里的人物与故事,是编剧杜撰还是史有其事?这部电影带给我的直接影响是,随后一年,我在南京大学哲学系旁听过一段神学课程,并一度想报考北京大学宗教学专业研究生。

1998年,在"历代基督教学术文库"中,我读到一本《亲吻神学——中世纪修道院情书选》,该书收录了阿伯拉尔与爱洛伊丝的部分情书,我开始留意这段中世纪恋情。2001年,更加完整的《圣殿下的私语——阿伯拉尔与爱洛伊丝书信集》,有了汉译本。再往后,我在网上陆续买到梁实秋先生1928年翻译的《阿伯拉与哀绿绮思的情书》、英文版"企鹅丛书"《阿伯拉尔和爱洛伊丝书信集》。

现存阿伯拉尔与爱洛伊丝书信,一共七封,情感炽烈,文字坦诚,满纸柔情,几多辛酸。它们叙述的不只是相思之情,更多关于爱情、心灵、修道的精神对话。这些书信,自被传抄问世八百多年来,打动了一代又一代世界各地读者。

阿伯拉尔去世前十年,还给他的朋友写了一封著名长信,叙述了自己的一生。这封信,实则是一个中篇自传,令人想到司马迁的《报任安书》。信的题目叫《受难史》(也译为《劫余录》)。

《劫余录》表面看是一份生平纪录,实则充满自我确证、自我剖析的浓厚意味,从这个意义上说,它完全可以与奥古斯丁、卢梭的《忏悔录》相匹敌。2013年10月,孙亮翻译的阿伯拉尔自传《劫余录》,作为"汉译世界学术名著丛书"之一,由商务印书馆出版。

二

《劫余录》的作者皮埃尔·阿伯拉尔,1079年生于法国布列塔尼一个小贵族家庭。子承父业的期盼,使得少年阿伯拉尔开始四处寻访名师。不久,他便决定放弃长子继承权,献身学术,成为真正的学者。

二十岁时,阿伯拉尔前往巴黎,学习讲演术,不久声名鹊起。二十二岁时,他开办了自己的学校。大约1115年,三十六岁的阿伯拉尔以辩证法、修辞术及神学的超人才华，担任了巴黎修道院学校校长，西欧学子纷纷涌向巴黎，他成为当时欧洲最受欢迎的导师。三十八岁时，阿伯拉尔面临命运转折点，在自己声望达到巅峰之时，他遇到了一生的挚爱，十七岁少女爱洛伊丝。

在《劫余录》中，阿伯拉尔这样叙述：

> 她的容貌算得上俊俏，学识渊博更是鲜有匹敌。一般女子少有辞章之才，因而她显得愈发动人。

爱洛伊丝幼时在修道院长大，阅读了大量拉丁文著作，且精通希伯来语、希腊语。她的亲人只有一位叔父，名为菲尔贝。菲尔贝延请阿伯拉尔担任爱洛伊丝的家庭教师。的确，在巴黎，也只有阿伯拉尔堪担此任。

一位聪明、博学、迷人的修辞学家与神学家，一位才貌双全、情窦初开的少女，阿伯拉尔与爱洛伊丝在授课过程中很快相爱了。

《劫余录》如此叙述：

> 我的双手不常翻动书页，却总在她的胸口流连；我们的眼睛不常阅读书本，却总是凝视着对方。

很快，隐秘恋情被爱洛伊丝叔父菲尔贝得知，他狂怒地将阿伯拉尔从自己家中赶走。随后，爱洛伊丝怀孕，并被悄悄送往阿伯拉尔家乡，在那里，她生下一个男孩。

为了平息菲尔贝的愤怒，也为了能真正拥有心上人，阿伯拉尔决定迎娶爱洛伊丝，婚礼在教堂秘密举行，这样不至于影响他在教会的未来前程。

但菲尔贝却违背保密誓言，散布他们的婚姻消息。叔父与侄女的矛盾迅急升温。阿伯拉尔不得不把妻子送到她小时生活过的修道院，以暂避风头。

侄女失踪后，菲尔贝怒不可遏，他认为阿伯拉尔是想借爱洛伊丝做修女为由，最终摆脱她。难耐自己的"被愚弄"，某夜，菲尔贝派人闯进阿伯拉尔房间，将他阉割了。

"第二天早晨，全城的人都聚集在我的门前，那充满恐怖和震惊的场面，掺杂着哀叹、叫喊和窃窃私语，难以形容……我现在能往何处去？"《劫余录》中，阿伯拉尔的哀恸与绝望历历在目。

此后，这对相爱十八个月的恋人，双双遁入修道院。那一年，阿伯拉尔不足四十岁，爱洛伊丝大约十九岁。

三

此后十年间，阿伯拉尔与爱洛伊丝天各一方，默默过着隐修生活，其间连书信也无往来。

自蒙难、进入修道院后，阿伯拉尔渐渐从危机中走了出来。他全心皈依宗教，接受挑战，恢复斗志，最终成为法国中世纪著名神学家和哲学家。

学者们将十二世纪命名为"阿伯拉尔时代"。阿伯拉尔的哲学贡献，主要是将逻辑学运用于神学理论——他的"信仰应建立在理性基础之上"的宣言，既是法兰西文明的第一块最坚固的基石，也是文艺复兴的先声。

但阿伯拉尔没有遗忘爱洛伊丝，并时刻关注着她。1129年，当阿伯拉尔得知爱洛伊丝所在的女修道院（此时她已是该修道院院长）面临解散、修女们被驱赶时，便将自己在荒郊野岭一手创立的"圣灵修道院"及其财产，无偿地赠给了她们。

十年别离，有情人终又相见。现在，阿伯拉尔把爱洛伊丝当作

"我的基督姐妹"而不是"我的妻子"。随后三年,五十三岁的阿伯拉尔开始撰写自传《劫余录》,以一种坦率的乃至自残的方式回顾人生。

《劫余录》几经辗转,被远方的爱洛伊丝看到,她心绪难平,给他写了一封情书,满怀激情、疑惑和痛苦:

> 亲爱的,你知道,一如整个世界知道的那样,我对你是多么迷恋,公然的背叛行为让我失去了你,这好比丧失了我自己一样……为服从你的意志,我放弃了所有的快乐,除了向你证明我现在甚至比以往任何时候更加属于你之外,我一无所有。

在随后第二封信中,爱洛伊丝激动地写到,自己在性爱上受到压抑,不能忘记两人相爱时的幸福时光:

> 我们所做的每一件事、共同度过的每一个时光、去过的每一个地方,连同你的影子都深深铭刻在我的心里,每每重温则仿佛昨日重现。

爱洛伊丝明确道出自己的处境,她立誓出家,不是出于对上帝的爱,而是出于遵循阿伯拉尔的命令,出于对他的挚爱。这封信,勾画出一个忍受巨大痛苦和无尽折磨的灵魂。念及一位年轻女子多年来将真爱隐藏,孤苦无告,令人神伤。

阅读《劫余录》,以及阿伯拉尔和爱洛伊丝通信集,除了感佩爱洛伊丝对爱的忠贞和彻底奉献之外,更令我肃然起敬的,是一位中世纪女子非凡的才智、罕见的自控力、坚韧个性和实干才能。实际上,早在最初两人热恋之际,爱洛伊丝就反对过阿伯拉尔的求婚,她甘愿做他的情人。她担心世俗婚姻生活，会背叛彼此献身哲学的崇高理想。《劫余录》写道：

> 学生和保姆之间，书桌和摇篮之间，书本、刻写板和女红之间，笔和纺锤之间，能有什么和谐可言呢？……昔日的哲学大师们都鄙视尘俗，与其说他们谴责它，不如说是逃避它……

及至后来两人归隐修道院、分别经年、给心上人去过两封信后，爱洛伊丝开始变得冷静，她经历了一次成功的心灵转变。在给阿伯拉尔的第三封信中，她决心重新献身于上帝，并代表教众，询问阿伯拉尔修女制度起源与女子修行的教规。

爱洛伊丝可能早在二十三岁时就做了修道院副院长，随后，一直担任"圣灵修道院"院长。她生前还建立了六所附属女修道院。

四

1142年，阿伯拉尔逝世，终年六十三岁。其墓志铭上称他为"高卢的苏格拉底"，"一个多才多艺的人，精细的、敏锐的天才"。随后，遗体迁葬于爱洛伊丝任院长的"圣灵修道院"。

二十一年后，同享盛名、同是六十三岁的爱洛伊丝离开人间，比邻阿伯拉尔坟墓下葬。在一段哥特式传奇叙述中，当爱洛伊丝被安葬在阿伯拉尔身边时，已经死去多年的阿伯拉尔骸骨张开双臂拥抱了她。

他们的遗骸后来多次迁移，十九世纪，在拿破仑第一任妻子约瑟芬·波拿巴提议下，重新安葬于巴黎拉雪兹神甫公墓。时至今日，他们仍在那里，墓地上耸立着一座哥特式建筑，人们常常穿过铁栏，把鲜花放在他们的墓旁。

在所有中世纪爱情故事中，唯有阿伯拉尔与爱洛伊丝的长篇叙事诗具有双重悲剧色彩。他们本着最美好的愿望、最缠绵的爱心行事，最终却遭致灭顶之灾。

这对尘世间的至爱，在西方堪与罗密欧和朱丽叶、但丁和贝雅特丽齐齐名。有关他们的传说世代流传，经久不息。

十三世纪时，法国诗人让·德·默恩，在其寓言作品《玫瑰传奇》中，把他们的故事写成了六十四行的简约诗篇。意大利诗人彼得拉克对这对情侣产生过浓厚兴趣。十七世纪初，《阿伯拉尔和爱洛伊丝通信集》拉丁文版正式出版，随后被翻译成法语、英文。读过英译书信后，二十九岁的英国诗人蒲柏深受感动，他模仿爱洛伊丝的口吻，用第一人称写了一首三百多行的长诗《爱洛莎致阿伯拉尔》。法国作家卢梭，在出版的第一部书信体长篇小说中，直接将一位金发美女的主人公朱莉命名为"新爱洛伊丝"。进入二十世纪后，爱尔兰作家乔治·摩尔写出其最后一部重要小说《爱洛伊丝和阿伯拉尔》。继之，海伦·沃德尔发表了《皮埃尔·阿伯拉尔》，M.沃辛顿出版了《不朽情人》。1970年，有关这对情侣的剧本问世，在伦敦西区成功连演。2008年1月，芝加哥剧院推出了关于爱洛伊丝和阿伯拉尔的音乐剧。法国某个奢侈品牌还有以爱洛伊丝命名的手袋……

大约在爱洛伊丝死后一百年，1461年，法国诗人弗朗索瓦·维庸在《往昔贵妇歌》中，写下了如下诗句：

> 那博学的女子爱洛伊丝在哪里？
> 为了她，皮埃尔·阿伯拉尔惨遭阉割
> 又在圣丹尼出家做了修士
> 是爱情使他这般不幸
> ……去年白雪，如今安在？

是啊,去年的白雪在哪里?爱洛伊丝与阿伯拉尔在哪里?实际上,他们并没有消失,他们会年年归来,在寒冬之后融汇于春之急流,隐藏在红男绿女热切的眼眸里、滚烫的心窝中。

2014 年 2 月

童年之花
——《动画中国》的启迪

"没有童年，就没有真正的宇宙性。没有宇宙的颂歌，就没有诗篇。"

法国哲学家巴什拉在《梦想的诗学》里，提出了一个"先本体论"概念，即记忆、梦想、诗都不是始而有之，而是在将各种幸福及有益的形象进行组合后再开始存在。他温婉地指出，为了理解我们对世界的依恋，必须给每种原型加上一段童年，我们的童年——以使我们能够生活在重新想象的过去之中。

童年各异。我的童年是在乡村度过的，那是一段静谧、忧郁的漫长时光……夕阳西下，牛在吃草，奶奶在收衣，银匠从山脊翻过，薄荷地闪闪烁烁、渐渐变暗。随后，炊烟从各家的屋顶升起来，斑鸠飞入竹林，再随后是夜晚。

突然，空中鼓乐齐鸣，黑漆漆的夜幕上飞舞着鹅黄、火红的线条，刹那间石头里蹦出一只猴子，许多猴子搬弄花果，有位英雄钻入深海。

我出生的那年，1964年，动画片《大闹天宫》刚刚拍好。但我首次看到"齐天大圣"时，却是初中时期的1978年——因为特殊的时代原因，孙悟空在中国黑漆漆的乡村夜晚打打闹闹，推迟了整整十多年。

我至今还难以形容，我第一次看到《大闹天宫》时的惊异与震撼。孙悟空，这个上天入地的孩子，完全是一朵鲜艳的宇宙之花，在我内心的黑夜深处一次次绽放，并随时会飞落在我的身旁。以至于很多年后，我一直坚信，在我去外婆家的路上，有一处碧绿的山间水库，那就是孙悟空进入东海、去向龙王借兵器的入口。

童年是存在的深井。从此，我儿童时期保持的这个火光般的形象，与青苔的气味，风雨黄昏的温馨气息，蚰蜒的缓慢爬行，银河的光影，竹林里的红月亮，紧紧纠缠在一起。随之，是诗的萌芽。

前不久，在书店闲散翻书时，我意外被一套名为《动画中国》的丛书吸引住——上海美术电影制片厂的经典动画绘图本，安徽少年儿童出版社出版。《大闹天宫》、《哪吒闹海》、《黑猫警长》、《葫芦兄弟》，这套丛书首批四卷，几乎收录了上海美术电影制片厂五十多年来所有重要电影动画，比如《宝莲灯》、《三个和尚》、《小蝌蚪找妈妈》、《牧童》、《金色的海螺》、《好猫咪咪》、《天书奇谭》，等等。

>   太阳啊，你出来吧！大海为你，开出了菩提花；晨风为你，吹尽了尘和沙！

>   葫芦娃，葫芦娃，一棵藤上七朵花。

>   二郎神正坐在高高的云端，身后的黑云漩涡一样搅动着，就像他的黑心肠。

>   三圣母是温暖的太阳，吐出许多恳切的言语。可二郎神是一座巨大的冰山，说什么也不肯放小沉香走。

故事还是老故事，画面还是老画面。只不过为了保证清晰，在编辑该书时画面经过了细致打磨，重新描画和上色。电影镜头变成了叙述的语言，富有乐感，朗朗上口。

在书架边，我读着读着，许多内心深藏的炽热形象，宛如童年遗失的火种，又转瞬复萌。久而久之，以至于记忆与想象的边界变得模糊，我几乎分辨不出哪些是想象，哪些是回忆。

啊，国产动漫的经典时代，一个温润、端庄、美丽的时代，正渐行渐远，那是一个气定神闲、经典辈出、紧贴民族艺术之根的时代。

上海美术电影制片厂，自1957年4月正式建厂以来，共摄制四百多部美术片，其中有四十八部先后在国内六十九次获奖，有四十五部美术片在国际上七十三次获奖。

其时，中国动画片，独一无二的民族元素与动画影像的结合，构成了一道道神奇的风景，一度震惊了世界影坛。这些元素包括水墨画、雕塑、建筑、服饰，乃至戏曲、民乐、剪纸、皮影、木偶、年画，等等。

这其中，最令人称奇的是中国水墨动画片，它们宛如一阵阵清新之风，吹在山水和田园，吹在瓜果、河流和农庄的上空。美轮美奂，恍如隔世。

水墨动画，完完全全的中国风格，连片名都是精美的行楷书法，片尾年代都是"壬戌年"，并加盖了雅致的印章……每帧画面，一只小鸡，一片芦苇，一带远山，一群游动的蝌蚪，都是一幅幅精美的水墨画，墨色浓淡有致，线条婉转，充满动感和韵律。

今天，这些画面，只依稀存在于齐白石、李可染、林风眠的画册中。

早年的动画原画，在"文革"中悉数被毁，大部分原始胶片也都荡然无存。以至于今年，为纪念张光宇先生诞辰一百一十周年，好不容易才找到一幅《大闹天宫》设计稿，被做成藏书票，放在纪念笔记本的卷首。而在当时，《大闹天宫》绘制了近七万幅画作。

其时，很多美术大师都参与动画片创作。仅就视觉设计而言，这些大师的名字足以令人景仰——水墨动画片《小蝌蚪找妈妈》的原画作者是齐白石，《牧笛》里的水牛形象则是李可染的亲笔，《大闹天宫》的美术设计是张光宇，《狐狸打猎人》的造型设计是韩美林，《鹿铃》的美术设计是程十发，《哪吒闹海》美术总设计是张仃，《鹬蚌相争》借鉴了国画大师林风眠的作品风格……

当时，动画设计多是艺术家一张一张用毛笔亲手绘制。在今天，这个大师画作寸纸寸金的年代，已是不可想象。更不可想象的是，如今人们日渐远离自然，城里孩子连蝌蚪都不认识，乡村也几乎看不见野生的鲶鱼、乌龟和螃蟹，你叫孩子们怎么亲近《小蝌蚪找妈妈》？

"我们这一代人，您是再也揪不回去了。"难怪，前任上美厂副厂长张松林，在家里看儿孙们迷恋外国动画时，感叹不已。

"我们这一代人"，到底是怎样的一代人呢？

万籁鸣，《大闹天宫》的导演之一，中国动画的开山鼻祖，"万氏兄弟"的长兄。万氏四兄弟，曾在极其艰难的条件下，于1926年摄制了中国第一部动画片《大闹画室》。1941年，他们又创作了亚洲第一部动画长篇《铁扇公主》。接拍《大闹天宫》那一年，万籁鸣已经六十岁。为了寻找片中诸多神仙的原型，他特意派人在寒冬腊月远上北京，遍访大大小小的庙宇。有时，为了设计一个动作，花甲之年的万籁鸣往往会想得入神，会顺手抄起一根梢棒，在厂院里和年轻人挥舞起来，以至有一次不慎掉入水池。"文革"期间，万籁鸣因《大闹天宫》蒙难，遭到隔离审查。1997年，九十八岁高龄的万籁鸣先生安静地离开人世。在老人的墓碑上没有墓志铭，墓碑设计成一卷展开的电影胶片，一座云遮雾绕的花果山雕塑上，孙大圣手搭凉棚，寂然眺望。

张光宇，中国漫画的奠基人，原中央美院、中央工艺美院教授。赴上海设计《大闹天宫》时，也是年过六旬的老人。他给美猴王设计了著名的桃心脸。在其私淑弟子张仃看来，张光宇二十世纪三十年代的漫画就已深入千家万户，其社会影响之大，决不亚于国画界的齐白石、黄宾虹。张光宇晚年清贫，却给后人留下了享用不尽的文化遗产。

张仃，1978年出任《哪吒闹海》的美术总设计，原中央工艺美术学院院长。《哪吒闹海》人物造型生动，色彩鲜艳，山水风景也极具中国神韵，对中国动漫影响深远。2010年2月，张仃在北京逝世，享年九十三岁。张仃的书案上，常年放着一个古装儿童的石膏头像，初看像敦煌石窟或麦积山寺庙里的雕塑，又非常富有现代感，这个石膏头像正是哪吒。

这一代先生，深具民国文人风韵，交游广泛，学养深厚，中西交融，多为博雅通识之才。

二十世纪二十年代，万籁鸣就出任《良友画报》的美编，他在水彩画、水粉画、油画、钢笔画、剪纸、雕塑、木刻等方面都深有造诣。张光宇的装饰艺术，在中国是一面旗帜，也是亚洲人的骄傲，其"内方外圆"、"圆中寓方"、"方中寓圆"的造型观念，是中国青铜器、玉器、金石书法的重要美学规律的传承和发展，"张光宇风格"也成了"装饰风格"的代名词。张仃，被称为二十世纪中国的"大美术家"、美术"立交桥"，他在漫画、壁画、邮票设计、年画、宣传画、焦墨山水绘画等方面都卓有建树。张光宇、张仃还曾与梁思成一起，参加过国徽设计。张仃也是毕加索的中国知音，毕加索曾赠他一本画册和一幅和平鸽的绘画。

2010年，也是特伟先生的离世之年——作为动画电影"中国学派"创始人之一，上海美术电影制片厂首任厂长，特伟的逝世，标志着一个时代的结束。

特伟一生，致力于探索中国动画的民族风格，他是水墨动画的初创者之一，其作品《骄傲的将军》、《小蝌蚪找妈妈》、《牧笛》早已家喻户晓。实际上，自1988年特伟的《山水情》之后，中国水墨动画就终结了。难怪有观众感叹:"特伟的离去,也许我只能在美式和日式两种动画片中度过余生了。"

五十多年,上海美术电影制片厂制作的数百部动画片,的的确确是在"美"字上做文章,而这种美,又是彻彻底底的"中国之美"、"民族之光"——《南郭先生》,表现了汉代的艺术风格、格调古雅;《金色的海螺》,尽显中国皮影戏、民间窗花的艺术特色;《聪明的鸭子》,乃折纸片,情趣盎然;《夹子救鹿》,具敦煌壁画的古朴之风;剪纸片《草人》,彰显中国工笔花鸟画的形式……上述种种,全然土生土长,都与今天街头巷尾流行的美、日动漫之风截然不同。

今天,当我们的孩子在迷恋日本动漫之时,他们是否意识到,日本动漫恰恰起源于中国,只是后来将其发扬光大了。

日本的宫崎骏,就是在看了《大闹天宫》后,才萌发将动画创造作为自己终身目标的想法。1984年,宫崎骏与其同事高畑勋慕名来到上海电影制片厂参观,翌年开始创办日本著名动画工作室"吉卜力";被称为日本"漫画之神"的手冢治虫,抗战期间,在上海看到了动画片《铁扇公主》后,大为赞叹,决定放弃学医,转向动漫创作,并将动漫引入日本,创作了《铁臂阿童木》。二十世纪八十年代,手冢治虫来华访问,唯一的要求就是拜见八十多岁的万籁鸣。他坦承,铁臂阿童木是受了"孙悟空"的启发后创造的。见面那天,万籁鸣画下孙悟空,和手冢治虫笔下的阿童木紧紧贴在一起。并且,手冢治虫和宫崎骏,都对中国水墨动漫推崇备至。

今天,国家重视发展文化产业,大家都在谈重振中国动漫。但是,我们不得不承认,自二十世纪九十年代至今,因为各种复杂的原因,中国动画已经迷失——这其中,最明显的,是失掉了本民族的风格与传统。须知,一味异国之风,一味娱乐,一味大资金投入、技术崇拜,终究离中国万紫千红的"花果山"越来越远。

文化快餐和娱乐时代,现在很多中国孩子,已不能分辨出本民族的温润和雅致之美。而事实上，国际上那些文化输出最盛的国家，恰恰是最具民族意识的国家。

中国动漫如何发展，的确一言难尽。如何说故事，如何释放想象力，如何探寻渊深的人性，如何培养宇宙情怀、世界情怀与人类问题意识，如何不把孩子当作低幼的说教对象，仅仅哄孩子玩……都是一个个问题。

所谓子不语"怪力乱神"。我们这个国度，有着数千年"寓教于乐"的传统。最近，在阅读《动画中国》这套书后，我又重新回顾了一些中国经典动画片。在看《铁扇公主》时，有个细节使我警觉，那就是该片的开篇字幕：

> 《西游记》，本为一部绝妙之童话。特以世多误解，致被目为神怪小说。本片取材于是，实为培育儿童心理而作，故内容删芜存精，不涉神怪。仅以唐僧等四人路阻火焰山，以示人生途径之磨难，欲求经此磨难，则必须坚持信念，大众一心，始能获得此扑灭凶焰之芭蕉扇。

由这个字幕可以看出，中国动画片自一开始，就在"说教"中定位，把孩子对象化了。

实际上，适度的"怪力乱神"，恰恰是瑰丽想象、复杂叙事的保证——比如孙悟空，不正是因为他的怪异、勇力、叛乱、通神灭鬼之事，才使他威风凛凛、神采奕奕的吗？

中国，有着浩如烟海的神话故事、民间传说、历史传奇、志怪小说，资源得天独厚，现在的问题是如何量体裁衣，面向未来，再创精品。

所谓精品，第一步还得重新衔接传统，使好的技术服务于好的视觉、好的声音，以彰显一个民族生机勃勃的精神力量，使抽象的国家变得有形有色、韵味无穷。诚如茅盾先生当年给《小蝌蚪找妈妈》的题词："白石世所珍,俊逸复清新……何期影坛彦,创造惊鬼神。"

卓越的梦想者,正是善于呼吸过去的人。而童年之梦,童年之忆,在我们的名字周围,堆积起我们所有的存在,以确保我们生命的连续性。

期望中国孩子,在未来更好的动漫作品里,进入与世界合为一体的梦想,宇宙性的梦想,以便在沧桑之年,还能道出灵魂的秘密住址,展开难以估量的记忆。

而此刻,《动画中国》这套书,因其独立的时代品质,因其对传承民族记忆的责任,使我们重温逝去时光的幽深魅力。我谨怀感激之念,欢呼这看似夕拾朝花,实则是崭新的、鲜艳的奉献。

2010 年 10 月

双璧交辉
——关于《乃正书昌耀诗》

2009年7月的一天,合肥正值酷暑,我意外接到加拿大不列颠哥伦比亚大学曹星原教授的电话,说是朱乃正先生因一点私事要来合肥。朱乃正先生要来合肥,我内心激动,充满期待,并即时通知了安徽省美协主管油画的杨国新副主席和安徽大学艺术学院的傅强教授。

第二天,我们在机场欢迎朱乃正、曹星原先生一行,并陪送至稻香楼宾馆。其时,正值第十一届全国美展安徽油画展开展,机会难得,杨主席想请朱先生看看安徽油画家的作品,并做一些指导。自二十世纪八十年代朱乃正先生和张仃先生赴黄山考察摩崖石刻以来,二十多年过去,朱先生一直没来过合肥。

参观过安徽油画展,在久留米美术馆接待室发表观感之前,朱先生突然说:"凤鸣,我送你一点东西,是一本书。"随后,他用银色签字笔,在书的函套上题签:"谨以此册奉凤鸣诗家,以慰昌耀在天之灵。"

这本《乃正书昌耀诗》,我以前早有耳闻。在北京,我也曾向朱先生问起过,没想到他亲自把书带到合肥,使我倍受感动。这本书,隐藏着一个大画家和一位大诗人怎样的真情大义?这种情怀对于今天的我们又有何特别意义?

昌耀,作为当代中国最杰出的诗人,虽然年龄上是我们的父辈,但因为历史的原因,他和我们这一代诗人在精神上契合却最为紧密。

二十五年前，也就是 1985 年，我大学刚毕业，分配到黄山一所乡村中学任教。在蓝色琥珀般的天空下，在水杉树火红的光影里，整整一个秋天，我的心被昌耀的一首名为《慈航》的诗歌紧紧纠缠——这首近六百行的长诗发表在当年《西藏文学》第十期上，并被《诗选刊》第十一期迅速转载。

　　那在疏松的土丘之后竖起前肢
　　独对寂寞吹奏东风的旱獭
　　是他昨天的影子？

　　我不理解遗忘。
　　当我回首山关，
　　夕阳里覆满五色翎毛，
　　——是一座座惜春的花冢。

　　是的，在善恶的角力中
　　爱的繁衍与生殖
　　比死亡的戕残更古老、
　　更勇武百倍。

这首诗沉郁的语调，古朴的词汇，玛瑙般的质地，悲怆而又深广的精神气息，既区别于当时轻飘浪漫的大学生写作，也与空洞的"寻根诗歌"构成区别。在我的内心，《慈航》带给我的完全是一次壮丽的精神日出。从此，我记住了昌耀。

2003 年 12 月，我因采访中央美院的洪凌先生，在北京门头沟朱乃正先生的府邸，第一次见到朱先生。

因为朱先生曾在青海工作过，我也因写诗和编辑过《诗歌报月刊》，与昌耀偶有联系，所以我们很自然地谈起昌耀。可这一谈就收不拢话题，转眼大半个上午过去了。在回城区的路上，洪凌先生问起我对朱先生的印象，我说："儒者，一看就是仁义之士。"

当时，昌耀先生已去世三年，但我对更多的关于朱乃正和昌耀两位先生的交往，还是不太清楚。

2008年，燎原先生撰写的《昌耀评传》，由人民文学出版社出版发行，这本四十多万字的书，详细披露了诗人昌耀的精神历程和生活细节。因为我和朱乃正先生有过几面之缘，加之对朱先生内心敬仰，所以就特别留心该书中描绘的那一代文艺大家的感人交往。

少年早慧，蒙冤受屈，人生磨砺，对传统的深沉迷恋，极具创造性的自我完成。从某种意义来看，昌耀和朱乃正先生都堪称是一个民族、一个时代的精神标本。只不过相对朱乃正而言，昌耀的命运更为苦涩。

早在1962年，二十五岁的中央美院高材生朱乃正，戴着"右派"的帽子被发配到了青海省文联已三年。而以诗罹祸，同样以"右派"身份从青海文联被发配到祁连山的昌耀，为了申诉，回到西宁时与朱乃正相识。

同是天涯沦落人，相同的命运和共同的追求，使他们心息相依。临别之际，乐善好施的青年画家朱乃正，拿出了自己积攒的五斤全国粮票，送给了日子比自己更为凄苦的昌耀。

五斤全国通用粮票，在三年经济困难时期刚刚结束的1962年，的确贵重无比。朱先生曾在一篇访谈录中回忆说："那时正赶上自然灾害，青海死了很多人。我也时常挨饿，身体浮肿。"这五斤粮票，让昌耀先生至死不忘，直至去世前躺在病榻上，还忍不住旧事重提。

艰难困苦，玉汝于成。1978年后，一代知识分子头顶的乌云散去。在青海高原磨砺了二十一年的朱乃正，于1980年调回中央美术学院，七年后，他出任中央美院副院长。1979年，诗人昌耀也带着妻儿离开劳教农场,回到睽违了二十一年的青海省文联。一个大画家和一个大诗人,各自迎来了自己的时代,虽然一个在北京,一个在西宁,彼此见面不是很多,仅偶有书信问候,但他们之间的精神连接从未中断。

时间到了1999年下半年,世纪交替时刻。昌耀先生身患肺腺癌,住进了青海省第二人民医院。所谓"诗人少达而多穷"、"诗穷而后工",在我们这个国度,历史上几乎所有的大诗人,总是在人生不达志、不如意、幽愤积于内心时,方能写出精美的诗歌。昌耀也不例外。

在中国诗坛上,昌耀宛如一朵幽居冰山的雪莲,是苦难、清寒和孤独的代名词。因长期沉湎于内心,现实生活中,他缺乏自我保护能力。特别是进入商业社会后,诗人常常神情恍惚,面对纷繁世事,更感窘迫无措。

身患绝症后,昌耀几次想出院,只因医疗费有百分之二十需要个人负担,他感觉困难。1999年底,昌耀好友、青海省美协主席左良先生出差北京,诗人委托他代为催要人民文学出版社《昌耀的诗》的稿费,以付积欠医院的医疗费。在出版诗集困难的今天,人文社出于对"诗坛骄子"的特别礼遇,很快从优从快支付了一万多元稿酬。

此次北京出差,朱乃正和左良两位老友见面,谈起昌耀的境遇。说者无心,听者有意,但左良先生还是未预料到日后发生的事。回西宁后,2000年春节前某日拂晓,左良在家中突然接到了朱乃正从北京打来的电话:"昌耀于病中寄我新出的诗集,我随读随抄了一些篇章,想必对他能有些安慰。直接寄他恐有闪失,还是由你转交为妥。"数日后,左良收到朱乃正先生的特快专递。一个细节是,以往朱先生的邮件都是他女儿代寄,这次是朱先生亲自签单付邮。

2000年大年初一(2月5日),左良先生带着朱乃正先生的深情厚谊,去医院给昌耀拜年。昌耀先生在亲友们的帮扶下,一页一页仔细欣赏着朱先生的手书诗签，一齐轻声朗诵着朱乃正先生的跋文，感动得双泪长流，双手微微颤抖，在一旁的女诗人肖黛，一边为昌耀拭泪，一边轻声劝慰。

《乃正书昌耀诗》册页，共二十三幅，计二千二百二十二字。用朱乃正先生"月白风清楼主用签"书写，并亲笔编号。扉页以"昆仑摩崖，无韵之诗"做总题，后有几百字的跋文。在扉页尺素上竟钤用了"一苇所如"、"茫泱无垠"、"食纸"等八方印章，这在朱乃正书法中很少见。

该册页是朱先生在动笔之初，心中有过总体设计的书法精品，共录昌耀《高车》、《灵宵》、《慈航》、《雪乡》等诗歌十四首。每幅书法作品，朱乃正根据对昌耀诗歌内质的不同体会，字体和布局各异——《慈航》、《日出》、《河床》诸篇用的是魏晋写经体，绵绵密密，极富简牍遗韵；《高车》等篇用的是草书，龙蛇飞动，茫茫苍苍；《纪历》、《河西走廊》、《所思》等诗签，凝重的魏碑与飞扬的行草完美相融，庄重与灵秀相得益彰。

整个册页，字径或大或小，墨色时浓时淡，满纸韵致，落落大方，体现了书法和诗歌的激情融合，也体现了朱乃正先生作为一代大书家博采广纳、圆融无碍的宏阔气象。

这是怎样贵重的一份礼物呢？燎原先生在《昌耀评传》中，有过如下议论：

> 从一九九〇年初开始，中国的书画作品就身价陡涨，一些书法名家的匾额题字，一个字就是五千元，并且绝不讨价还价。而朱乃正，则属于中国顶级书画名家之列……朱乃正用这样的方式，送给了昌耀一片大情大义，也是要用这种曲折的方式，送给穷困的昌耀一笔大钱！

欣赏过朱先生的真情馈赠,内心震撼之余,昌耀先生很快表示此册页具有艺术史料意义,应公开出版,原作自己及家人不能保留,应属于社会,可考虑捐赠给一个合适的博物馆永久收藏。

在收到册页的第三天,也就是2月8日,昌耀在手指发抖、写字艰难的状态中,给朱乃正写信,一表示由衷感谢,二表示这批墨宝不能据为己有。就一般情理而论,这个册页体现了朋友的一份真情,昌耀完全可以自己收下,或作为传家宝留给子孙收藏。但是,昌耀做出了上述决定。据此,我们也可看出一代大诗人的高洁情怀和文化责任感。

2000年3月23日上午,昌耀从医院三楼病房跳楼自尽。同年7月,代表中国新诗最高成就之一的《昌耀诗文总集》出版。两年后,2002年6月,朱乃正先生的册页以《乃正书昌耀诗》为书名,由山东美术出版社出版发行,随之,仅书籍设计一项,就多次获得国际大奖及"中国最美的书"等殊荣。2007年7月24日,《乃正书昌耀诗》首发式及手稿捐赠仪式在西宁举行,朱乃正先生在首发式上,向青海省博物馆捐赠了这部饱含深情、具有特殊价值的书稿原作。

朱乃正先生2009年夏天短暂的合肥之行,历历如在眼前。他看画,合影,和亲友交谈,给久留米美术馆工作人员题字,在我两个孩子的读书笔记上题写勉励之语……但在亲切随和中,我分明发现朱先生在沉默中时常露出的庄严之情。

许多个长夜,天籁宁谧、人静孤灯之下,我披览着朱先生赠送的这部装帧考究的图书,感慨良多。

今日众多画家,心中满是名利世故,更多精力放在市场上,在锱铢必较的商业运作中,耗费了光阴,堵塞了心灵。一个艺术家,心中未曾留下一片虚灵之地,要想在作品中开辟境界、书写性灵,恐怕是一件困难的事。

而上一代先生们,无论是诗人昌耀还是画家朱乃正,他们心中总以情感和精神为念。而这情感与精神，也正是我们这个国家世代大文艺家们依仁游艺、直逼内美、延续诗教的源泉。

由此，我也理解了朱乃正先生为何大半生孜孜以求油画的民族性，引领中国油画"寻根"，还有他的油画名作《国魂：屈原颂》、《夜闻空山：东坡小像》中那种梦境般的神秘诗韵；也理解了昌耀先生在写诗之余，为何热衷于美术和摄影。据我理解，某种意义上，诗人昌耀和画家黄宾虹倒是十分接近，都是在中国古老的语汇和法度中，实现了最终的独创性和现代性。

我十分赞同中央美院著名教授钟涵先生在《乃正书昌耀诗》序言中的评介："王昌耀和朱乃正这样的文艺家，才是我们悠久文脉的现代继承者和发扬者。现代中国文化在走向未来的时候，特别需要来自历史和现实人生深处的宏大精神的声音。"

2010年6月

记忆塑造未来

车子摇摇晃晃到了村庄，我十八年来第一次回老家过春节。残废的土墙，新水泥房子，绿油油的竹林，倒挂在松树上的灰喜鹊，鸡，老婆婆的蓝围裙，颤巍巍的手势和呼喊，泡桐树黑黑的线条（但是不要紧，很快到春天，它会开出淡紫色的花来）——天空的巨轮下，是万古千秋的时光流转与轮回。

下午到屋前的山上，我试图看看村庄全景。远处，一座山头被削掉了，露出一个巨大的白坑，听乡亲们说那是为了挖一种名叫蓝晶石的矿留下的。前两年，我的一位堂叔因为土层塌方，被压死在那里。

除夕之夜，照例是放鞭炮，照例是去祖坟前祭奠、辞岁。只不过是我现在带着孩子们，而从前是父亲带着我。山岗上添了一些新坟，许多老坟前的灌木长成了树木。深夜，窗外有一种极其细微的、陌生的沙沙声，父亲说，那是十公里外高速公路上的车流声。

时代在飞速发展，我们身处一个宏大、急速的变形记中。我想写首诗，但我面临的困境是，诗歌怎样与村后的那座裸露的矿坑情景交融？

年初五，与朋友聚会，深夜老同学驱车从县城送我回家。城外到处是开发区，是掘开的大片泥土，诗歌在哪里？临进村庄时，突然起了大雾，车子无法开。浓雾里，我只有打电话给父亲，七十多岁的老父亲打着手电筒来接我。父亲感叹说："这雾，像一堵墙啊。"我没有接过父亲的话，默默无声地走着，继续走，我想，那浓雾里一闪一闪的手电筒光或许就是诗歌吧。

好像是这样，如今，只有浓密的大雾才能使一切遮蔽，月光似乎太稀薄……月光已经不够用了。在古典时期，无论是歌德还是王维，都描写过飞鸟被月光惊醒的场景。在那些时代的夜晚里，惊飞的鸟雀很快会被月光融化，甚至人也会被月亮消融。

但如今的情况是，身处当代，诗歌首先要消化的是矿山和高速公路，还有灌木丛中突然冲出的、成群结队的摩托车。看来，诗歌必须要变换一种胃液，要有一副更为粗野的、坚决的喉咙。

哲学家加缪有言，必须生存到那些哭泣的心境，诗意才会萌发。可是，在我们这个时代，谁愿意沦落到哭泣里呢？

年初八，因为故乡小镇要重建，搞建筑设计的弟弟请来了香港的规划师。蓝图上，未来小镇将闪现出风景区、教学区，最醒目的当属工业园区，与县工业园遥相呼应——亮铮铮的厂房，很快将取代我童年河边胆怯的记忆。

记忆是什么呢？记忆就是风中的气味，就是衣饰与方言，也是饮食和歌谣。记忆就是家乡。我一直以为，故乡就是散落着稻草的灰白小路，将村庄和小镇相连；故乡就是小镇的青石板街道，午夜闪过的红灯笼；故乡就是黄昏时分，发电站边，竹林上空腾起的麻雀；故乡就是结冰的池塘，儿童的尖叫，牛蹄印里蓝幽幽的积水；故乡也是一位姓陈的傻子常常站在街心，屋檐下，低悬的玉米间，依依吹着年深月久的风。故乡也是年代流逝中，永远不变的童谣：棠梨树，开白花，有女莫嫁河沿下；河边日里打白网，夜里织网纱……

作为一位保守的乡土主义者，我至今还从来没有认为，我成年后生活和工作的地方就是家乡。童年，似乎将我内心的记忆已经全部攫取。

春节假期快完，临回合肥前，去舅舅家拜年。午后，我和弟妹们又重新攀游了舅舅村后的白崖寨。该寨始建于元末,有近七百年历史,长达十多华里的寨墙,蜿蜒盘旋、逐迤起伏于五大山峰之间,素有"南国小长城"之称。

弟妹和孩子们先下山了。黄昏时分,我独自坐在白崖寨的巅峰,极目远视,故乡小镇凉亭镇在暮霭里沉浮着,成了冬日平原上一片飘荡的树叶。小镇旁的烽火山,有着对称的朦胧的线条,宛如一座死火山的形状。

耳边松涛阵阵,凝视着遥远地平线隐隐约约的巨大圆弧,我的内心有一种剧烈震撼,那就是我的家乡是在大地上,这片大地居于一片宏伟的大陆,这片大陆,地质力学上称为"欧亚板块"。往西,再往北,似乎就是蒙古,吉尔吉斯斯坦,哈萨克斯坦,波罗的海,瑞典,格陵兰岛,北极。

我以往的对于故乡的自大感突然消失,眼前情景,使我像一个忧郁病患者。既然这个世界上有如此多国家,有摩天大楼,小汽车,错层式住宅,高档厨房设施,芯片,霓虹灯,我们小镇为什么就不能有工业园区?

工业园不是假山点缀、赏梅弄菊的花园,也不是供人怡情养性的公园。这硬邦邦的道理,昭显着一种观点,即土地是一种经济资源——这大地下埋藏着的,是矿藏,可以变成亮闪闪的金属钻头;那些丘陵间树木灌丛里的飞禽走兽、鸡鸭鹅兔,可以做成远销他国的食品罐头。

人高于其他生命,自然是一种对象化的物质系统,在西方,这种精神与物质二元对立的自然观由来已久,从亚伯拉罕时就固有。《旧约》"创世纪"篇中有言:"神赐福给挪亚和他的儿子,对他们说……凡地上的走兽和空中的飞鸟,都必惊恐、惧怕你们;连地上一切的昆虫并海里一切的鱼,都交付你们的手。凡活着的动物,都可以作你们的食物,这一切我都赐给你们,如同菜蔬一样。"

但工业化之前，几千年里，传统中国的自然观和西方可谓泾渭分明，差异极大。而这其中最大的区别，就是中国人对自然之爱，对自然的谦卑和依偎。而这一点，使德国作家歌德、席勒、诺瓦利兹都惊叹不已。

在古代中国的自然观中，人类，是宇宙毕恭毕敬的儿女，是自然的孝儿敬女。自然，孕育出人类，而人类与山川草木、花鸟鱼虫不仅仅是平等的，而且是一个整体，他们相依相伴，惺惺相惜，声息相通。

这样的自然观，深刻地影响到世代中国人的心理结构和思维方式。在自然母亲的怀抱里，甚至连一块石头，一片流水，一朵云彩，这些没有生命的东西也被赋予生气——猴子可以从石头里出生；一块玉石可以通灵，转生为人；一条千年之蛇可以化成美女，和人发生恋情；山川是流动的河，是凝固在时间里的海洋之波。所以，中国的画家笔下，山水已经不是山水，而是人的精神肖像。

当然，在古希腊和古罗马世界，我们也曾见过仙后和精灵，山川树木里往往也时有神奇的变形。但是，中国人的整体自然观一直未曾改变，而西方自从达尔文进化论提出后，自然就是一个残酷纷争和弱肉强食的竞技场。

但是在今天，道法自然，天人合一，这种古老的内心圆润，已经取代不了经济的增长，取代不了现代化对于人们的追逼。

站在树木的、麦秸和稻草的传统中国，我们的确不能拒绝"工业世纪"和"科技世纪"的到来。中国现代化，已是不可逆转的现实。现代化，将创造一种由科学技术支配的生活方式。自然，必将作为一种开发和利用的对象。而科技，则是其强有力的工具，以使一个国家和地区的物资迅速集结。的确，由于现代化，我们现在的境况看来比过去任何时候都好。但是，在眼下，我们还不能怡然自得，大量的问题，也像崛起的高楼带着阴影，隐隐出现在地平线上。

我们成功地创造了舒适，但我们也被自然隔离；实际情况是，在中国乡村先富裕起来的地方，路边都是齐刷刷、蓝莹莹的玻璃房子，倨傲又突兀；在都市，人们也热爱大自然，但认识风景，只用风景照片，或者看电视；人们坐在豪华大饭店里，谈论体育，甚至为了锻炼走到饭店门前，又开车离开那里；你想躲开混凝土，那基本没有可能，无论你在何处，它都在灰白地等着你；你快活地抚摸花草，可仔细一看，发觉它是用有色塑料制成的；有一个男孩仰望星空，问道："爸爸，月亮现在为谁做广告啊？"

世界因日益壮大，使未来缩小。机器剥夺了人的双手，技术带给心灵更强烈的饥饿感，人与人之间的裂痕正在扩大。生态失衡，资源快速耗尽，全球气候变暖，沙漠扩张……历经上百年的发展，走过多少弯路，西方才培养出对自然的恭谦态度。其觉醒的标志，就是一种新的"土地伦理"，即人和土地的关系，不应该仅仅着眼于经济，要从更高的价值观看待。这中间，包含着对土地的每个成员，土壤，气候，水，动物和植物的尊重，即对自然和大地这个特殊生命体的尊重。

整体生态观，纳入了人的一种道德和伦理视野。而在中国，在我的乡村，人们撇开了古老的智慧，似乎一切才刚刚开始。

那天傍晚，从白崖寨归来，途经外婆家所在的乡政府。当我询问记忆中的木桥和青石板老街时，乡干部们指着哗哗流水中一片低矮的瓦屋说："全做了牛棚，快要拆光了。"

第二天，当我和小弟到邻村宗族老祠堂去转转的时候，发现只有一个石拱门的架子，光秃秃耸立在那里。而从前，这里是一进五重的房子，是我启蒙读书的小学。如今，琅琅书声幻化成了一片杂草地，那些雕花的石柱，那些横梁，也早已四分五落，有的沉入了门前池塘，有的放在牛棚里。我好不容易才找到两个刻有莲花的石础。

除了生态忧虑之外，此刻我更忧心的，还有我们乡村中国的"记忆生态"。这其中，我不仅仅是指流行的社会发展观，即所谓的"文化是明天的经济"，"保存古迹就是保存明天的旅游胜地"。而更重要的，是关乎另一种生活，也就是人的"内心性"，即在新的转变中，人们如何与往昔相连，以谋求新的精神领地。

在乡镇全面的工业化中，谁会在意我们屋脊边的马头墙，百叶窗上的剪纸公鸡，石头麒麟，龙灯，织物上的花草图案呢？俄国诗人叶赛宁也曾经感叹过："屋脊下的石雕狮子，乃是一种无言的符号，标志着我们路途尚远。"

有历史，就有沉沦；有对象化，就有异化。在当今社会，在广泛的标准化、统一化、玻璃化中，生活的外观越来越光滑，生活的实质也就越发晦暗不明。

而记忆，也就是文化传承，因其具备艺术和诗的救护功能，永恒地祝福着人的激情和想象、爱恋与苦恼——所以祠堂、家谱、宝塔，这些看似无用之物，实际上都暗含着未来，塑造着生生不息的家园永恒性。

离开老家时，我摩挲着那两个莲花石础，想带回合肥，最后还是放弃了这个念头。车子快走出村子，我突然情绪涌动，招呼着把车子停下，我想，完全不必如此匆匆忙忙——

我找了一片远离路边的草地，躺下，凝神望着天空。空中，有细细的游丝飞过，耳边似乎还有微弱的嗡嗡之声，这是什么呢？我想，这就是大自然的安息之声吧。眼前，几只野鸟飞过，灌木丛里窸窸窣窣，不知是野猪还是兔子在出没。啊，野外的声音、气味和记忆，一切都具有无形的价值。宁静和安谧，它直接关乎我们的幸福，而宁静，也成了珍宝，具有无形的价值。

2009 年 4 月

除夕六祖镇

2013年春节，受内弟曾方然邀请，我们一家赴广东云浮市过春节。云浮地处广州之西，西江南岸。早就知道云浮市所辖的新兴县，是禅宗六祖慧能的故乡，所以岁除之日，一大早我们就赴新兴县六祖镇。

经过一个多小时的车程，到了国恩寺。迎面是帐篷般的印度阔叶榕树，气根垂立。进得院门，又见高大的菩提树。菩提本无树，我想，我看见的估计是一团虚幻的绿色之光吧？

时届岁末，寺庙阒寂。屋檐下偶见白鸽如雪影滑动，一个灰衣僧人甩动双臂，外出散步。方然弟说，明天大年初一，这里可就人山人海、香烟缭绕了。

由唐至今，国恩寺被视为岭南第一佛教圣地。该寺是慧能的圆寂之所，与其削发为僧的广州光孝寺、布道传法的韶关南华寺，并称为禅宗三大祖庭。（慧能在湖北黄梅参拜五祖时，入寺八个月为杂役，未正式剃度）。

像一般寺庙一样，天王殿是国恩寺的前殿。大殿门额上，有武则天"敕赐国恩寺"五个金字。"百城烟水无双地，六代风幡自一天"，前殿两侧的对联，为明代诗僧心如所拟，著名艺术家朱乃正先生手书。朱先生的行草，笔力遒劲，浑厚又秀逸，想起不久前老人家为我新出的诗集《枫香驿》题签，更是倍感亲切。

从四位瞠目怒视的天王身边经过，肃穆之感涌上心头。穿过天王殿，中庭立有五块石碑。居中是武则天的圣旨碑，两侧则是著名的唐代"三碑铭"，即王维、柳宗元、刘禹锡为六祖撰写的长篇碑文。还有一通刘禹锡的《佛衣铭》碑。在这几通石碑前，我伫立良久，陷入思忖。

唐代，一个不可思议的性灵时代。一位僻居岭南、三岁丧父、不识文字、以卖柴为生的贫苦青年，突然心有所悟，北上学佛，并迅速得法，最终成为中国历史上影响深远的哲学家。

我们常说，慧能初创禅宗，完成了佛教的中国化。那么，这个"中国化"到底指什么？眼前这几块石碑上的文字耐人寻味。

王维、柳宗元、刘禹锡在碑文中，都强调了慧能南禅的正统地位，特别肯定了它的教化功能。实际上，慧能的"六祖革命"，在很大程度上是指佛教儒学化，即以儒家的"人性"取代佛教的"佛性"。

人性，一个古老的命题。从先秦起，就有性本善说、性本恶说等等。慧能倡导"自心即佛"，则是直取儒家的性善说。

慧能的天才之处，就在于他不顾传统佛教的繁文缛节，将抽象的宇宙本体直接安置在具体的人心上。在慧能看来，我即是心，心即是佛，就是真如本体。如是推之，人心在宇宙之中，宇宙也在人心之中，二者合一，证悟当是关键——把佛从彼岸移到人心，其目的就在于培育人们的理想人格，指引人生的宏阔境界。

慧能之后，中国思想渐渐转变，亦佛亦儒，又非儒非佛，相互结合，难分彼此。眼前石碑上的三位作者，无论是王维、柳宗元，还是刘禹锡，都是儒、佛、道相融的代表人物。这种人物，在后来的中国历史上数不胜数。

青青翠竹，尽是法身；郁郁黄花，无非般若。慧能南宗禅法，一瞬间扩展了中国人的心灵空间，使之变得博大空阔、玲珑剔透，进入一种生动的、活泼泼的境地——无论是王维的"行到水穷处，坐看云起时",还是柳宗元的"孤舟蓑笠翁,独钓寒山雪",中国心灵,从此走上了一条清新静谧、空灵澄澈的新路。

国恩寺不大,天王殿之后,主轴上只有大雄宝殿、六祖殿,两侧有些小殿和禅房。寺院右侧有六祖父母坟,左侧有一棵慧能手植的荔枝树,繁茂翁郁,年年挂果,众多香客都视之为灵物。

据方然弟介绍,2006年夏天,国恩寺前院池塘开出两朵鲜红的并蒂莲。12月,寺院出土了七颗舍利子,状如珠粒,乳白晶莹,经鉴定为唐代文物,极有可能是佛祖释迦牟尼的舍利。想当年,六祖从五祖处接法,其"衣钵袈裟信物"令众人追杀争夺,估计这些舍利子即是重要信物之一。

从国恩寺出来后,我们又开车寻觅慧能的诞生、成长地夏卢村。该村位于国恩寺西面约两公里处,现与集成墟连成一片,村口赫然便是慧能故居。二十世纪八十年代,村民们在故址上又建起一座"六祖纪念祠",供来人瞻仰。

小廊庑,小天井,厅堂,六祖塑像,六祖母亲牌位……步出六祖故居后,我们急切地想看看夏卢村那棵声名远扬的大树,也就是慧能童年所植的荔枝树。

一位在拖拉机边忙碌的村民告诉我们,这棵巨树被今年秋天刚刚过去的台风刮倒了。古树不在,总有树桩吧?经过乡亲们的热情指点,我们终于在一个池塘的拐角处,见到"千年古圣荔"的遗骸,从残留的树干看出,这棵树至少有五米多的树围。一千三百六十多年过去,有多少次台风刮过啊?偏偏我们来时,大树被毁,我们一路上唏嘘不已,感慨良多。

池塘里水波粼粼,几只鸭子在冷风中游泳。塘岸上,有位村民扛着木梯,有位拎着菜篮,步履匆匆走过,看来大家都在准备年夜饭。村庄四周,已经传来零零星星的鞭炮声。

平民化与世俗化,正是慧能禅宗的特色。所谓行住坐卧,运水搬柴，种稻养蚕，皆是禅定——慧能南禅既醇化民风，又解放生产力，因此，自中唐之后迅速风行全国，在底层百姓中影响尤为深远。中国佛教从出世转为入世，也是以慧能的南禅为转折点。

无独有偶，宗教的世俗化一度是世界性的进步力量。马克斯·韦伯在一本重要著作中，分析了新教伦理对现代资本主义起源的影响。而这其中，加尔文教派"天职"观念的转变至关紧要，所谓"天职"，原来指教堂苦修，在新教中则转为俗世工作的责任和义务。

虽说资本主义有其宗教根源，但随着时代衍变，它渐渐无须宗教观念的支持。西方文化对理性的无限追逐，使之陷入深重危机，最终人变成了物，生命变为财物的附属——尤其在二十世纪，不安、厌倦、麻木不仁，时代病症日益突出。在欧美，曾一度流行的禅宗与精神分析的对话，"二战"后禅修在美国民间的普遍流行，其要旨都在于：人们试图重新找回人的本性，找回生活的本质意义。

从六祖镇归来的路上，临近云浮市的公路两侧是数不清的石材加工厂。年关，市内街道拥堵，满耳尽是汽车喇叭声、市井喧嚣声。今天的中国，所有城市都一样，高速发展带来的问题日渐繁杂。而这其中，最为突出的，恐怕莫过于人与自己、人与自然的疏离。

岁末除夕，烟花恍惚，亲人团聚。在六祖慧能的故乡，我念念难忘祖先的智慧。宗禅最有价值的部分，还在于它在绝对意义上肯定人可以自我清净，可以内在超越。因为唯有持续内观，不一味外求，我们才会发现春花更美、山溪更为清澈、月光更为明亮，才会快乐和互爱，免于畸形与疯狂。

2013 年 3 月

流光共徘徊

今冬南方雾霾严重，人影莫辨，近日才见阳光。"愿为烟与雾，氤氲对容姿。"东晋《宛转歌》中的传奇浪漫，成了现实中不可言状的惊扰。近日收到《中国社会科学报》约稿，嘱我谈谈我的 2013 年。流光易逝，一年所见所闻，所行所思，有伤感、失落，更有温暖与慰藉。

去年秋天，上海文艺社出版了我的诗集《枫香驿》，这是我写作三十年来第一次公开出版诗集。从元月开始，全国数十家报刊发表了对我诗集的评论，我也接受了安徽本地多家电视台、报纸、刊物的专访。今日中国，一个诗歌被冷落的年代，一本诗集的出版，能够引起一点波澜，也说明在夜阑人静时分，人心深处依旧有风吹草动。

1月某日，我收到一本美国出版的英文杂志《脏山羊》。这是一本颇具先锋气质的纯文艺刊物，旨在发掘全球范围内极有可能被埋没的作品。此期杂志，共发表了十六个国家的作品，选发了中国七位当代诗人的诗歌，我的一首诗作《流星纪事》也被选入。随后，我看到一篇英文文章，针对翻译家 Nick Kaldis 对我这首小诗的翻译做了较长的辨析。一首描写中国寂静乡村夜晚的诗歌，能够在大洋彼岸引起些许回响，耐人寻味，使我感叹于美国当代文化的多元生态。这期杂志使我更感叹的是还刊发了维也纳现代派先驱霍夫曼斯塔尔的一个诗剧，而霍氏一直是我的文学偶像之一。

2月，一阵惊天的鼓乐响过，古战场上悲风四起，旌旗猎猎，由莎士比亚戏剧《麦克白》改编的大型徽剧《惊魂记》，在安徽艺术剧院演出。该剧艺术总监李龙斌邀请我观看。作为安徽人，我第一次震惊于皮黄、徽拨、青阳腔的魅力。虽然，在之前一个月，我陪北京诗人、剧作家邹静之在合肥小剧场观看过三个徽剧折子戏，但大剧院正式演出，视觉的唯美与绚丽还是大不一样。记得陪邹静之看折子戏那天，从小剧场出来，天气寒冷，树影凌乱，静之兄与我在环城河边散步，不断感念于古老戏剧头饰的美丽，并对徽剧演员在困境中的坚守唏嘘不已。

清明时节，来来往往的朋友一下子多了起来。先是诗人凌越，在一个阳光明亮的中午从广州飞抵合肥，在编辑何客的撮合下，我们做了一个小型座谈会，关于诗歌与批评。清明节后，柯文辉老先生回安庆扫墓，途径合肥，约我夜谈。柯老曾任刘海粟秘书十年，其间，与林散之、李可染、关良、卫天霖、钱君匋等大家友情深厚。这一年，我时常在夜晚接到柯老电话，有时往往交谈一个多小时，受教良多——当夜，我将自己精心收藏的柯老十八本著作带去宾馆，请老人家题签。柯老凝神注目，稍作思量，随即在每本书的扉页上题写诗句，如"荆莽无涯智者稀，半千昂首恨天底。东风难解才人恨，沃土精英是布衣"，"知烛代吾口，乡情练夜歌"。翌日，我与朋友送柯老赴火车站，行李塞满汽车后备厢，一问，都是故乡老友送柯老的土特产。柯老毕竟已七十八岁，我担心他背不动，劝他将茶叶等行李放在合肥，我再邮寄北京。但无论如何，老先生肩上的一个黑色大帆布包袱死活不肯放下，里面是他的宝贝——安庆胡玉美蚕豆酱。我接过这袋叮叮当当的玻璃瓶，在车厢门口，凝视柯老，说道："老人家以后出门，要备个拉杆行李箱。"柯老银髯飘飘，秃额微红，喏喏着应道："嗯，嗯。"像个做错事的孩子。

夏天，海风吹过来了。应柯文辉老先生之约，我与艺术家黄震同赴青岛，约会国际著名雕塑家薛林纳。薛林纳是雕塑大师亨利·摩尔的学生，原籍克罗地亚，为毕加索、索尔仁尼琴等五十多位世界名人做过塑像。这位雕塑家身材壮硕如帕瓦罗蒂。我们有过一个夜晚的快乐交流。翌日，我与柯老、黄震坐在海滩上，见一少女赤脚漫步，柯老精神矍铄，请女孩为我们拍照。照相毕，女孩说晚上要去五四广场看雕塑"五月的风"。我问，这雕塑是谁做的，女孩说不知道，我指指身边的黄震，女孩子满脸疑惑。我与黄震交往多年，还是第一次实地看他的作品。那晚，五四广场风声浩荡，"五月的风"鲜红如炬。告别时，黄震送柯老一个轻便行李箱，老人家眼神严峻，沉默领受。

今年，因艺术评论之缘，英国大使馆文化教育处一行人到合肥考察民间艺术生态，嘱我邀约本土艺术家。随后，又接到英国驻沪总领事馆函件，邀请我参加一个商务活动。那晚，置身于灯红酒绿，我内心寂寥，领事馆新闻官马克乐呵呵走过来，得知我写诗，立刻用半生不熟的汉语向我背诵海子的诗句，令我始料不及。

这一年，合肥来来往往的学者很多，印象较深的，有江弱水、王晓渔等等。酷暑时节，新星出版社吴兵来访，约谈丛书"民国书信里的往事"之事，在鲍义来前辈家，我们观赏过画家汪采白、学者汪世清等名家数百封书信，流风余韵，触发心灵。

这一年，我独立编著的《安徽诗歌》出版，系统梳理了从先秦到当代安徽诗歌的发展历程。该书作为"安徽文化精要丛书"之一，由安徽社科院陆勤毅院长领衔主编，是改革开放以来，第一套全面介绍安徽地域文化的大型丛书。对我而言，其真正意义是重温了一次中国诗歌史。这一年中，我为《合肥通史》赶写书稿之余，还陆陆续续写了近四十篇文章，涉及电影、纪录片、美术、诗歌。因为写一个影评专栏，我又翻检出帕拉杰诺夫、安哲罗普洛斯、贝拉·塔尔、洛伊·安德森、卡普拉诺格鲁等电影大师的作品。贝拉·塔尔的《撒旦的探戈》，总是使我精神战栗。夏天，我接到邀请，为中央电视台系列纪录片《大黄山》撰稿，事关三百多年的"黄山画派"。为此，我整整忙了一个多月。

言及纪录片，本年度所历，我印象最深的是台湾系列片《他们在岛屿写作》，还有我春天主持的一个影片观摩会上鬼叔中导演的《玉扣纸》。今年，两本佩索阿诗集的翻译出版，令我沉迷不已，并隐约感到佩索阿与卡瓦菲斯的精神关联。神奇的是，一位青年诗友朱超真的为我找到了纪录片《当佩索阿碰见卡瓦菲斯的夜晚》。在当代汉语诗歌中，我认为，真正复活佩索阿与卡瓦菲斯传统的，是香港诗人黄灿然新出的诗集《奇迹》。

说起诗歌在中国，不得不感念于年底梁小斌生病事件。11月中旬，"朦胧派"诗人梁小斌因突发脑梗塞在北京住院，诗人简宁的一条微博，引发了大家关注。梁小斌籍贯合肥，既无工作单位，又无社保、医保，一时间安徽媒体纷纷发声，《合肥晚报》文艺新闻版连发近十个整版文章。某夜，一批年轻诗友在书店等我，商讨为梁小斌书画募捐拍卖之事。我当即给北京、上海、台北、合肥等地著名画家打电话，令我感动的是没有一个人稍显迟疑，纷纷表示捐赠精品画作。我又连夜联系拍卖会场。随后，合肥救助梁小斌书画专场拍卖会，共募集资金十七万元人民币。短短十天时间，全国为梁小斌共捐款近百万元。

与我有些关联的文艺界前辈，今年离世，令我悲伤。1月，香港诗人也斯（梁秉钧）先生去世，我曾受何客之邀为出版社审读过他的书稿《昆明的除夕》。7月，朱乃正先生去世，遗憾的是，他给我题签的诗集样书，还没有来得及寄出。10月，应左靖之约，我为他主编的MOOK《碧山》写一篇长文《诗与群：1980、1990年代中国诗人交流一瞥》，正好写到牛汉和祖保泉时，突然传来两位老先生相继离世的消息，只有在文章结尾处祝他们在天之灵安息。

一个春寒之夜，我在老家宿松县城，老父亲来电话，说我的钱包下午遗留在家里。深夜,朋友开车送我回乡下,再返合肥。老父母拿着手电筒早就等候在村口打谷场上,夜晚黑漆漆,母亲手拿两罐饮料,一小塑料袋炒米糖,人家送的一条香烟,两包散装烟,一并沉默地递给我,依依不舍难言离别。是夜,返回合肥已是凌晨一点多,我在阳台上站了很久,明月下,给花浇了一点水,发现不久前剪枝移栽的凌霄花已经萌发了新叶——我突然明白,所谓灯下读书,写点文字,一年年忙碌,离别与痛哭,喜悦与欢欣,总有一个最深的情感动力,一如沃土催开新芽。转眼春天会回来,我希望我的新书能够顺利出版,希望我与何客正在操持的《梁小斌随笔集》有个整齐、庄严的样式,也希望我的双胞胎儿子高考时有个轻松的心情。

2013 年 12 月

辑二　光影证验

他承担了作为人的责任
——纪念克洛德·朗兹曼

2018年7月5日深夜,我在微信朋友圈得知克洛德·朗兹曼(Claude Lanzmann)先生于巴黎圣安托万医院去世的消息,颇感意外,也心生悲伤。作为法国重要纪录片导演,虽然朗兹曼今年已九十二岁高龄,但他总给人老而弥坚、活力四射的印象,去年他还携纪录片新作《燃烧弹》出席戛纳电影节,前几日其最新影片《四姐妹》正在法国公映。十四年前,也就是2004年秋天,因参加北京国际纪录片展,我与朗兹曼有过几天近距离接触,加之他导演的经典纪录片《浩劫》在我内心的持久震撼,所以他的逝世,引发了我关于苦难与审美、记忆与真实、知识分子的责任与勇气的一些思考。

一

导演,作家,哲学家,萨特的密友,波伏娃的情人,《现代》杂志主编——克洛德·朗兹曼,无疑是战后法国知识分子的重要人物。1925年11月27日,朗兹曼出生于巴黎一个犹太人家庭,少年时赶上"二战",全家躲藏于屋后花园地洞,才幸免于难。十七岁时,朗兹曼还在中学读书,就加入了共产主义青年团,成为法国地下抵抗游击队的少年组织者。

战后,朗兹曼回到巴黎,进入索邦大学专攻哲学,之后又赴德国图宾根大学继续研读哲学。1947年,萨特发表了《关于犹太人问题的思考》一文,震动整个欧洲,正在柏林自由大学任教的朗兹曼深受其影响,开始认真思考自己的犹太人身份。1952年,二十七岁的朗兹曼与年长自己十七岁的西蒙娜·波伏娃相恋,两人共同生活了七年。

自二十世纪五十年代初开始,不到三十岁的朗兹曼,就以调查作者的身份为多家刊物撰稿,其中包括法国的《现代》杂志及《世界报》等,内容涉及以色列和犹太人问题、朝鲜、阿尔及尔独立及各种社会杂闻。1958年5月,作为朝鲜战后邀请的第一位法国代表团成员,朗兹曼来到朝鲜,随后又到中国,陈毅接受了他长达六个小时的采访。

渐渐地,朗兹曼发现客观中立的报道性文字,根本无法表达自己的完整想法,而电影这一媒介,更具力量与深度。于是,他走上了纪录片拍摄之路。1973年,其纪录影像处女作《为什么以色列》问世,随后是1985年的《浩劫》、1994年的《擦哈》、1997年的《活人路过》和2002年的《索比堡1943年10月14日16点》,所有这些作品均聚焦于"二战"犹太人灭绝、犹太身份和以色列问题。特别是鸿篇巨制《浩劫》,堪称经典,被称为二十世纪世界纪录电影史上的一个重大事件。

朗兹曼不是多产导演,其从影近半世纪,导演的作品总计只有十部。刚刚公映的最新作品《四姐妹》,用的都是他当年拍《浩劫》时未能用上的素材,讲述了四位犹太女囚的故事。

2013年,第六十三届柏林国际电影节授予朗兹曼金熊奖的终身成就奖。电影节主席科斯里克说:"克洛德·朗兹曼是最伟大的纪录片导演之一。他通过对反犹太主义的暴力、非人道及其后果的描绘,创造出一种新的方式,通过电影进行道德上的探究。"

在所有朗兹曼纪录片中,2017年公映的《燃烧弹》,是唯一一部与犹太人主题无关的作品。2015年,九十岁的朗兹曼带着寥寥数人的团队,前往朝鲜,追溯五十七年前他与一名朝鲜护士的激情邂逅——1958年,三十三岁的朗兹曼在平壤病倒,他对某位朝鲜官方派遣的美丽护士一见倾心。疗程最后一天,语言无法沟通的两人热情拥吻,女护士在朗兹曼的本子上画下自己家乡,并撩起衬衣,露出雪白胸口下方一道烧伤疤痕,说出一个英文词"Napalm"(燃烧弹)。此后,朗兹曼再也没有见到她。"在游船上,她嘴唇上方的汗珠,是整个朝鲜之旅中令我燃情的时刻。"影片中,年迈的朗兹曼不停地赞叹护士的美貌、前来赴约的勇气与袒露伤疤的赤诚;时间,激情,遗憾,从他眼中闪过,随后又归于虚空。

晚年的朗兹曼总是生机勃勃,愤世嫉俗。八十多岁时,他还会骑行五十公里、冬泳潜水、在高难度赛道上滑雪。这位会驾驶滑翔机、坦克和战斗机的著名导演,指责当今法国社会陷入碌碌无为的闲适,且被金钱所绑架。当法国前任总统奥朗德将其誉为"人类之友"时,朗兹曼说:"我压根不是什么人类之友。人类在我眼中就是一帮杀人犯。"他也曾公开鄙视美国导演斯皮尔伯格,认为《辛德勒名单》不真实、太戏剧化了。

法国《解放报》创始人儒利曾热情洋溢地总结道:"朗兹曼有高贵的蛮横性格,长期辛劳工作的品质,追求自由的天赋,以及对生命惊人的渴望。"

朗兹曼的个人生活也色彩缤纷,与波伏娃相恋七载后,还有过三次婚姻。不幸的是,去年年初,他年仅二十三岁的儿子菲利克斯因癌症去世,给老导演带来沉重打击。朗兹曼在为儿子撰写的讣文中,曾引用法国诗人阿波利奈尔的一首《别离》:

> 我采下这支欧石楠
> 秋天过了　请你铭记
> 我们在世间难再见

辑二　光影证验

时节馀香　这支石楠
请你铭记　我等着你

二

2004年9月15日晚,"2004北京国际纪录片展"在北京华北大酒店如期开幕,主办方是中国广播电视学会纪录片研究委员会,我当时作为安徽电视台纪录片编导参加。

当晚,我第一次见到克洛德·朗兹曼,还有日本纪录片界泰斗级人物土本典昭、法国著名电影导演尼古拉·菲利贝尔、法国《电影手册》主编让·米歇尔·傅东等人。朗兹曼年近八十,身材高大,偏胖的脸上笑容可掬,与大家签名、合影、交谈,有一种父辈的和蔼。

9月16日,朗兹曼纪录影片《浩劫》首次在中国放映。观影前,朗兹曼有个简短讲话。印象中,该片字幕是由北京电影学院张献民翻译的。影片长达九个半小时,分上、下午两个时段,中场休息时间很短。自银幕闪亮,整个观影厅就一片阒寂,显然大家被震慑住了。

关于纳粹屠杀犹太人的影片,中国观众之前只知道一些奥斯卡大片,如《辛德勒名单》、《美丽人生》、《钢琴师》,等等。就我个人而言,特别警惕那种浪漫乃至喜剧化的处理,觉得愧对死者。但《浩劫》完全不同,它从一开篇就气息悲悯,节奏徐缓,被采访者表达痛苦而艰难。

六百万犹太人死了,且过去了四十多年,怎么把它具体化,怎么重新找到那些人,重新找到那些地点?

《浩劫》是关于犹太人灭绝营的纪录片。所谓灭绝营,即德国纳粹用来作种族灭绝的营地。随着1941年6月对苏联入侵,纳粹开始系统地大规模谋杀犹太人——集中营在德国,是工厂,是关人的地方;

灭绝营建在波兰,是集中杀人的地方。《浩劫》主要借助丰富、宽广的证词,来拼接索比堡、奥斯威辛、凯尔诺、特布林卡、贝泽克等五个灭绝营的屠杀行为。

因为纳粹要消灭杀人证据,灭绝营几乎没有任何资料保存下来。比如贝泽克灭绝营处死了八十万人,连一张照片也没有,索比堡也是。特布林卡处死了一百二十万人,只留下一张照片。人们平时见到的集中营照片,都是盟军进入后拍摄的。

九个多小时的《浩劫》,朗兹曼没有用一点历史资料,没有一具尸体照片,只有面孔、嗓音、风景在交织,以及被采访者痛楚的眼神,漫长的翻译和停顿。影片中,有些受访者,是被带回灭绝营原地再回忆的。镜头面前,许多人一回想起过去,就哽咽不止,不停地说:"求求你,请别让我说了,我能不说了吗?"导演安慰他们,也坚持地说:"不,请一定把它说出来。"

在一个长镜头里,理发师邦巴一边给客人剪头发,一边接受采访。当年他曾经被抓到灭绝营,为那些即将进入毒气室的妇女们剪头发。一开始,他滔滔不绝,好像是在讲一件别人的事情,朗兹曼问他见到那些裸体的妇女和孩子有什么感受时,他无动于衷。回忆起在灭绝营见到几个以前很要好的女邻居时,他也用同样的态度说:"我能说什么?"然而,当说到与自己同为理发师的一个好朋友,在进入毒气室队伍里见到了妻子和妹妹时,他突然陷入了沉默。理发馆里有长达三分钟的宁静,除了剪刀声音,只有宁静,镜头无声地追随着他,他噙着眼泪,喃喃地说:"太可怕了,别说了,我说过,今天会是非常难熬的一天……"

"让地点说话,通过声音复活地点,以面孔表达话语无法表达的东西",那些曾被碾碎的记忆,在时间的压力下终被逐渐聚拢、挤出、萌芽。

观看《浩劫》,令人陷入一种难以排遣的复杂情绪中。一方面,影片的沉重主题,赋予观众一种形而上的体验,将人带到野蛮的根源之处;另一方面,影片话语的复杂性和多重性,它建立在面孔和风景基础上的视觉感,很多没有声音的段落,包括那些无声的风景,储藏着宁静,而这些宁静,可以找到对死亡的想象,也可以称之为绝对的宁静。

《浩劫》既是出色的历史文献,也是一篇长长的、迟到的悼词,与其他反映犹太人大灭绝的影片相比,在证据的确凿程度和历史严谨性上,我尚未见到任何一个作品可堪一比。

"《浩劫》这部影片关乎死亡的绝对性,而与幸存者无关。活下去是另一个故事。"无疑,这是一部并非"关于浩劫,而是浩劫本身"的电影——要达到这个目的,它考量的不仅仅是一个导演的美学风格,而是一种罕见的责任和超常的勇气。

三

2004 年 9 月 16 日晚,《浩劫》首映后,朗兹曼有个演讲,并回答了观众的现场提问。演讲由北京广播学院林旭光主持,张献民作现场翻译。开讲前,朗兹曼微笑着提醒张献民,要每一句话都如实翻译。今天写作本文时,我必须翻看当时的记录,再参照同年 10 月张献民对朗兹曼所做的一个漫长访谈。

演讲一开始,朗兹曼就强调,言说是艰难的,对于演讲者和听众双方都是。大家刚刚看完一个漫长的电影,是否有想法、有问题,他还不能确定。他认为看完这个影片,至少需要八天之后,与观众相互选择、在观众身上起了作用后,问题才清楚。西班牙有位影评家说,《浩劫》是一部艰难的影片,观看《浩劫》是将人们对电影的爱推到极限——就形式来说,《浩劫》像一个圆形,或者很多圆形,总回到同一个点中,都像在地狱中打转。这个影片前后制作花了十一年,1985 年最终成片,原估计有三千人看就很好了,没想到这个片子在很多国家放映,电影院、电视放映加上DVD发行,现在估计全世界有七千万人看过。

朗兹曼说,每次放映《浩劫》都是一次葬礼。如果说《浩劫》有结构,那就是一座坟墓的结构,这部影片就是一座坟墓,因为那些被杀掉的人没有坟墓。"我没有信仰,如果有,我也不知道;如果该片是宗教作品,那就是。"

当观众问,应该怎样处理南京大屠杀时,朗兹曼的观点是,任何关于大屠杀的影片最理想的是做成纪录片,最好找到当时的受害者、日本刽子手,直接询问,第一件要做的事情当然就是到日本找到当时死刑的执行者。在德国,"我就完成了这样的任务",朗兹曼说。

纪录片《浩劫》,是从三百多个小时的原始素材中剪辑出来的。自1973年开始,朗兹曼带领摄制组花费十一年、横跨十四国进行采访和拍摄,用镜头寻找当年那场大灭绝的见证者、幸存者、参与者和抵抗者。

这些被采访者,其背景和职业差异很大,有波兰农民、商贩、家庭主妇、退休铁路职工,有犹太商人、企业家、不明职业者、历史学家、退休官员,还有德国盖世太保成员、国家秘密警察、前党卫军,等等。他们操着完全不同的语言,有波兰语、德语、法语,也有英语、希伯来语和意第绪语。

"每天的情况都叫人不安",漫长、繁重的调查与寻觅证人,其艰难一言难尽,有时更要冒上生命危险。有一次,朗兹曼和助手采访一名纳粹军官,由于当时军官严令不允许录像,朗兹曼决定用针孔摄像机,将微型麦克风藏于领带后侧,再秘密拍摄和录音,并把得到的图像和声音,通过无线电传到停在室外的移动信号接收车里——开始一切顺利,军官甚至自豪地讲述那些死亡生产线,并高唱当时的营歌,但不久,军官便发现了这个采访中的小秘密。朗兹曼及其助手旋即被军官的儿子和另外三人血殴,差点丢掉性命。住院一个月后,他们又被起诉非法使用德国无线电,几乎入狱。

在《浩劫》收集素材阶段,朗兹曼先是找到证人的电话号码,很诚实地告诉他们"我是什么人,我要拍个什么样的电影",有的人会立刻挂掉电话或者高声辱骂。

拍摄过程中,朗兹曼还发现了许多隐藏在德国民间的纳粹刽子手,贝泽克灭绝营的夫波茨就是其中一个。朗兹曼通过多方调查,打听到夫波茨在慕尼黑市的一家酒馆中干活。因当地盛产啤酒,朗兹曼假装受法国委托,来此拍摄介绍当地啤酒的专题片——在那里,朗兹曼拍摄了三天,并一直避开夫波茨。就在所有人都对他和他的摄像机见怪不怪时,朗兹曼走到正在柜台上卖酒的夫波茨面前,拿出了夫波茨上司席斯当年的照片,质问:"您还记得他吗?您还知道什么?您还在隐瞒吗?"一系列劈头盖脸的问题,让夫波茨局促不安,他四处躲避镜头。夫波茨后来被判了十年徒刑。

朗兹曼坦言,在拍摄伦理上他从未有过道德负担,他只把它当作技术问题来关注。

1986年,当《浩劫》开始在柏林电影节放映时,朗兹曼的信箱中,有一些手写的纸条,这些写纸条的人感谢这部影片让他们感觉到了释放和自由。德国人的赎罪感如此强烈,在犹太人问题上,他们认为自己是不可原谅的,造成的损失是不可弥补的。观看《浩劫》时,朗兹曼感觉到整个影厅在颤动,有一些人的双腿在颤抖。某个妇女实在受不了,离开了,可是她出去抽支香烟就又回来了。

在中国纪录片界,有过很长一段时间的争论,就是纪录片的"真实"边界在哪里?实际上,这个问题在国际上同样存在,也一直没有结论。纯然客观的纪录片,从纪录片诞生之初就从来没有存在过。学界认为,"朗兹曼式纪录片"绝非纯然客观地体现事实,其中往往充斥着强烈的伦理、主观和情感因素,用朗兹曼自己的话说就是"真实的虚构"。

在《浩劫》中，由于历史影像完全缺席，观众无法依靠影像对当时情况进行还原，取而代之的，是鲜活的脸部特写甚至大特写，这些镜头，将被采访者所有细微表情变化无限放大，而观众对表情再进行解码，这中间，需要观众的主观参与和想象。质言之，"真实的虚构"，固然是朗兹曼在形式上做出的一种妥协，但无疑也是展现这段历史时所能用到的、最真实可靠的手段。

朗兹曼认为，犹太人大屠杀事件首先是很独特的，因为围绕着自己燃起一团火苗，其界限无法跨越，因为一种绝对的恐怖是无法用言语交流的，如果假装跨越界限，你将会犯下最严重的僭越罪。虚构，就是一种僭越，"我深深地感觉到有一种再现（扮演、表演）的禁止令"。奈莉·萨克斯在《世界啊，不要询问那些死里逃生的人》（陈黎、张芬龄译）中写道：

> 世界啊，不要询问那些死里逃生的人
> 他们将前往何处，
> 他们始终向坟墓迈进。
> 外邦城市的街道
> 并不是为逃亡脚步的音乐铺设的——
> ……
> 世界啊，强硬的铁已烧灼了他们微笑的皱纹；
> 他们想要走近你
> 因为你的美丽，
> 但对于无家可归者，所有道路却
> 枯萎如剪下的花——

但有时候询问是必须的，它不是猎奇，也不只是控诉，而仅仅是说出，将这种惨痛、沉重的经历，储存到实体文化记忆中去。而这种记忆,对于整个人类来说,却无比重要——对于朗兹曼而言,纳粹种族灭绝,这场工业流水作业般的犹太人大屠杀,虽几乎全无证据,但痛苦与记忆终不可磨灭。

2018 年 7 月

圣像画折射的俄罗斯灵魂
——电影《安德烈·鲁勃廖夫》与《三圣像》

一

约翰·罗斯金在《现代画家》中论及安谧与神圣性时指出,与激情、善变相反,宁静具有一种独立的思想特征;造物主呈现的"我是"状态,与所有生物呈现的"我成为"状态不同——它像一个防护罩,一次又一次地考验着我们对于存在、善良和上帝的信赖。

每次凝视安德烈·鲁勃廖夫所绘的《三圣像》,我都被其圣洁之光浸染——三个身材修长的天使,娴静纤美,围坐一起陷入沉思;金黄的翅膀,蓝绿的衣衫,灵动的线条,哀怜仁爱的气息,使这幅画作弥漫着一种古铜镜般的恬静,无数次满足我的精神渴念。

有学者认为,俄罗斯圣像画是一种色彩思辨,它首先表达着心灵的信仰状态。那么,圣像画家安德烈·鲁勃廖夫是谁?他又身处怎样的世界?

几个世纪以来,人们从极少的文献资料中,从匿名、磨灭自我的中世纪绘画里,渐渐显影出这个独特的灵魂——安德烈·鲁勃廖夫(Andrey Roublyov,约1360年—1430年),他被认为是中世纪最伟大的东正教圣像画家,也是俄罗斯历史上第一位具有民族特色的艺术家。

很少有人知道鲁勃廖夫的生平,现在还不知道他出生的地方。鲁勃廖夫可能住在莫斯科附近的谢尔盖圣三一修道院，1370年至1390年，他曾在莫斯科画派的画家团体中学习和工作过。十四世纪的俄罗斯，禁欲派运动兴起。禁欲派主张忘却尘世，在隐遁、缄默和宁静中，过一种离群索居的生活，其真谛在于精神内省，在于精神上有所作为。

在这个世纪，鞑靼人的入侵（1240年攻克基辅），带给俄罗斯的是两个世纪的外族统治，但俄罗斯文化依旧在存活、生长，特别在北部地区，以诺夫哥罗德为中心。正如诗人里尔克在一封书信中所言，鞑靼异族黑暗笼罩的俄罗斯，带着神圣的、从容不迫的神态，正在为遥远的未来缓缓积蓄着力量。

在这个世纪里，拜占庭艺术一如既往地对俄国圣像画产生着新的影响。晚期拜占庭帝国，虽地域狭小，但精神高深，在宗教绘画上，显出更多的情感和自然元素，史称"新希腊化"。

"古罗斯直接用拜占庭的圣火点燃了自己的文化之火。"实际上，早在安德烈·鲁勃廖夫之前四个世纪，公元988年，基辅罗斯的弗拉基米尔大公把东正教宣布为国教之后，俄罗斯便结束了多神教信仰，进入受拜占庭影响的基督教时代。

"罗斯受洗"，直接决定了俄罗斯的文化历史命运，它召唤着俄罗斯，从半梦半醒、富有诗意的心灵幻想，直接踏上精神觉醒的漫长征途。而这其中数百年间，在缺乏文字和思维创造之际，俄国圣像画以其精神深度和复杂性一直代表寂静而沉默的古罗斯呦呦发声，以证明其民族的创造力。

圣像画，不仅仅是今天理解的一种艺术行为，它极具复杂、深奥的含义。在拜占庭，最早的基督教圣像开始于公元六世纪。圣像就是画神的，要么是基督，要么是圣母。一开始，画家根本不知道耶稣到底是什么样子，只有师法古罗马肖像画。有个画家曾把救世主画成宙斯的模样，结果双手烂掉了。八至九世纪，拜占庭有反圣像的运动，随后圣像画复兴。十世纪,叙事性圣像开始兴起,如圣母领报、主显圣容、拉撒路复活等随处可见。

在拜占庭,围绕圣像传说纷纭:圣像能治病、保护商人、抵御敌军。1453年,君士坦丁堡陷落之际,城墙所有缺口处都挂着圣像画。俄罗斯一幅著名的弗拉基米尔圣母像,从十二世纪初自君士坦丁堡移到基辅公国,继之到弗拉基米尔,再到莫斯科,它一直是俄罗斯的主要保护神,被认为多次将莫斯科从蒙古人的进攻中挽救出来。

俄罗斯最早的圣像,大多出自拜占庭画师之手。所有拜占庭艺术,都重视心象,不容写实之风。其人物采取正面姿势,体型平面,巨大的眼睛,锐利的眼神,衣褶线条旋动,加之典型的金色背景,充满浓郁的象征意味和东方色彩。

二

史书上第一次关于安德烈·鲁勃廖夫的记载,是在1405年。他与画师费奥凡·格列克合作,为莫斯科克里姆林宫的圣母领报大教堂装饰圣像和壁画——鲁勃廖夫的名字列在画家名单的最后,因为他只是个普通修士,神职最低,年龄最小。

费奥凡·格列克,晚期拜占庭重要画家,十四世纪中后期在俄国工作,对俄罗斯绘画影响至深。他曾为四十多座教堂作画,是一位圣贤、哲人、阐道者。其画风豪放、情感炽热,富于精神含义和戏剧性,被认为是鲁勃廖夫的老师。鲁勃廖夫的早期作品,与老师有许多相似之处,但在匀称的轮廓和圆润的线条中,已显示出他的特殊才华。

在谢尔盖圣三一修道院,鲁勃廖夫潜心钻研同时代进步思想家的哲学著作,并有机会与他们直接交流。1408年,他与好友丹尼尔·乔尔内一道,为弗拉基米尔圣母安息大教堂绘过圣像和壁画。该教堂西墙上,至今还有一幅名为《最后的审判》的壁画,部分内容保存至今。

1918年,人们还发现了三幅鲁勃廖夫所绘的祷告仪式圣像:《救主》、《天使长米哈伊尔》和《圣徒保罗》,估计是鲁勃廖夫在十五世纪一十年代的作品。这三幅圣像,人物修长,线条洗练,具鲜明的鲁勃廖夫之风。

1424年至1427年间,安德烈·鲁勃廖夫应修道院院长尼孔·拉多涅日斯基的邀请,与丹尼尔·乔尔内以及若干助手一道,为谢尔盖圣三一修道院教堂做装饰,鲁勃廖夫是教堂彩绘及圣像壁画工程的负责人。如今,教堂壁画已无迹可寻,但留下木板圣像画中最著名的一幅,那就是为鲁勃廖夫赢得不朽声名的、十五世纪俄罗斯馈赠给世界艺术的瑰宝《三圣像》。

《三圣像》描绘的是一则《圣经》故事,即"好客的亚伯拉罕"。据《旧约·创世纪》第十八章所述,耶和华在幔利橡树那里,向亚伯拉罕显现出来。亚伯拉罕坐在帐篷门口,举目观看,见有三个人在对面站着。随后,亚伯拉罕俯伏在地,求主蒙恩,容他拿水给主洗脚,并招呼妻子撒拉做饼,又预备好的食物招待主。

在《三圣像》中,鲁勃廖夫删繁就简,去掉亚伯拉罕和撒拉的形象,使主题集中于三个青年天使——耶和华神秘的三位一体。三位一体的上帝,端坐在桌子周围。对圣像的造型,历代诠释各有不同。根据一种解释,左边的天使是圣父,右边的天使是圣灵,而位于中央的天使则体现了基督,因为他穿着耶稣的服装,即金色肩带、樱桃色希腊长套衫、蓝色的希腊长袍。

《三圣像》中的每一个细节,都充满复杂的神学寓意。桌子中央的器皿为圣杯,也体现为基督是神给人类做赎罪祭的供品;圣父身后的宫殿,表示神的智慧,也象征教堂;画面中央,倾斜的树木,象征生命之树;三个天使构成一个三角形,则暗示三位一体;整个构图呈圆形,是最高永恒和谐的标志……整幅画色彩明丽优雅,柔和轻盈,中间色统率画面,象征着仁爱与祥和。

在丹尼尔·乔尔内死后,安德烈·鲁勃廖夫来到莫斯科安德罗尼科夫修道院,1428年以前,他一直在完成自己的最后作品——救主教堂的彩绘。1430年1月19日(这个日期仍有争论),他在安德罗尼科夫修道院与世长辞。

对于鲁勃廖夫同时代人来说,《三圣像》具有迫切的现实意义。该圣像画为纪念谢尔盖神父而作,谢尔盖神父在俄罗斯坚定了三位一体神的祭礼;在库利科夫战役期间,他鼓舞人民士气,使俄罗斯大公们同仇敌忾,抗击鞑靼军队。因此,《三圣像》除了颂扬神恩之外,还象征俄罗斯走向胜利、统一与和谐,被公认为是俄国人民美学和道德理想最完美的表达。

有研究者认为,鲁勃廖夫的绘画,彻底摆脱了拜占庭的严峻和禁欲主义,他从拜占庭遗产中抽取出其古希腊罗马的人性内核,将俄罗斯大自然的色彩翻译成崇高的艺术语言,通过绝对准确的组合加以表达,其绘画犹如一组伟大乐曲,具有绝对纯净的音色。

1551年,莫斯科举行了"宗教百条会议",将安德烈·鲁勃廖夫的圣像画定为圣像范例。随后,俄罗斯众多杰出画师,包括济沃尼斯,都深受鲁勃廖夫的影响。但无可奈何花落去,从"伊凡雷帝"时代开始,俄罗斯传统圣像画便开始衰落。十六世纪,圣像画开始脱离僧侣现实主义,追求实用装饰的象征主义,吸收西方的世俗文化,继之向巴洛克风格过渡。

自十七世纪起,鲁勃廖夫在地方上被当作圣者崇拜。1988年,俄罗斯东正教会宣布他为圣徒,每年他的生卒日,教会都会纪念他。1959年,安德罗尼科夫修道院开设了安德烈·鲁勃廖夫纪念馆,展出与画家同时代的艺术品。二十世纪,为修复鲁勃廖夫作品、考证其艺术生平,人们做了大量工作,因之形成极具浪漫色彩的"鲁勃廖夫神话"。

这一神话最完美的体现，则是安德烈·塔可夫斯基1966年拍摄的电影《安德烈·鲁勃廖夫》。

雨，漫行，沉默不语；饥馑、暴政、战乱；教堂里的大雪、疯女人、铸钟男孩。在该片中，历史的极度严酷与画家的温和仁爱形成强烈反差。安德烈·鲁勃廖夫，一个漫游者的形象，一个精神沉醉、苦苦追寻的形象，那么淳朴无华，光彩照人。

这部长达两个多小时的黑白电影，只在片尾处用了色彩，以展示鲁勃廖夫的杰作。这仿佛是苦难在追问、在磨砺，爱的本质转亮生辉，最终绽放出绚烂的光彩。

磨难与美，信仰和艺术。记不清多少次，每当我精神荒寂、困顿之时，我总是反复观看这部电影，并暗中培育信念。诚如塔可夫斯基所说，"艺术将为人的死亡做准备，耕犁他的性灵，使其有能力弃恶向善"。

三

一部电影，一幅圣像，一个画家的生命史，令我千思百虑。它们是否能映射一个民族更为幽深的灵魂信息？

俄罗斯，一个充满信仰与矛盾的民族。其广袤的原野，横跨欧亚两大洲。德国历史哲学家斯宾格勒曾就斯拉夫灵魂与西方浮士德灵魂作过比较，他认为这两种灵魂之间，有着深不可测的差异。西方人眼光向上，俄国人则永远凝望广阔的平原；西方趋向于垂直空间的狂热，而俄国则钟情于一种自我的展现与扩伸，并由此产生对"人"、"兄弟"的独特理解；西方人的天空，是拱形的穹幕，而俄国天空则是下垂的平板——俄罗斯的爱，是对平原的爱，对地平线的爱，对处于相同压力下所有兄弟的爱。

在俄国，在几乎平板的天穹之下，耸立昂首的"我"不可能存在。"一切为一切而负责"，这是陀思妥耶夫斯基所有作品的形而上基础。俄罗斯的神秘主义，绝无哥特式、伦勃朗、贝多芬的向上挣扎，也懒于进行宗教攀登，因为神祇不在那高远的碧空，而是辽阔的大地。所以，俄罗斯的宗教信仰是女性的，浸润于集体的神秘温暖，它与其说是基督的宗教，倒不如说是圣母的宗教、大地母亲的宗教。

据斯宾格勒理解，俄罗斯历史的致命人物是彼得大帝。从1703年彼得堡建造之时起，俄罗斯历史便进入了"伪形"。而这"伪形"，迫使古老的俄罗斯灵魂，进入陌生疏离的躯壳之中。而这躯壳，首先是巴洛克，然后是"启蒙运动"，然后是十九世纪唯理性的西方。

实际上，自十七世纪始，俄罗斯文化里就存在着两种流派的争论——斯拉夫派和西欧派。特别是在十九世纪，东方和西方之争，更趋激烈，无休无止，并缔结出俄罗斯独特的二元文化特征：专制思想与无政府主义、斯拉夫派与西欧派、"自然派"与"纯艺术"、官方文化与"地下文化"、集结性与个体性等等。

尽管有"双重信仰"、"双重感情"，但俄罗斯文化一直作为一个统一的整体而存在。正如那东正教堂的洋葱型头顶，将高耸的哥特式尖顶与低低的蒙古帐篷统集于一身。

在《俄罗斯的命运》中，别尔嘉耶夫论述说：俄罗斯性格的最核心处隐藏着"永恒—村妇性"。基督的世界精神，在俄罗斯被女性的民族自然力所征服——斯拉夫种族的女性化，造就了他们神秘的灵敏，擅长于聆听内在的声音，而不是听从理性的呼唤。

俄罗斯人总是用完整的精神去认识外部世界和内心世界，不像西方人那样重物质、尚理性、金钱万能、个人至上，等等。"俄罗斯像一名新娘似的期待着那来自高空的新郎，但到来的不是有着婚约的新郎……在精神生活中控制它的……时而是康德，时而是施蒂纳，时而是另一个异国丈夫。"但是，在最深沉的本质上，俄罗斯的，也就是虔诚的、仁善的、神圣的。而"神圣的罗斯",就是圣徒们的国家、献身于理想的国家、崇拜圣母的国家。

由精神的圣母性出发,顺延安德烈·鲁勃廖夫《三圣像》中的忧郁眼神,我们似乎得以理解,为何自十九世纪开始,世界上没有哪个民族能像俄罗斯那样,在短短一百多年的时间里,产生出那么多世界级的文学艺术大师——在文学、音乐、戏剧、芭蕾等领域,星辰满天,交相辉映。

我们也得以理解,为何在"白银时代",俄罗斯宗教哲学和文学如此繁荣:无论是索洛维约夫"神人论"中的酒神精神和"永恒女性"思想,还是别尔嘉耶夫哲学中"末世论问题",乃至梅烈日科夫斯基的"第三约",即人与圣灵(圣母永恒的女性气质)之约等等,无不植根于古俄罗斯东正教的纯洁信仰。

由是推之,在文学中,十九世纪的托尔斯泰是一个革命家,陀思妥耶夫斯基则是一位圣徒、一位哲人。追踪陀思妥耶夫斯基这个俄罗斯的范例灵魂,我们一直可以推衍至"二十世纪人类良心的瞬间"——索尔仁尼琴全部的文学创作,他对受难者同情的音调,他文学中的道德力量,他的新斯拉夫主义思想。索尔仁尼琴之所以重视东正教,是因为他认为这种道德不但可以帮助人完善自我、重归精神复活之路,而且可以看到俄罗斯民族的未来与希望。但从二十世纪初开始,索尔仁尼琴认为,俄罗斯渐渐走向一条偏离自我克制的道路,许多人忘掉了基督之爱,忘掉了为上帝和为亲人而牺牲自我,而这,恰恰是二十世纪俄国社会动荡和悲剧的原因之一。

"飘忽的星星,神秘的黎明,止渴的石头,柱形的火焰,广阔的天空,不朽的花木……都以她为母亲。"这首名为《阿卡西斯托斯》的赞美诗,如此歌颂圣母,一度流传很广。在信仰崩溃的时代,让我们重新回望《三圣像》,并且思索:那神的三位一体、三位天使,为何被塑造成女性特征的温柔形象?

三天使的眼神中，那时时刻刻的忧虑，丝丝缕缕的怜悯，似乎永远停留在那里，并且时刻准备着提醒人们：无论在何时，无论在我们这个星球的哪个角落，人的精神的内在完整，信仰的高度，是多么紧迫和重要。

2012年2月

影评九篇

挽歌里的热望——罗伊·安德森《二楼传来的歌声》

家具店老板卡尔的大儿子写诗发了疯,住进精神病医院,急躁的父亲质问道:"托马斯,人生如市场,为什么要把事情复杂化呢?"

同行的卡尔的小儿子安慰哥哥:"凡事皆有出头之日,托马斯,你的出头之日会来的,我知道。并不是没有人关心诗歌,他们只是假装不关心,他们是假装的。"

托马斯默然哭泣,身体在床上抽搐成一团。同室的两个疯癫病友开始议论:"耶稣也会哭。托马斯只是没有生意头脑……耶稣不是神的儿子,只是一个好人。"

罗伊·安德森 2000 年拍摄的《二楼传来的歌声》,笔触细腻,视野开阔,直指现代世界的荒诞、冷漠和人的愚蠢。整部影片,关乎信仰衰败、经济危机、人心疏离,种种世相经过奇异扭曲后,显得荒谬而怪异。

连续工作三十年的公司职员遭到莫名解雇;一个新大陆来的人,在街上无端被打,整个巴士站的人袖手旁观;魔术师表演大锯活人时,真的把人锯了;街上莫名其妙塞车八小时,一动不动,没有人知道原因;心智退化的百岁将军,一边在病床上小便,一边接受各色人等的生日庆贺；为了骗保险，卡尔自己烧毁了自己的家具店；街上突然出现长长的相互鞭挞的队伍；在事关全国经济走向的会议上，专家怎么也找不到材料，而一个博士看见对面的房子在移动；工人受伤没人理睬，而摔伤的人形道具却被抬到了救护车里；机场大厅里，旅客们推着重如山的行李寸步难行，检票口里的小姐们如蜡像般排列；小女孩子过完生日后，被作为祭品推下悬崖……

千禧年快要到了，卖十字架雕像准备大赚一把的卡尔，最终忍无可忍，向旷野上蹒跚而来的亡灵怒喊道："这是什么世道？"

是的，像卡尔一样，在今天，每个人都有自己的十字架要背负。情况似乎越来越严重，或许，我们得开始承认对眼前的一切，我们自己也负有责任。

2000年戛纳电影节上，《二楼传来的歌声》获得评审团特别奖。像所有天才之作一样，该片展映时，有一半观众在五分钟后退场，但随后却赢得了留守观众的热烈掌声，一如影片在弥足珍贵的沉寂中，最终绽放出惊人能量。

该片独特的影像风格，体现于两点，一是长镜头使用，一是片段式拼贴。影片全部用长镜头拍摄，镜头固定，构图封闭，一个镜头就是一场戏，场面调度与景深控制近乎完美，演员如舞台剧般，在一个限定的场景里面表演；片段式拼贴，一如诗歌，凝练而锋利，全片隐隐约约以卡尔的活动为主线，各种超现实的末日世相，顺着这条主线纷纷打开。

导演罗伊·安德森，一个孤独的瑞典老头，有着怪诞的想象力。他出身于广告界，从影之前拍过一些奇奇怪怪的广告短片，其电影产量极低，从影三十多年，只拍摄过五部长片：1970年的《瑞典爱情故事》，1975年的《羁旅情愫》，2000年的《二楼传来的歌声》，2007年的《你还活着》，2014年的《寒枝雀静》。

安德森创作严谨，精益求精，仅《二楼传来的歌声》就拍摄了五年之久。

"陌生人和他的妻子将得到爱,我的小伙子,看他的袖口、颈脖和眼睛,睡在背上的他将得到爱,那个穿着破鞋在雨中行走的人、没戴帽子的光头将得到爱,那安坐栖息的人将得到爱……"

《二楼传来的歌声》,看似冷漠、残酷,实则体现了导演对当代文明的热切反思,其最深本质还是对纯净和永恒的渴望——该片堪称冰冻荒原上的一首挽歌,焦灼凄切,迟滞飞扬,给我们警示,也令我们震撼。

所以,我们不难理解这部电影开头,为什么有一行字幕:"那安坐栖息的人将得到爱——纪念诗人巴列霍。"秘鲁诗人巴列霍,曾有诗句:"爱意将眷顾坐下来的人。"

的确,那安坐栖息的人将得到爱。在我们这个星球上,所有问题都由人的不安分造成,无论在南半球秘鲁,还是在遥远北国瑞典,心灵的劝慰和告诫,都如繁花呈现过,只是人们偏爱忽视、忘却——

法国哲学家帕斯卡尔在《沉思录》中,也早已提示过:"人类不快乐的唯一原因,是他不知道如何安静地待在他的房间里。"

2013 年 9 月

神弃之地——贝拉·塔尔《都灵之马》

匈牙利电影,黑与白,凌厉的北风,一匹消瘦的马,一对父女,等待毁灭之地……银幕上,扑面而来的,也是一阵风沙纠缠、晦暗不明的精神旋风。

1889 年 1 月 3 日,尼采在都灵艾尔波特酒店的六号门前驻足,他看到一个马夫用鞭子抽打一匹老马,便抱着老马的脖子痛哭,最终失去理智。接下来,是尼采精神错乱的十年。尼采的结局尽人皆知,但那匹马的命运呢？

在贝拉·塔尔的影片《都灵之马》中，这匹老马从意大利的都灵来到了匈牙利的蛮荒之野，来到一个寒风肆虐的乡村。这里，一所孤独的石头房子，更为孤寂的父女两人，正沦入昏蒙与死亡，如同尼采一样。

《都灵之马》片长两个半小时，故事极简单，但隐喻深刻。影片描写了父女二人的六天生活——第一天，老马夫赶马车回家，女儿去屋外的井里打水，准备晚餐，晚餐一如既往的是两个煮土豆；第二天，风沙大作，老马不愿出门，拒绝进食；第三天，一对吉普赛人经过，被父女赶走，但留下预言；第四天，井水干涸；第五天，父女俩收拾家什，试图搬家，却因寒风太大半路折回，晚上油灯无法点燃；第六天，父亲吃着盘子里的生土豆，对一动不动的女儿说："你必须得吃。"这句话，女儿曾对绝食的老马也说过。

生活已破坏殆尽。没有了第七天。

神曾用六天创造世界。第一天创造了光，电影中第五天光消失了；第二天创造了水，电影里第四天水消失了。该片有着明显的"反创世纪"色彩，它不是神的创世纪，而是贝拉·塔尔的启示录，一种最为朴素、最为残酷的世界观。

"有人每天早上起床、照镜子，有人家里没有镜子，有人甚至连家都没有，但还得睁眼，迎接全新的一天。最后，该发生的都会发生。"

贝拉·塔尔毫不掩饰对世界的消极态度，他想用这部电影提醒大家：生命是一种体验，电影不是为了寻找答案，也不想预言，只是叙述，告诉大家他认为的这个世界是怎样的。

《都灵之马》是贝拉·塔尔2011年的作品，据说也是他的封镜之作，在当年的柏林电影节上，大受赞誉。一个罕见的细节是，公映时仅出现了片头字幕就获得热烈掌声。

1955年出生的贝拉·塔尔，是匈牙利影史上继米洛斯·杨索之后又一个风格前卫、孤注一掷的天才。他的影片中，气势惊人的长镜头，阴郁、冷峻、细腻的写实刻画，肃穆、庄重的悲剧感，使他有别于同时代任何一位导演。他被称为"二十世纪最后一位电影大师"。

　　在贝拉·塔尔的重要电影中，《都灵之马》，不到三十个镜头；《鲸鱼马戏团》，三十九个镜头；《伦敦来的男人》，二十九个镜头；《撒旦的探戈》，影片长达七小时十五分钟，是塔尔最具代表性的作品，亦是他长镜头美学达到极致的完美体现——苏珊·桑塔格认为，这部影片虽片长七个多小时，但每一分钟皆雷霆万钧、引人入胜，她愿在有生之年，年年都重看一遍。

　　与安哲罗普洛斯的诗意长镜头相比，贝拉·塔尔的长镜头更直接、更阴郁；安哲的"人生无路"还在悲悯和追寻相伴，塔尔则直接表达"毫无救赎的可能"。

　　"不当导演就做哲学家"。如果说，贝拉·塔尔之前的电影，如《撒旦的探戈》等还偏重现实的批判，那么，《都灵之马》则直接是哲学意义上的人性测量。

　　贝拉·塔尔虚无主义的世界观来源于尼采。但与尼采不同的是，现世崩溃、灯火水源尽失之地，没有新的地平线能够唤醒，也见不到超人。

2013年8月

流离的悲声——西奥·安哲罗普洛斯《养蜂人》

　　哦，听得到呢，好像是唱歌吧？
　　蜂王出生了，处女蜂从满是蜂蜡的蜂房中钻出来，蜂王出生了。

斯皮罗，本是一位中学校长，辞职做了养蜂人。女儿婚礼刚结束，情感冷漠的妻子要搬到城里儿子家，中年男人也要离开溪流淙淙、雨水嘀嗒的北希腊小镇，去南方放养蜜蜂。

与往年春天一样，花之旅，在路上。春雨绵绵，宛如梦境。但此次旅程，细雨吹打着卡车玻璃，暗绿色原野也染上了命运的悲寂之风。

途中，养蜂人邂逅一位流浪少女，她要搭他的车，"任意什么地方都好，只要离开这儿"；他去探望病中的老友，三人一起看海，冬日大海铁青，青春已然萧索；他千辛万苦找寻到早年离家出走的大女儿，只期待得到一个答案，当初到底为什么？女儿给了他拥抱，却不给出任何说明。

    3月21日，春天的原野，莲花，三叶草，橘子花，木刀薄荷；3月30日，1号到30号蜂箱都不错，31号到40号蜂箱蜜蜂开始减少；4月3日到6日，蜂箱里面总是闹嗡嗡的，赶不上橘子花了，每天蜜蜂的数量还在减少；4月17日，这是大女儿洗礼时照的照片，因为是白羊座，可以自己开辟道路，所以就离家出走了？

路途，还在雾中拐弯。对斯皮罗而言，现在最要命的，是流浪女孩的牛仔裤、白皮鞋，还有她小鹿般的身影，紧绷绷的曲线。春天啊，嫩叶如碎火点点滴滴，一边是花朵芬芳，一边是无声的寥落、岁月的积尘。

临近片尾，黑漆漆的电影院里，午夜银幕前，有过一场欢爱。但这欢爱，有如一场古老悲剧，庄严而神秘；又如黎明之梦，令人寒彻——白的幕布,暗的舞台;内心迷茫的少女,黯然神伤的中年男人;往昔人头攒动的电影院,今日废弃的静谧舞台。

> 一个老人衣袖上的灰
> 是焚烧的玫瑰留下的全部灰烬

最后,少女离开,斯皮罗绝望地走上山坡,神情凄楚,打开所有蜂箱,将自己交给了蜜蜂的毒螫;临终之手,在叩击、颤动,镜头摇向蓝天……

1996年盛夏,导演田壮壮与编剧邹静之来合肥,我们在包河公园的茶馆聚谈多日。其时,我身怀双胞胎的妻子在医院临产住院,每到下午,田导演就关切地盼咐我早点去医院。有天,当田壮壮的一位助手问我合肥可有什么好的影碟(VCD)买时,我一时语塞,无言以对,只说城隍庙有人卖国外电影录像带。

2000年岁末,我在深圳拍摄纪录片,同为纪录片导演的郭熙志指导我第一次购买DVD,我记得当时挑了五十多张碟片。郭熙志特别指着《尤利西斯的生命之旅》说,这部电影刚拍摄不久,导演是安哲罗普洛斯,"你应该喜欢"。

我的确喜欢。从此在省城,工作之余,我开始了漫长的寻片之旅。有天下午,诗友杨键来合肥,在我从前住宅狭小的客厅里,我陪他又重看了一次《尤利西斯的生命之旅》。片中,运载巨大白色列宁石膏像的船只在运河里航行,黑黝黝的人群在原野上聚拢围观,令我俩屏住呼吸。观影完毕,杨键说了一句话:"这部电影找到了形象思维。"

是安哲罗普洛斯的电影,开启了我另一扇心灵之窗,改变了我对世界电影的看法。安哲罗普洛斯所有的电影,故事似乎从来都不是重点,重要的是人、景物、音调和气氛。他的电影由绵延不断的诗歌组成，他擅长用沉默和画面来描述情感，每幅画面，都像一行行韵味悠长、沉婉有力的诗句，由此漫溢出史诗气质。无论是《尤利西斯的生命之旅》也好，《永恒的一日》也好，还是《雾中风景》也好，这类反思文化和历史重负的影片，都堪称电影史诗，弥漫着世纪末的挽歌气息。

作为希腊导演，安哲罗普洛斯电影中的悲剧阐释，渊源有自，与他对古希腊文化的体认息息相关，更考量着他对现实世界的还原、焦灼和关切。

与上述影片略有不同，影片《养蜂人》，却将镜头直接对准日常生活，对准个体的压抑，审视着现代人之间的冷漠与疏离。

实际上，这压抑，这人生无路，这漂泊寻觅，可远不止是一个希腊男人的中年危机，而是现代世界里人的普遍"乡愁"——它来自远古，又聚焦当下，浸透我们周身的血液，诱使人们不得不走上自我确证和精神归乡的漫漫征程。

"上帝首先创造了旅行，而后是怀疑和思乡。"《养蜂人》可不是一部简单的爱情电影，导演在片中寄托了太多的寓意。

> 攀上胡椒树，采胡椒，
> 胡椒树突然断了，手里什么也没拿到。
> 当我回来，
> 会用着别人的衣裳、别人的名字，
> 但你知道我的回归是不可预期的。
> 如果你看到我却不相信地说：
> "你不在这里"
> 我会让你看看那些标记……

德国诗人诺瓦利斯云："同外在世界相比，内在世界仿佛更多地属于我。它如此真切、如此秘密。人们情愿全然生活于它之中。它就是故乡。"而在海德格尔看来，诗人的天职就是返乡。

返乡就是返回到本源近旁，把本源的神秘道说出来。西奥·安哲罗普洛斯，就是这样一位紧锁内心、道说神秘的电影诗人。

安哲罗普洛斯比我父亲大两岁。2012年春节某一天，我在故乡宿松县城，在文友吴忌的家中，当刚刚相识的上海诗人刘晓萍告诉我，昨天安哲罗普洛斯在靠近雅典的某个海港，为一部新片取景的路上，被一辆摩托车撞倒、脑出血去世时，我内心顿感悲伤。

那个春节，在乡下，当我的老父亲从池塘里牵出一根褐色皮管，四处忙忙碌碌时，我和两个高个子儿子默默地看着，一时不知如何帮忙……此刻，我成了斯皮罗，在流水寂寞的故乡小镇，在我看过无数次的《养蜂人》的开篇，他走出房屋，穿过雾中小桥，站在河的对岸，面对面遥望着家人，像隔着一个星球。

2013 年 4 月

牺牲与献祭之仪——谢尔盖·帕拉杰诺夫《石榴的颜色》

新世纪伊始，在合肥嘈杂的绩溪路上，有一家名叫"蓝鸵鸟"的小音像店，店主姓黎，我们喊他"老黎"。令我敬佩的是，"老黎"的音像店虽然只有三四平方米，但绝不会卖一部好莱坞大片，他认为卖商业片会辱没他对电影的认知。

某天黄昏，在"老黎"音像店，我买到《石榴的颜色》，原本我只是喜欢片名，对苏联导演帕拉杰诺夫却一无所知。看后，我内心寂然，并引发了对电影本体的思索。

《石榴的颜色》根据十八世纪亚美尼亚吟游诗人萨雅·诺瓦的传说改编。萨雅出生于一个制作地毯的家庭，年轻时四处行吟，曾受到格鲁吉亚国王的赏识,被召入宫,并与公主相爱,后遭放逐。晚年,诗人成为僧侣,避世于修道院,被入侵的波斯士兵所杀。

在影片开篇,帕拉杰诺夫诚挚地告诫观众:"本片并不是单纯地复述一位诗人的故事,而是尽力重现诗人的内心世界,描写他内心的恐惧、激情和痛苦。"

法国诗人瓦雷里认为,人的灵魂就像石榴一般,内部有着迷宫般的结构。更何况诗人的内心,那该有多精密、多繁复,怎么用电影表现?

影片共分八个篇章,贯穿诗人的一生,中间夹杂着狩猎、婚礼、葬礼、主教之死等大量仪式。整部电影没有一句对白,多以旁白和诗句揭示人的精神历程,晦涩难解,而又诗意盎然。

我是一个活着且内心充满痛苦的人,在祖国的大地上流浪,也无法止歇我的忧伤。

无论我活着还是死去,我的歌将唤醒王国;尽管我已消逝,我在这个世界再没有什么会失去。

你是火,你的衣服是火;我是火,我的衣服是黑色的。

《石榴的颜色》一反普通传记片的文学叙事,大量运用象征和隐喻手法,舞台感、仪式感强烈,影片画面多凝然不动,构图平面化,没有景深,宛如一幅幅马赛克镶嵌的东正教"圣像画"。

东正教,潜藏着幽深的希腊精神,世俗中充满神性。影片中,时常出现石榴、公鸡、羊与贝壳等"意象",无论是日常生活,如浣纱、织布、狩猎、祈祷、宰羊,还是家用器具,如花瓶、地毯、壁炉、餐盘、花瓶、小刀等等,无不既令人感到亲切,又充溢着神性。

影片中人物,多含蓄静默,眼神迷离,无数庄严的瞬间连绵交织:石榴在纸上渗出血红的汁液,男人从染锅里捞起彩色毛线,女人赤足清洗地毯，经卷在屋顶的风中飞动，白马肃穆地走过教堂……

帕拉杰诺夫曾说："我在自己的电影实践中，最为常用的是绘画式处理，而不是文学式的。因此，可以说，影片与小说有着本质的区别。"

帕拉杰诺夫又说："我觉得《石榴的颜色》像是一个波斯人的珠宝盒。从外面看起来，它的美丽充盈了你的双眼，你也可以看到极好的微型细密画。然后你打开它，在宝盒里你发现更多的波斯品。"

《石榴的颜色》拍摄于 1968 年。之前四年，帕拉杰诺夫曾拍摄过长片《被遗忘的祖先的影子》，其大胆与先锋的姿态，被视为一次"电影风暴"。

帕拉杰诺夫曾多次被捕，饱受牢狱之苦。1984 年后经知识界多方请求，帕拉杰诺夫被允许拍摄作品。他相继拍出《苏拉姆城堡的传说》与《游吟诗人》，而后一部电影，帕拉杰诺夫将它献给了电影同道塔可夫斯基。

在苏联，帕拉杰诺夫与塔可夫斯基，堪称"诗电影"的双子星座，一如"白银时代"的诗人阿赫玛托娃和茨维塔耶娃。

我曾见过一张照片，满脸胡须的帕拉杰诺夫与面庞瘦削的塔可夫斯基，端坐在桌前，桌上几个空碗投下黑影，碗中几瓣面包，两人神情严峻，如同木雕。

帕拉杰诺夫与塔可夫斯基交情甚笃，心神相通。塔可夫斯基曾经问他，"成为导演我还缺少什么"，帕拉杰诺夫回答道："你缺少牢狱之灾。"

我有时寻思，为什么我们既出不来帕拉杰诺夫与塔可夫斯基，又缺失阿赫玛托娃和茨维塔耶娃？我想，最根本的，还是传统精神根系的断裂。

俄罗斯"白银时代"，宗教哲学和文学如此繁荣，无不植根于东正教的纯洁信仰。

"中世纪亚美尼亚的诗篇,是雕刻在宇宙历史中人类精神最辉煌的胜利。"亚美尼亚,一个位于欧亚交界、高加索地区的山区小国,帕拉杰诺夫终其一生,都深深眷恋他的民族传统。我曾买过一本《亚美尼亚艺术》,静夜时分,我时常端详着那些小巧、朴拙的圣母教堂,有时冥想,那或许也是我的精神故乡。

戈达尔说:"曾有一座电影的神庙,那里有光,有影像和现实,这座神庙的主人就是帕拉杰诺夫。"

欣赏《石榴的颜色》这部影片,不仅仅是一次观影,更是一次朝圣,一次对诗意和精神的膜拜之旅。

在我有限的观影经验里,中国电影,就仪式感和精神性而言,类似于《石榴的颜色》的,似乎只有1940年费穆导演的《孔夫子》。还有,就整个文艺形态而言,在林怀民的现代舞剧《九歌》里,也仿佛有迹可循。

中国是个"礼乐"国度。保存在我的记忆里的仪式,如今,似乎只剩下乡下我老家的房屋上梁和葬礼仪式了。

> 时光是风,自死亡的方向吹来。
> 往昔是湖泊,其中只有一位泳者:记忆。

新世纪转眼过了十多年,我也多年未见"老黎",曾听朋友说他身患糖尿病,身体很不好,也不知这个消息可确切,但愿他健康。他那间小小音像店的卷闸门,对我而言,犹如悲剧舞台的帷幔,估计很难再在别处拉开。实际情况是,随着影像资源在互联网的普及,音像店纷纷关门歇业,一个时代奇异的文化传播也一去不复返了。

权力与恶——皮埃尔·保罗·帕索里尼《索多玛120天》

卡尔维诺在《萨德在我们体内：评〈索多玛120天〉》一文中，曾敏锐地指出，帕索里尼这部影片最主要的问题是，缺乏系统的明晰性。虽然，社会控诉之意被较好地表达出来，但片中至少留有多种未定的可能，而导演未能认真处理和深化它们。

在我的藏书中，有一套管震湖先生翻译的三卷本《萨德文集》，但是没有收入萨德最为著名、也最遭非议的小说《索多玛120天》。听说台湾出版过大陆学者王之光的译本，我一直未曾读到。

最近逛音像店，看到一部拍摄《索多玛120天》时的影像纪录片，片中一代电影大师帕索里尼文质彬彬，言辞果敢，发人深思。静心看完这部纪录片，我又翻出久违的电影《索多玛120天》。

记得以前在电视台工作时，我与同事谈起过帕索里尼的这部电影，当时有人说，实在无法将它看完。是的，《索多玛120天》的确挑战人的观影经验，片中满是残暴、性虐待与血腥描绘，众多过于直接的镜头也令人恶心和反胃。

好在对我而言，观看电影从来就不是为了愉悦感官，更多是对心智与责任的拷问。看完《索多玛120天》后，我的问题是，一位二十世纪最为著名的欧洲知识分子，为何要制作这样一部电影？其微言大义是什么？

《索多玛120天》，改编自法国作家萨德的同名小说，但导演将原著中的故事发生地，从十八世纪瑞士山中城堡，换成了二十世纪意大利北部的"萨罗共和国"。而"萨罗共和国"是"二战"末期意大利墨索里尼法西斯主义的最后堡垒，在这里，有七万多人惨遭屠杀，四万人被截肢，大量的人被送入集中营，一大批妇女、少年被奸污。

影片中，主教、公爵、法官、部长四个统治者，权力无边，盘踞在"萨罗共和国"一座别墅里，士兵们四处捕捉年轻人，并对青春甜美的少男少女极尽施暴、折磨与虐杀——这是一个最为怪异的性倒错故事，片中，四位高级妓女向四位堕落的权贵讲述淫猥奇事，暴行作为插曲，时断时续，穿插其中。淫威之下，有人告密，有人勇敢地迎接子弹，有人忍无可忍从窗台上跳下然后死去。

"施虐、受虐是人类永恒的范畴，在萨德时代、在现代都有，但这不是我关心的。我的电影真正意义上是关于权力和奴役的隐喻。因此，实际上它是符合每个时代，这些驱动力都来源于我对现实，对今天权力的憎恨。"帕索里尼如是说。

看来，帕索里尼决意采用暴露一切的狂飙姿态，以冷静、残酷的语言，表达对现代权力、消费性社会的一种批判，也深刻剖析人性之恶和政治之恶。

艺术作品，因主旨极端而显残酷，世界电影史上，此类影片并不少见，如《天生杀人狂》、《发条橙》、《猜火车》，等等。但是，这些电影远没有帕索里尼《索多玛120天》这般暴露，这般真实而残酷。

这就涉及一个问题，为了表现主题，电影的真实程度是不是可以没有限制？《索多玛120天》，是否体现了导演的过度自负？以令人憎厌的镜头来表现，的确需要勇气，但这些镜头是否足以赋予影片以深远效果和非凡意义？

卡尔维诺指出的，该片中未曾深化的主题的确很多。例如，在极度恐惧的情境下，当个别牺牲者掩藏起爱的隐私，以求相互慰藉，本是情理中事。此刻有人告密，而告密者希望凭此可以苟活——这既是权力扩散，造成堕落的一个符号，也是一种生命本能，它体现了人类的脆弱，也包括人性温暖。遗憾的是，这一复杂主旨在电影中表现出来后，即迅速结束，没有继续深入。

内在明晰性的缺乏，迫使导演搬弄一系列花招，将某些抽象和一般化的"权力"作为靶子，最后只剩下对整个世界的控诉，而帕索里尼本人拥有的"权力",恰恰不在自我反思、控诉之列。

在我看来,电影,乃至整个文艺的诸要素中,良知和道德要素至为重要。但是,文艺与现实、与政治、与道德到底是什么关系?其实,这些问题极其复杂,很难用三言两语说清楚。

诚如布罗茨基所言,美学是伦理学的母亲。"好"与"坏"的概念,首先是一个美学概念,它们先于"善"与"恶"的范畴。一首好诗,一部好的电影,并不能改变此刻的现实,它只是在未来、在极幽深处会带来"善"。

诺贝尔获奖诗人希尼,曾如是阐释诗歌的社会功效:"在某种意义上,诗歌的功效等于零——从来没有一首诗阻止过一辆坦克。在另一种意义上,它是无限的。这就像在那沙中写字,在他面前原告和被告皆无话可说,并获得新生。"

是的,当通奸的妇女被送到耶稣面前,耶稣只是俯下身在沙地上写字,最后原告和被告都离开了。经典文艺就是沙地上留下的字迹,貌似与我们当下的生活毫无关系,可是它却以自己独有的静默方式左右着我们。所以,美德、良知和批判,并不是创作出杰作的保证。在电影这里,"好"要比"善"、比"道德绑架"重要。

修辞与美,内在明晰与心灵景象,是一部好电影的最终保证。而过于残酷和真实的镜头,并不是"形象",更不是"心灵景象"。

"什么事都熄灭不了我心中的神圣,我像看神话一样看待生活。我只是离自由很近,我也说不清楚,我将我们的想法串联起来去寻找自由,可能这根本不是自由。"好在帕索里尼有他的自知之明。

1975年,拍完《索多玛120天》后,帕索里尼被与其有染的同性恋小伙杀害,尸体碎片散落在意大利海滩……黑色泥沼中的恶之花成为绝唱。世界没有妖娆。

2014年9月

诗意的坠落——赛米·卡普拉诺格鲁《牛奶》

十八岁少年约瑟夫,性格孤僻,面无表情,高中毕业后,一边帮母亲送牛奶,一边写诗……乡村正在改变,母子关系亦然。

《牛奶》拍摄于2008年,这部一百〇二分钟的电影,曾入围当年威尼斯影展竞赛单元,最终因为影像晦涩,节奏缓慢,没能赢得大奖。但影片气息幽深,镇定又魔幻,堪称经典。

故事不算复杂。约瑟夫与母亲相依为命,住在土耳其安那托利亚的一个小村庄,电影开篇,导演异常细致地描述了乡村生活的点点滴滴——约瑟夫陪母亲到集市上卖奶酪,母亲用极大的耐心包容儿子的古怪天性;少年诗人到邮局等待自己的邮件,与写作老师抽烟、双双喝醉;在挂着陀思妥耶夫斯基画像的书房里,约瑟夫沉思写作;最终,诗歌在刊物上发表,生活突显一抹亮光。

而最为鲜亮的,则是在土耳其第三大城市依兹密尔市一家书店,约瑟夫与一位想买诗刊的女孩相遇,女孩名叫赛玛,眼神清澈,心地纯洁,宛如黎明……霞光里,两位青年悠悠我心,彼此分享着对于诗歌的热爱。

夜晚寂静,家中出现一条蛇,生活渗入阴翳。约瑟夫在诗中抒写母亲,母亲以为他有了女朋友;少年瞥见母亲跟火车站站长幽会,顿感惊慌,不知如何理解;约瑟夫想服兵役,癫痫症又令他被拒入伍;焦虑少年无法消化平静生活的突变,癫痫发作,恍惚间摩托车翻出公路。

影片为观众留下诸多疑惑,年轻诗人能否越过成长之路的拐点?他是应该坚守内心,还是该放弃理想?约瑟夫的问题,也是在全球化时代,所有国家特别是发展中国家千千万万同龄小镇青年的困惑。

《牛奶》是赛米·卡普拉诺格鲁的"鸡蛋、牛奶、蜂蜜"三部曲中的第二部。这三部曲代表着一个男人的理想和回忆,套用导演的话,那是"长时间的闪回"——从成年回溯,到少年,再到童年。回忆,宛如吃甘蔗,将苦涩无味的丢弃,将甘甜留下,并且越来越甜。

2007年,卡普拉诺格鲁拍出约瑟夫人到中年时的《鸡蛋》:此时,诗人已放弃写诗,在伊斯坦布尔开了一个二手书店,生活孤绝。母亲死讯乍至,他踏上久违的故乡。简单的追思之旅,像一首超越生命的诗歌。

2010年,卡普拉诺格鲁拍出《蜂蜜》,一举夺得第六十届柏林电影节"金熊奖"。《蜂蜜》中约瑟夫的童年,最接近一个人的心灵真相,也掀开被掩盖在梦境中的谜题,决定着诗人的命运——该片讲述约瑟夫幼时性格内向,有点口吃,只与父亲亲密。父亲靠采野蜂蜜为生,野蜂蜜越来越少,父亲为寻觅新的采集点而踏上远途,从此一去不返。约瑟夫鼓起勇气,独闯森林,开始了寻父之旅。

三部影片,精神暗中关联,但又彼此独立。导演试图以这个连续性的人物,讲述在新旧世界交替时,土耳其一个敏感心灵的交织和困顿。

赛米·卡普拉诺格鲁是土耳其电影新浪潮的后起之秀,也堪称关键人物。其影片深受布列松、小津安二郎、塔可夫斯基等大师影响,也心仪中国导演王全安、侯孝贤和蔡明亮——他喜欢在影片中加入超验的抽象内容,只用自然声,音乐缺席,镜头超长,拍电影从不考虑观众。看他电影的观众,往往分成两派,不是非常喜爱,就是非常讨厌。

他说:"我知道观众很重要,但我没法去讨好任何一个人。就我而言,我喜欢把电影完成之后才想到观众。"

在《破恶声论》中,鲁迅提出"凡有危邦,咸与扶掖"的观点。在译介科学思想时,鲁迅往往选择先进的西方,在翻译文学作品时,却首选如波兰等弱小东欧诸国——在今日世界电影格局中,我也恰恰是在一些小国电影中，看到更多真实的心灵挣扎与诗意。

卡普拉诺格鲁出生于1963年，大我一岁。他所陈述的往事与梦境，如我亲历，意义非凡。

此刻，我在我的故乡小镇，也在电影《牛奶》中，一如约瑟夫趴在村前原野的一棵大树下，手拿树枝，聆听着地下水声，野花芬芳，田野寂寥，远处山岗正腾起一条条刚蓝色的线条。

2013年10月

灵魂的粗粝颗粒——卡尔·西奥多·德莱叶《圣女贞德蒙难记》

中世纪"圣女贞德"的故事，因其传奇、神秘与神圣性，历代不断出现在各种小说、舞台剧、歌剧与电影中。就电影而言，除1962年布列松的《圣女贞德受难》、1999年吕克·贝松的《圣女贞德》之外，我印象最深的，还是1928年德莱叶的《圣女贞德蒙难记》。

中世纪结束进入文艺复兴之际，为争夺领土与统治权，英、法两国发生了"百年战争"（1337—1453）。当此重要时期，一位目不识丁、不懂战术的法国农家姑娘贞德，凭借纯洁和坚定之念，扮演了一个关键角色，让法国由劣势转向强势，最后将英军驱离。

少女时代，贞德在村头大树下遇见天使，得到神启，要求她带兵拯救法国。英军兵临奥尔良城下，十九岁的贞德率兵冲破重围，击溃英军，法国多年来第一次取得胜利。随后贞德进军理姆斯，再次取胜。1430年，巴黎战役失败，贞德受伤，次年房获，被勃艮第叛军出卖，落入被英国控制的宗教法庭。1431年5月30日，在鲁昂，贞德被指控为异端和女巫，以火刑处死，骨灰抛入塞纳河。

贞德牺牲后，法国人悲愤难忍，战役节节胜利，二十多年后失地几乎全数收回，"百年战争"宣告结束。1456年，罗马教廷经过重新审查，推翻之前判决，洗清贞德罪名。1920年，罗马教廷册封贞德为"圣女贞德"。1928年，丹麦电影导演德莱叶，与法国兴业制片厂签约，耗资近一千万法郎，拍出当时法国最昂贵的影片之一《圣女贞德蒙难记》。

其时，世界电影正处于由"默片"向"有声片"转变之际。之前一年，美国第一部有声片《爵士歌王》已经上映，德莱叶的《圣女贞德蒙难记》，堪称默片时代最后一曲挽歌，也是电影史上最伟大的作品之一。

与一般电影不同，该片没有刻意描绘贞德身上的神秘主义，也没有浩大、惨烈的战争场面，只是聚焦于宗教法庭的审判。

圣女贞德事件，不同时代有不同的诠释。贞德真的是上帝差派的？上帝为何通过一位农家少女拯救法国？但就当时而言，如果贞德宣称上帝站在她那一边，是否意味着上帝想与英国为敌？因此，受英国控制的宗教法庭，非得把"上帝站在贞德那一边"变成"魔鬼站在贞德那一边"。

《圣女贞德蒙难记》中，贞德面对的，是一群学问高深的"神学家"。他们布下重重陷阱，诱她落入圈套。比如，审讯者问："如果你认为自己能得到救赎，就不需要教会了，是吗？"面对这样的诱供，一个年轻僧侣（法国超现实主义诗人阿尔托饰演）忍不住喊出来："小心啊，那是一个危险的答案。"

片中，最著名的一段质问是："你是否觉得自己受到上帝的恩典？"贞德回答："如果没有的话，希望上帝能赐予我；如果我已得到，希望上帝仍给予我。"

这些机敏回答，出自淳朴的信念，往往使质问者目瞪口呆。虽然，在审讯中，贞德时常化险为夷，但最终难敌教会的伪证、计谋与威胁——而隐藏在这一切后面的，是教会巨大的权势，英国与法国的政治较量，还有教会权柄与个人力量的悬殊。

最后，贞德被主教握住手，签下自己的名字，承认自己的使命来自魔鬼。可是，虽然"我太害怕火刑了"，贞德还是随即翻供，她不能亵渎上帝，她决意走向火刑柱，迎接烈火。

默片时代，摄影机又大又笨，镜头也只是简单的横摇与直摇，电影剧情还常常被不断打出的字幕打断。但德莱叶的天才之处在于，他作谜于人脸。《圣女贞德蒙难记》，大概是电影史上人物面部特写最多的电影之一，几乎占全部镜头的百分之七十以上。再加之夸张的摄影角度，超快剪辑，平均每个镜头只有四秒，远远超过那个年代的平均程度。

这些特殊的场面调度、镜头处理、演员表情，将贞德从彷徨恐惧到慷慨赴难的心路历程和盘托出，令观众信服，我们仿佛可直接触摸到女英雄的真实灵魂。

影片中，贞德短发，戴脚镣，穿男装，容颜无辜而诚实。她的脸往往以四十五度向上看，每当回答关于信仰的问题的时候，总是光彩夺目。

在德莱叶的执导下，整部影片镜头高贵而典雅，精确而细腻，人物脸上的每一次抽搐，眼神的每一次闪烁，都如古希腊雕像般静穆——她的灵魂，像一块含金的矿石在火上被细细烧灼。偶尔几行绝望的泪，就像从石头缝中渗出一般。每个看这部电影的人，都像贞德一样拷问自己，越深入思索，历程便越艰辛。

作为默片时代的尾声杰作，大特写、大构图、虚背景、换视角，这样的纯形式上的美为我们带来一次关于宗教和心灵的洗礼。

《圣女贞德蒙难记》，曾被评为世界十大最佳影片之一，被誉为"电影史上探索人类灵魂的密度最大的一部影片"。其质地异常粗粝，又深藏着无限悲悯与柔情。

这部电影本身就像一部传奇：德莱叶的《圣女贞德蒙难记》在1928年拍竣后不久，先是被教会大肆删减，紧接着一场大火烧毁了全部胶片。德莱叶只好重拍了一部,第二部拍完没多久又被烧毁。直到1981年,在挪威奥斯陆发现了尘封已久的第一部的拷贝,这本是当初卖到医院给精神病人看的,却被无意中保存下来。这个发现,无疑是电影史上很值得纪念的一件事情,所以在影片前面有长长的字幕,是对发现这部电影的人表示的谢意。

2014年1月

在林泽女神的大地长大——大卫·汉密尔顿《比利提斯》

从前逛碟店时,我曾买过一部影片《少女情怀总是诗》,但封面又赫然印着"Bilitis"。我一直对香港片名翻译不放心,预感该片与法国名诗《比利提斯之歌》有关。近期观看,果不其然。

《比利提斯之歌》的作者皮埃尔·路易,乃法国十九世纪末、二十世纪初象征主义唯美派作家,集小说家、诗人、藏书家于一身,与纪德、王尔德、瓦雷里友情甚笃。1894年,路易出版散文诗集《比利提斯之歌》,成为传世名著,被译成多种语言广为流传。有趣的是,皮埃尔·路易所作诗篇曾假托古希腊女诗人比利提斯(与萨福同时代)之名,一时间造成考古学家们的误会。

十九世纪中叶,因浪漫主义过于滥情感伤,法国象征派先驱"巴纳斯派"诗人们心仪古代,心仪希腊,倡导沉静明澈、客观冷峻的诗风。1850年,波德莱尔写出《我喜爱裸体时代……》一诗,表现出对野性奔放的青春气息的向往,亦即对古希腊风尚的心仪。

皮埃尔·路易的诗集《比利提斯之歌》,也是这一诗歌运动的产物。该书共收一百四十六首散文诗,分为三卷,涉及女诗人比利提斯三处活动地区、三个人生阶段,从童年到暮年,贯穿其四十年的浓郁人生:从纯情少女的牧歌与淡淡的恋情,到成熟美艳佳丽的同性恋与红牌神女，再转入哀伤的迟暮。

比利提斯，这位美与爱之神，本该居于古希腊群山，却谪降凡尘。她纯真过，美艳过，哀怨过，体验过爱欲的喜忧，也感应过生命之苦乐。诚如作者在扉页的题词："这本古代爱情之书，虔诚地献给未来社会的少女。"

中文版《比利提斯之歌》，1928年，曾由李金发翻译成汉语在上海出版，名为《古希腊恋歌》，可惜此书坊间难觅。我只读过翻译家管筱明与台湾诗人莫渝先生的译本。莫渝先生的译本唯美而情色，再配以匈牙利插画家威利·波加尼的精美插图，堪称满目妖娆，美轮美奂。

一部纯情浪漫的散文诗改编成电影，令我充满期待。

1977年，移居法国的英国摄影师大卫·汉密尔顿，拍摄出电影处女作《比利提斯》。片中大量的裸女镜头，女同性恋情节，油画般的画面，令人迷惑的音乐，令该片在当年"戛纳电影节"上引起热烈争议。翌年，影片在"恺撒电影节"获最佳配乐提名——其主题曲后来成为保罗·莫里埃等知名乐队的经典曲目，被誉为史上最动人的爱情旋律之一。

耐人寻味的是，经过改编后，诗篇中古希腊少女变成了二十世纪的法国女孩。电影《比利提斯》中，比利提斯是一所寄宿女校的学生，大概上中学。正值暑假，父亲因故不能来接她，她只好暂居在父亲友人的女儿玛丽莎家。影片中露天海水浴也好，女孩亲密戏也好，都是对女校生中同性恋"潜规则"的描写。片中，比利提斯情窦初开，爱上摄影师男孩洛卡斯，又依恋成熟美女玛丽莎，几番情感纠葛，欲说还休。影片末尾，比利提斯孤身一人回到暑期空荡荡的宿舍，怔怔地坐在床上，眼前浮现出一幕幕近日情景。一切宛如梦境般虚幻，回忆起来恍若隔世。

我脱光衣服爬到树上,用赤裸身躯抱着树干,藏身绿叶丛中挡住深夜的闷热。我开始抚摸自己的胸部。而我的双腿则垂吊空中,泉水般的露水滴在我的肌肤上。穿过群簇花朵,沿着我躯体留下……

作为画外音插曲,皮埃尔·路易的炽热诗歌《比利提斯之歌》,不时有机地镶嵌在影片里。虽然,所有文学名著都面临改写、翻拍的失败之忧,但平心而论,电影《比利提斯》拍得大胆而唯美,满目诗情画意,堪称别具一格——它干净利落地交代出一个少女的情欲世界,她童话般的同性爱与异性爱。比利提斯,曾经的古希腊少女,今日双性恋身份的洛丽塔,任性乖张,羞涩缠绵,滚烫的青春里,有着迎面而来的死亡。这死亡之光,则瞬间映射复活出祭坛上身穿白纱的古希腊女神雕像。

2013 年 6 月

忧郁,静而不喧——亚历山大·佩恩《内布拉斯加》

常年酗酒、有点痴呆的老头意外收到一封广告信,通知他中了百万美元巨奖。老头信以为真,三番两次踏上公路,要步行到一千多英里外的内布拉斯加的林肯市去领奖,每次都被警察送回。牢骚满腹的妻子和事不关己的大儿子忍无可忍,想把他送进老人院。而老人唯一关心的,是怎样领回奖金,和取回多年前被朋友借走的一台压缩机。

刚与女朋友分手的小儿子,为了让老父亲死心,答应开车带他去领奖。路上,儿子经过父亲年轻时生活的小镇,拜访了久未谋面的亲戚,了解到父亲从前的生活——父亲的工友,父亲的初恋情人,生活中的点点滴滴。美国中西部小镇,生活沉闷,民风粗粝,人心冷淡偏执，亲戚老友各怀鬼胎。

小儿子终于把老父亲带到领奖的地方。得知真相后，老人黯然神伤。儿子问父亲，这么大年纪了，若是真的中了奖，怎么处理？老人说："我一直梦想着买一辆卡车，剩下的钱在我死后留给你们，我一生没有给过你们兄弟俩什么。"

最后，小儿子用自己的汽车给老人换了一辆新卡车，也取回了压缩机。片中一幕，父亲在副驾驶座上欣慰地看了儿子一眼，儿子转过头去的时候，父亲迅速把头扭回。

《内布拉斯加》，一部感伤而温情的公路电影。导演亚历山大·佩恩2012年11月开机拍摄，前后只用了三十五天时间。

整部影片基调缓慢，不露声色，现实指向繁复，探讨了父子、朋友、金钱等问题，看似文风凛冽，实则静而不喧，堪称一部充满忧伤和愁思的影片。该片入围2013年戛纳国际电影节主竞赛单元。

除了演员表演内敛而克制外，颇值一提的还有影片的黑白影调——"我们之所以选择黑白，是因为黑白能把风景和人文活动联系在一起。而在这部电影中，风景这个元素所占据的比例又非常巨大。所以，选择黑白是势在必行。"

不让色彩斑斓的风景抢夺眼球，也是为了降低音调，气息安详。在我之前看过的亚历山大·佩恩的影片中，印象深刻的还有2004年的《杯酒人生》，同样是公路电影，同样是内涵深邃，哀而不怨，波澜不惊。

亚历山大·佩恩，二十世纪六十年代美国独立电影界引人注目的人物，不仅仅是好莱坞颇有成就的导演，还是一位著名的电影剧作家。他往往将尖锐的社会讽刺融入轻喜剧中，善于塑造动人的人物形象。他影片中的人总是要历经一些近乎荒诞的境遇，兜兜转转，山重水复，再重新跌回原点。

实际上，好莱坞影片中，恰恰是这些制作成本不太高的电影，往往更触及现实,直指人心。只是《内布拉斯加》中美国旷野里的父子情,粗粝之中往往带着一股笨拙劲,与东方人的素雅与含蓄大不相同。如果是小津安二郎来拍摄父子关系,肯定会更细腻,也更温婉。

但学者王国维曾说过:"学问之事,本无中西";他复又直言:"中西二学,盛则俱盛,衰则俱衰,风气既开,互相推助。"所以"他者"往往构成"我们"的隐喻和镜像。在我看来,《内布拉斯加》中的乡村沦落与儿子的孝心,恰恰预先指向今天的伦理现状。

随着商业社会的到来,道德与心灵也日渐成为问题,无论是乡村还是城市,做一个孝敬老父亲的好儿子的确是考验人的一件事情——表面的风格各异,实则相同的世态人心。《内布拉斯加》给我们的启迪是,面对家庭人伦,面对严峻的生活,我们必得更隐忍,也必得更有爱心与耐心。

2014年2月

光影里的文学大师

我选择紫色。

我选择早睡早起早出早归。

我选择冷粥,破砚,晴窗;忙人之所闲而闲人之所忙。

银幕上,九十岁的老诗人周梦蝶,瘦骨嶙峋,身着长衫,如一只蓝鹤轻轻移步。清早,他要去报摊买报纸,台北市街头车水马龙,老诗人气定神闲。

《我选择——仿波兰女诗人辛波斯卡》这首名诗,作为画外音,由老诗人浓重的河南方言读出,苍凉、凝实又有力。

六集文学传记电影《他们在岛屿写作》,分别拍摄了林海音、周梦蝶、余光中、郑愁予、王文兴、杨牧这六位台湾文学名家的故事,总长度九个多小时。我在网络上花了一天一夜时间静静看完。

据报道,2013年5月25日下午,该系列片又在北京"中国电影资料馆"放映,六百人的放映大厅内座无虚席,著名翻译家屠岸、台湾著名作家杨牧出席,两岸作家、电影人齐聚一堂,现场气氛分外热烈。

光影闪亮,恍若隔世,这是我近年看过的最幽深感人、也倍觉亲切的纪录片。

六位主角中,余光中先生我曾有过一夕谈(2011年在安徽池州);郑愁予先生我曾经收到过他寄自美国的约稿信(为了编一本二十世纪汉语诗选），2017年秋天，为拍摄关于中国百年新诗纪录片，我在上海又采访了他。除了这六位名家传主外，许多耳熟能详的文化名人，如钟鼎文、张充和、林海音、痖弦、林怀民、张大春等等，悉数登场，直面摄像机，更令我亲切又惊讶。

"微尘弱草，雨萍风絮，日月逾迈，又十九年于兹矣"；"既仰事俯蓄，孝慈之道亏，兼笑谈渴饮纵横之望觖，惟日以纸笔，史传，偈颂，啸咏，聊生远怀，而申积郁耳……"

纪录周梦蝶先生的《化城再来人》，是其中最令我心灵触动的一部影片——该片长达两个多小时，从周先生日常起居开始，以一天时间为限，腾挪穿插，配以老诗人用方言朗诵的诗文、书信独白，映射出诗人孤寒悲苦的一生。

周梦蝶，一位以哲思凝铸悲伤的诗人，台湾现代诗园的奇葩。1921年生于河南淅川，乡村师范毕业后参军，继之赴台。三十岁开始发表诗作，成为"蓝星诗社"的一员。1959年出版诗集《孤独国》，奠定了他在诗坛的地位。他是诗人中少有的"蜗牛派"，创作六十年，字字珍惜，只出过薄薄的几册诗集。

周梦蝶一生性格孤僻，命运多舛。他年轻时即退伍，为了生计，近二十年时间在台北武昌街守着一个书架，专卖那些冷僻的哲学书、诗集、诗刊。他还看管过茶庄，甚至当过守墓人。到了晚年，处境更为悲惨，1980年他因患胃溃疡而住院，胃被切除四分之三。

> 这里没有文字、经纬、千手千眼佛
> 触处是一团浑浑莽莽沉默的吞吐的力
> ……
> 甚至虚空也懂手谈，
> 邀来满天忘言的繁星

过去伫足不去，未来不来

我是"现在"的臣仆，也是帝皇。

《孤独国》出版后，人们戏称周梦蝶为"孤独国主"。1962年以后，他开始礼佛习禅，每日静坐街头，不为来来往往的红男绿女所动，成为台北街头"最美的风景"。及至诗集《还魂草》出版，人们又称他为"苦僧诗人"——无论是生活写作，还是思维修行，周梦蝶都深蕴中国传统知识分子色彩，其诗作也闪射出东方古典的睿智与玄妙。有论者称，从没有一个人像他那样，赢得如此多纯粹心灵的迎拥与向往。

周梦蝶是孤绝的，是黯淡的，但也无比执着丰盈。影片中，许多镜头和访谈令人动容：周老先生拄着拐杖，一个人外出，坐公交车、转地铁参加文学聚会；追念为了一首短诗，内心苦苦研磨四十年；为礼佛而在大澡堂沐浴；谈少年丧父，中年丧妻，晚年丧子时的凄婉与平静；回忆改革开放后，回河南乡村老家，开始不答应陪女儿给奶奶上坟，第二天一大早，自己又独自一人在母亲坟前盘桓不已，唏嘘失声……

诗人一直拒绝所有媒体采访。据导演陈传兴介绍，为了说服周老先生参加拍摄，他们花了将近几个月的时间。电影制作完毕，当看到自己出现在大银幕上，老诗人第一次观看时仅是点点头，看第二次时，也只说了句"还好"，可见这位苛刻传主的个性。

早在2005年，台湾"华硕电脑"创始人童子贤先生就有投资拍摄文学名家的想法。2008年，林怀民的"云门舞集"排练场失火，烧毁了大批影音资料和道具，加剧了台湾保护历史文化的意识。此时，恰逢台北"诚品书店"的前总经理廖美立女士退出书店经营，于是，2009年，由童子贤和廖美立、陈传兴夫妇共同出资三千万新台币成立了"目宿媒体"公司，致力于影像经营。

2011年,《他们在岛屿写作》系列影片拍竣,这是台湾"目宿媒体"的创业之作,也是台湾文学名家第一次集体登上大银幕,以展现文学含蓄深婉的影响力。除了周梦蝶那部外,其他五部纪录片,均气息安谧,精工整饬,每部都有耐人寻味之处。

拍余光中的那部,名为《逍遥游》,导演用七首诗串联起影片。影片中,余光中坐火车与朋友去垦丁海边旅行,在海边打太极,教人打水漂;诗人的著作堆在一起,超过了他的身高;2010年5月,余光中应邀到江南大学开讲座,顺便到无锡游玩,每逢一个石头狮子,都要爬上去骑一骑。

影片《背海的人》中,小说家王文兴往往每天只写三十个字,其写作速度之慢,在台湾文坛堪称传奇。他轰动文坛的小说《家变》写了七年,《背海的人》一共写了二十五年。影片里,隐藏摄像机拍下了王文兴的写作场景——开始时,他平静地书写,而后突然用笔不断地敲击桌面,以致纸张被划破,撕成碎片,几个小时后,纸片洒满一地,上面的字体歪歪扭扭,几近鬼符。

胡同里,一位老太太问:"找谁啊?"林海音的女儿夏祖丽说起《城南旧事》,话音未落,老太太马上接话,"就这儿了"。原来老太太就是《城南旧事》中林先生家长工老王的女儿。老太太名叫秀贞,她从床底下搬出来当年挂在胡同口的招牌——"晋江会馆"。纪录片《两地》中,除了展现林海音作为名作家的一面,更强调了她是一位有勇气的编辑家,她曾主持《联合报》副刊十年。林怀民回忆,十四岁时,他的第一篇小说《儿歌》,就是林海音发表的,并得到三十元稿费。当时,一张电影票才一块八,靠这笔稿费,林怀民上了平生第一次舞蹈课,后来成立"云门舞集",成为蜚声国际舞坛的舞蹈家。1990年,林海音在阔别故乡四十二年后,第一次回北京,城南旧事,已物是人非。2009年秋天,林海音去世八年,其女儿夏祖丽回北京省亲,摄制组一直跟拍。其时,北京很多四合院、胡同都已湮灭在历史的尘埃中，所幸，林海音幼年生活过的胡同还在。当夏祖丽独自一人坐在父母七十年前结婚的礼堂时，忍不住泪流满面。

"他们的文字是可以传世的，只要进入他们的世界，就会受到感染。""让更多读者接触到他们，让这些台湾的文学记忆能传承下去，就是最大的回报了。"目宿媒体投资人如是说。

由企业家出资，放手让导演大胆去创作传记电影，这在台湾以前也并不多见。据了解，《他们在岛屿写作》第二系列也于2015年拍竣并在台北公映，白先勇、林文月、痖弦、洛夫、西西、也斯、刘以鬯等七位作家、诗人名列其中。

地图，星夜，礁岩与海浪，笔迹参差，光影在时间的卷尺上拍打，镌下刻度。一个时代的岛屿文学，代表着一段记忆，更代表着一代华语作家的品格和风范。看完影片，我心震颤，亦有错愕：一边是过往纯粹的文学、丰沛的生命，一边是眼下的网络搞笑、商业大片、快餐写作。但我仍有一念，无论何时何地，文学与精神的纯正一脉，终归强劲而坚韧。

2013年7月作
2019年1月改

在家的乡愁

接一位学生电话,说近日合肥华润橡树湾有个"独立电影展",邀请我主持第一天的现场讨论。在左靖主编的《汉品》杂志上,我曾经见过《玉扣纸》和《老族谱》这两部纪录片的评介,加之讨论会又涉及诗歌、纪录片与乡村建设,我当即应允。

现场气氛热烈。第一次见到鬼叔中,微笑,木讷,敏锐。叔中小我三岁,作为诗友,我们早年曾有过通信。在《中间代诗全集》中,我俩的诗又集中选在一起。我喜欢他的诗,质地硬朗,音调低沉。

对于诗人做纪录片,我始终持有信心,影片至少会粗粝、灵动,避开表面修辞和小情调。看完《玉扣纸》、《老族谱》后,我心绪触动,如临梦寐,如回故乡,忧心历历难遣。

福建宁化县地处武夷山东麓,为闽赣两省交界县之一,也是举世闻名的客家祖地。宁化"玉扣纸",是一种手工制作的竹纤维纸,因纸质细嫩柔软、色泽洁白如玉而得名——玉扣纸,曾是国家档案、史集、佛经、族谱、账本、重要契约的常用纸,从宋代起,大臣给皇帝写奏本也爱用它。在清代,玉扣纸行销各省,一度有"发行半天下之誉"。二十世纪七十年代,为印制重要的线装本书籍,国家曾调运数百吨宁化玉扣纸。

明清时期,宁化已成为福建四大产纸县之一,最鼎盛时有纸坊五百余槽,年产五万多担。近年来,因机械造纸冲击,劳动力缺乏,手工造纸业迅速衰落。据鬼叔中介绍，十多年前，他在宁化县安乐乡当税务员时，那里的玉扣纸作坊，不少于五十家，一转眼全都倒闭了，一家也不剩。

2007年，从没摸过摄像机的鬼叔中，突然心血来潮，想拍客家民俗，做影像纪录。几经努力，数万元经费还是难以落实。在一次同学聚会上，他终于赢得一位做文化公司的高中女同学的信任和支持，购买了设备。后来，这位名叫黄苏建的同学成了他的制片人。

2009年春节刚过，鬼叔中得知县里停产多年的一家土纸作坊，因有人要订购玉扣纸即将开工，他兴奋不已。第一次拍摄，他们由一位熟悉的乡领导陪同，拍了一天，回放时，发觉素材完全无法用……造纸工人们很拘束，劝他们唱点山歌、辈调什么的，他们放不开，打不开喉咙。

后来，鬼叔中决定在纸坊住下来，与工人们一起吃饭，睡觉，抽烟，喝酒，讲辈段子。于是，从元宵后到清明前，每到星期五单位下班，鬼叔中就邀两位搭档，从县城出发，开车赶七八十里山路，到治平乡一个名叫茜坑的小山村拍片。

素材拍了二十多个小时，片子剪成四十三分钟，鬼叔中完成了他的纪录片处女作《玉扣纸》。

想起走厂，真好可怜
半夜三更，要早补簾
老妹情意，虽然好哩
再好情意，也无×用
想起走厂，苦确难当
鸡鸣半夜，天还没光
一日要做，两坊的纸
做得哥俚，无奈得何

多谢妳妹借钱,讨老婆

谢妳妹借钱,郎做酒

一个上席,要留妳妹坐……

影片中,老萧劳碌一天,钻进被窝后,还哼起荤曲。这使得从梦中被吵醒的同行忍无可忍,因之引发口角。

影片《玉扣纸》最美的是声音,靠声音衔接推动,引发节奏。恰恰是这些雨声,风声,竹林声,鸡鸣鸟叫,山歌荤曲,孩子的哭喊,工人奋力用脚踩踏竹麻的声音,增添了片子的寂静,使整个影片气息安详。

玉扣纸制作工序有二十八道,从砍料、浸塘、剥青、踏竹麻、做纸、焙纸、拔纸、裁纸……鬼叔中随机做了交代,并不刻意按流程叙事。再加上炊烟弥漫,黄牛出村,儿童戏耍,河边洗衣,田间劳作,山村生活游丝般随处飘荡,随时呈现,影片因之显得婉转、沉稳而可靠。

继《玉扣纸》后,鬼叔中一发不可收,短短三四年时间,相继拍出了《老族谱》、《砻谷纪》、《罗盘经》等纪录片,还累积了大量客家文化的素材。

耐人寻味的是,鬼叔中每拍摄一部纪录片,都与影片中的主人公成为好朋友,而这些主人公大多是乡村的能工巧匠、传奇人物。

《老族谱》中,修谱师傅小邱,用古老的木刻工艺,雕刻墓图,刻木板活字印刷,为九十年未修、虫孔斑驳的《童氏族谱》而奔忙。影片播出后,外面许多主流媒体常去骚扰他,他如今已成为宁化县一位苦恼的名人。《砻谷纪》的主人公流水师傅,在家种田,沉默寡言,常遭村民排斥。片子拍完后,某年春节,鬼叔中因事下乡顺便去拜望他,流水师傅跑了几十里的山路,从拜年的亲戚家赶回来迎接朋友。临别时,并不宽裕的流水师傅还执意要鬼叔中带走一只鹅,这只鹅是特为鬼叔中准备的。《罗盘经》中的老周是快七十岁的老人，孤身一人在山里种了十多亩水稻。老周年轻时，吹拉弹唱，样样都会。当生产队长时，在田埂上拉二胡。

中国文艺，曾有个古老的品质要求，即"哀而不怨"。鬼叔中的影像，恰恰做到了这一点。他的纪录片没有愤怒，没有戾气，没有怪异，甚至也没有因眼前文化即将消逝而得不到保护而生出的抱怨。

在《玉扣纸》中，我们看到鬼叔中没有过多地渲染工匠们的劳作艰辛，有的只是真情实感，隐隐的哀婉，浓浓的乡愁。乡愁或思乡病，是十七世纪一位瑞士医生发明的词语，的的确确，它的原始意义是指一种疾病——时有耳闻，战场上的士兵曾因乡愁而致死的案例。有时，患思乡病的士兵，只有返回家乡才能治愈。但十九世纪哲学家克尔凯郭尔又说，一个人即使在家乡，也会生出乡愁。这是什么意思呢？可见，乡愁不仅仅起源于空间远隔，而且更重要的是故乡在时间里的消失。

十八岁离家上大学之前，鬼叔中一直生活在宁化县一个群山环抱的客家小山村，他有过单纯、快乐的童年生活，期间也夹杂着贫困与苦涩。

在一篇访谈中，鬼叔中回忆起幼时曾拜老家山上的一棵老槠树为树母，每年春节都要给树母拜年；在那个艰难的岁月，因家里是超支户，他看见过生气的队长抢走母亲的扁担，把箩筐从高高的谷堆上扔下去；他还回忆起有年冬至，一家人围着灶火焖番薯，爷爷乐呵呵的神态，番薯糖浆般的鲜甜……

可如今，乡村正在急速改变，昔日的青山绿水不再，姑娘小伙子们都倾巢外出打工，手艺中断，田园荒芜。

生于斯，长于斯，揪心于斯。鬼叔中的工作，就是用影像，给正在消失的故乡风情做最后的抢救，以给将来的人们留存一份温暖记忆。他说："拍《玉扣纸》时算是幸运，我终于拍到了这个原汁原味的纯手工造纸场景。很有可能,这是宁化玉扣纸生产历史上最后一次开工。"

在那次合肥的现场讨论会上,我突然想起一个场景:在电影《尤利西斯的生命之旅》中,一位希腊裔美国导演,冒着炮火,历经磨难,苦苦寻觅三卷最早反映巴尔干半岛生活的底片——最后底片被冲洗出来,只见几位纺织女工坐在纺车前,神态安详,光影闪烁,一片寂静。

2013 年 4 月

迷恋与回响
——方汉君《看不见的电影》序

前几日赴黄山屯溪参加一次画家聚会，回合肥的路上，我给黄山区一位好友陈昌年电话，想停歇一晚。黄山区是往日太平县。下午，昌年兄问我去哪里转转，我说回仙源中学吧。

一别故地近三十年。汽车在新修的柏油路上滑行，车窗外，暮云冬树，田畦农舍，蓝烟历历，恍如一场寂静无声的环幕电影。

车过三口镇时，昌年兄说，你以前不是有位诗友在山上工作吗？我记得你经常骑车去看他。我说是的，他叫方汉君。回合肥后，我开始仔细拜读方汉君兄新寄来的影评集《看不见的电影》。

在《百年电影回眸》一文中，苏珊·桑塔格一往情深地回顾了世界电影迷恋史。电影迷恋，这种奇特的精神风尚，始于二十世纪五十年代的法国，至六十年代和七十年代早期在欧美达到高潮。随后，电视出现，电影产业化，特别是二十世纪八十年代制片成本上升后，人们对电影的热爱开始降温，大导演命运凄惨。

> 如果电影迷恋死亡了，电影也就死亡了——无论还会拍出多少影片，甚至是很好的片子。要想电影能够复活，首先必须有一种新的电影迷恋出现。

桑塔格强调，电影迷恋不仅仅是喜欢，更指一种对电影的审美品位,而这种品位则建立在大量观看和重温经典电影的基础之上。至于"新的电影迷恋"指什么,桑塔格没有回答,我想,她或许根本也给不出答案。

因为国情有别,中国的电影迷恋与欧美诸国殊异。我与汉君兄均生于二十世纪六十年代,其时,意大利"新现实主义"、法国"新浪潮"电影早已风起云涌。但童年时,我们看的是国产故事片,而这些影片大多具备明显的宣传功能。往往是这样,夜晚降临,人们围坐在山坡上,被风吹弯的银幕上,有时是枪林弹雨的呐喊,有时会出现一个身披镣铐的受苦人。光阴秘密流逝,我们对远方的电影风潮懵然不知。

改革开放之初,乡镇电影院黑黝黝人潮涌动,银幕上开始出现一些日本、印度的彩色电影,间或有一些好莱坞黑白影片。但现在回想,大多是一些二流导演的抒情之作。要一探世界电影幽深源泉,我们还得付出耐心,还得等到新技术出现——直到新旧世纪之交,网络兴起,DVD碟片开始盛行。

我与汉君兄初识于1987年。其时,我从安徽师范大学分配到黄山仙源中学任教已两年。某个春日中午,汉君兄来僻静的学校找我。他衬衣月白,满面笑容,我们一起谈诗,一起在小镇悠游。

二十世纪八十年代,是诗歌的年代。一切都显得很慢,我们又正值二十多岁青春年华,似乎有永远花不完的时间。汉君兄供职的"龙裔公墓"在黄山北麓,离仙源小镇不远,随后我常常上山去看他。山上有一个湖泊,湖水清幽,林木馥郁。他的小屋里堆满书籍。我翻开薄薄的一册《诺阿·诺阿——芳香的土地》,一口气读完,是画家高更回忆塔希提岛的深情之作。我当即明确预感到,我与汉君兄很快会离开黄山,奔赴远方。

随后,我从黄山、马鞍山到合肥,汉君兄从黄山、合肥到深圳。洛阳秋风,巴山夜雨,转眼快三十个春秋过去了。新世纪伊始,汉君兄每年回安徽老家过春节,途经合肥,总要在我家小住几日。

我们讨论最多的往往是新看的电影。这十多年,每日淘碟看片,汉君兄对世界电影研究可谓深矣。他看的电影之多,每每令我惊叹。在观看电影之余,他笔耕不辍,一直在写小说,写影评,写电影剧本,2010年他的电影剧本还获得过中国电影文学最高奖——国家广电总局夏衍杯电影剧本征集"创意电影剧本"奖。

《看不见的电影》是汉君兄的第一本影评专著,从他近百万字的影评文章中精选而成。通读全书,我感触颇深,亦受教良多。除了向一些我们共同熟悉的电影大师,如茂瑙、德莱叶、比利·怀尔德、布努艾尔、布列松、维斯康蒂、安东尼奥尼、贝拉·塔尔、阿巴斯、卡拉克斯等致敬评论之外,我印象最深刻的,还是他对新世纪十多年来涌现的世界电影佳作的精彩评论。

汉君兄此类影评,夹叙夹议,探幽察微,或勾连电影史料,或细究影片主旨,或研磨自身感受,评论多亲切动人,又每每发人深思。

如《舐梦人》一篇,评的是2012年获戛纳电影节"最佳导演奖"的墨西哥电影。胡安一直生活在大都市,生活富裕,某日他决定带着妻子和两个年幼儿女迁居大山深处,最后历经磨难,客死乡村。汉君兄如此评说:"导演卡洛斯·雷加达斯所精心营造的桃花源,原来只是厌倦于城市生活人们的一个美梦而已。因为真实的桃花源根本就不存在;胡安和赛文的相继离世,如同城乡两极的一个隐喻、一个象征和一个符号。舐梦人总是要付出代价的。"

除对单个电影的评论之外,像《好电影的三层次》、《在夜行列车上》诸多篇章,展现了汉君兄宏阔的电影视野和强劲的批评能力。如谈波兰电影,他单刀直入,见解犀利。

在《冬之心》、《冬之惑》、《冬之味》诸篇中,汉君兄借观影激发,回溯往事,追忆父亲、弟弟、童年伙伴,缕缕心迹令人动容。童年,一只被狗追赶、最终围困在水闸门里的兔子,它惊恐绝望的眼睛,至今还在瑟瑟发抖地发出蓝光。

电影即人生。一如小津安二郎电影的神奇魅力,在于他那朴实无华的人道主义。从《看不见的电影》一书中,我分明可以看出汉君兄自始至终偏爱的,也正好是淳朴的人性、日常主义、小人物的悲喜、人类的软弱及隐藏其中的坚韧和力量。

"文艺电影或曰作者电影是素,商业电影是荤,荤素搭配,观影不累。"在《好电影的三层次》一文中,汉君兄如是说。坦诚说来,与汉君兄的兼收并蓄相比,我的电影趣味就显得过于褊狭,也过于严苛。百余年世界电影,我能清晰排出我心目中前十位导演的位置——质言之,我看电影,不是为了在故事中寻求感动,更多是为了考量心智,倾心"存在之思",服膺艺术的"膜拜功能",在密实粗糙的精神矿石内寻求令人困惑的魅力。所以,我更倾向于塔可夫斯基、帕拉扎诺夫、索库诺夫、伯格曼、安哲罗普洛斯、小津安二郎等导演。在我看来,塔可夫斯基与小津安二郎是一体两面,一东一西,共同赋予生活以庄严与圣洁。

而我的这种电影观念,恰恰是苏珊·桑塔格所担忧的,即将电影变成了"诗人吟咏之物",它必须首先被破除。因为它不利于电影扩展,也有违于人们对电影宽泛和繁杂的情感。

黄山冬日。我到仙源中学已是傍晚,加之是周末,校园阒寂无人。三十年前的单身宿舍,如今是一片瓦砾,仔细察看,唯有门前水杉树和围墙外的田野,依稀尚可辨析。

见我微信中的照片和感叹,汉君兄从深圳发来如下感慨:"真真切切,恍如昨日;如梦年华,刹那倏忽。"是的,生涯如梦似幻,活着是一部电影,死了是一张照片。至此,我突然明白,某些人,如方汉君兄,十余年如一日,埋首漆黑夜晚,静心审视电影,是一件有着非凡意义的事情——因为从本质上说来,迷恋电影,恰恰是迷恋内心生活,它会使我们的人生变得声色俱备、回声嘹亮、有迹可循。

从此意义出发，在好莱坞大片充斥、中国电影普遍娱乐化的今天，对电影迷恋，深究昔日和今日的辉煌之作，以心灵和人性为旨归，恰恰是中国电影新生的一线希望所在。因之，我祝贺《看不见的电影》一书的出版，也顺祝方汉君兄有更多电影著作问世。

2015 年 1 月

电视纪录片中的"现实"与"真实"
——纪录片《我的小学》编后感

电视纪录片《我的小学》自播出后,在社会上产生了一定的影响,并受到国内外纪录片专家的关注,我作为该片的编导之一,的确始料未及。

一部拍摄周期仅一个星期左右、制作时间紧迫、供电视栏目播出的三十分钟短片,先是在全国纪录片年度评奖中能脱颖而出,获得"最佳导演奖"和"最佳影片奖"两个奖项,继之又于2001年与英国、日本、西班牙、黎巴嫩等国影片一同获得"金熊猫"国际纪录片大奖。

我想最根本的原因是因为作品独特的内容以及与之相称的表现手法。首先是选题——一位三十六岁的中国山村农民苦于知识匮乏,毅然决定与儿子同上小学五年级。这充满传奇色彩的人生故事以及其中所蕴含的丰富的社会话题,确实能使观众充满期待,使专家认可。

但当时的情况是,作为一部纪录片,我们在采访和编辑时,面临的一个最主要的困难是没有原始素材积累。因为得知这个信息并确定选题时,主人翁已经上小学快一年了,整个事件已经发生了,我们因此缺少常规拍摄下的针对事态发生、发展的追踪和跟拍。除了拍摄主人翁在小学读书这段充满现场感、也令人感兴趣的鲜活素材之外,整个事件的开始和发展只有依赖于采访对象的回忆、情景和情境的再现。但在一般的纪录片创作者的观念中,"不能虚构、不能扮演、不能重现已成了纪录片最后的、也是最宽容的一道防线了"。

我们并没有过多考虑这些纪录片创作的清规戒律。安徽电视台《东方纪事》这个栏目，从开办之初，就规定了其内容是"讲述已经发生和刚刚发生的故事"，采取"纪实、再现、表现"相结合的创作手法。我们认为，只要事件本身是真实的，不管采取什么创作方法，整个作品都是真实的。

在结构《我的小学》时，我们做了一些探索。放弃了传统的环环相扣的戏剧情节推动方式，在现实时空之外，大胆地利用了主人翁的心理时空，将我们未曾及时拍下的过去的情节，通过再现，强行纳入到主人翁的回忆当中。由于客观原因，再现未曾完全到位，例如主人翁在深圳打工、失败、回乡的经历，由于拍摄时他正在小学上学，主人翁没有随我们去深圳。在后期编辑中，我们只有加强解说，即强化主人翁的内心独白，来表现这一过程。

现在的问题是，《我的小学》在创作手法上已经彻底突破了纪录片的底线，那么，它还算不算是纪录片？这必然要牵涉到另外一个话题，即什么是真正的纪录片？纪录片这个概念是怎样界定的？

据美国四所大学电视系联合编撰的词典表述："纪录片，一种非虚构的影片，它直接取材于现实，并用剪辑和声音增进主题思想。"应该说，《我的小学》完全符合纪录片的这种界定。在艺术上同样达到了纪录片的精神实质，即真实性。只不过部分素材未能同期拍摄，而是利用再现和表现来弥补而已。

是的，文艺就其本性而言是要反映现实的，但"现实"并不等同于"真实"。对于电视纪录片来说，我们认为"跟踪拍摄"、"忠实地记录"、"写实主义"是其创作的重要方法，但并不是唯一的方法。任何艺术创作活动，更重要的是创作主体对现实素材的辨析、取舍和增删，以此创造性地处理现实，从而达到一种"艺术的真实"。其次才是获取现实素材的方法。一个极端的例子是，即使摄像机退回到我们的眼睛中，我们连续不断地纪录现实，但若是离开创作者的激情和想象，也没有任何真实性可言。所以，若是机械地、无原则地将创作方式上升为创作"准则",必然会导致自然主义。

在西方历史上,十九世纪的自然主义作家们曾经走过这段弯路。当时,为了反对浪漫主义"打破窗户的大声叫喊",让他们从"怀乡病"里回到"活生生的现实生活"中来,出现过一些极端的创作和观点。法国作家左拉在《戏剧上的自然主义》中强调:"想象不再具有作用,我的意思是说,自然主义小说不插手于对现实的增删,也不服从一个先入为主的需要……我们只需取材于生活中一个人或一群人的故事,忠实地记载他们的行为。"诚然,自然主义作家对当时的文艺有过伟大的功绩,但是这种忠实的记载,因为彻底否定了创作主体的作用,失去了对于现实的干预和洞察,因而矫枉过正,遭到了西方现代主义的强烈反对。

百年来的西方现代主义,采取"非亚里士多德"的创作原则,亦即重表现、轻再现,在强调社会现实的同时,更着重挖掘人的心理现实,从而扩展了现实主义的领域,使现实主义变得"无边无际"。虽然电视纪录片因其创作方法及美学原则,属于写实主义,但并不意味着不能从其他艺术思潮中吸取营养。更何况艺术创作从来就没有一种永恒不变的美学原则。时代在发展,人的审美意识也在不断变化,诚如布莱希特所言:"对于务实而好学的现实主义者来说,即便是现代主义的艺术,也有许多好学的东西……如果我们只原原本本地重复那些已有的现实主义者的写作方法,我们就不再是现实主义者了。"

在此,我并无意否定电视纪录片基本的纪实方法,以及由此方法所形成的美学原则。相反,我对于中国电视同行们长期以来纪录丰富的社会现实,并对现实升华出情感、关怀和思考所付出的努力表示深深的敬意。一个基本的事实是,中国电视纪录片相对于西方起步较晚,尚在不断摸索变化之中,所以探讨创作方法的多样化应该得到更多的理解和宽容。

2001 年 10 月

面包与郁金香
——纪录片中的叙事策略与主观感受

中国古代诗学中有一条广泛的原则,即"情景交融"。如果我们用现代汉语来翻译一下,就是一首诗、一部电影或一部电视纪录片中包含着一个故事,这故事的组成就是事件,事件等于时间、地点、人物。如何准确地传达一个故事,这首先涉及叙事策略。但把一个故事讲清楚就可以吗?何谓讲清楚?创作者在与事件相遇中绵绵不尽的主观感受,如何与叙事相互给予、交织反映与关照,这又涉及另一层面,即在创作中怎样发现自我、超越题材。因事件支撑的现实感受,以及由此还原出的历史处境,才是我们凝视和反思的起点。

面包是人们每日必需的食品,但郁金香不能充饥,因此,面包边的一束鲜花,就成为一种关照、一种眷恋、一种水乳交融、热力辐射的情感状态。

安徽卫视频道《东方纪事》栏目自创办伊始,就是要说故事。四年多来,故事说了二百多个。它们通过屏幕讲述给观众听,也讲述给自己听。为此,它们试图解释了一部分生活,解释了某种情感和人格类型,也解释了时光流逝的特定意义。

1999年深秋,《东方纪事》做样片时讲述的第一个故事,是一个小学女生在交通事故中的罹难事件。我记得当时了解到故事脉络后,是在合肥华侨饭店的房间里与同事们一个镜头、一个镜头地设计、链接。但实际拍摄中,两组镜头以及由此引发的两个问题,即叙事策略与现实感受，至今还年深月久地停留在那里：小女孩不在了，空空的教室里只有她的座位上安排了一本语文书，导演之一招呼我们奋力向书本吹气，特写，事后看镜头，仿佛书本在复活、在言说。另一组镜头是，小女孩的父母突然出现在校园，看着其他孩子们做操，这种抢拍的镜头略显残酷地记录了那对夫妇失去爱女的内心悲凉。

当时，我从未做过纪录片。在第一组镜头中，我仿佛感受到了抒情也是叙事的一部分，还有镜头的表现力。受此鼓舞，在随之而来的第一期节目制作时，我自告奋勇地设计了一个镜头：为表现旅游开发者渴盼远方运来水上飞机的急迫心情，湖中码头应拍得像人的颈脖一样从水中抬起、眺望，但制片人和摄像师却说这根本做不到，并没有嘲弄我的胡思乱想。这次拍片过程中，我更多感受到了舒城县万佛湖的气味、湖水、野鸭、落日的气息，树冠摇曳中的村庄月亮与狗吠，这些怎样契合到一个故事中去啊？

《东方纪事》是一个温暖的集体。大家观点不同，背景各异，激烈辩论又相互支持，所以在挑选、还原、表达一个故事时，自一开始就有着宽容和自由的萌芽。

我是信奉每一座墓碑下都埋藏着一部长篇小说的。一块窗口飘落的蓝手绢，一支由于损坏而用胶布缠起来的圆珠笔，都是可以挖掘出一部长篇纪录片的。所谓"无中生有"，更能考量创作者的耐心和发现能力。有时事件是强迫性的，又是随意的，密布在报纸、电台和空气里。一位朋友同我看电视新闻，沉默良久，他突然说了一句，所有的新闻都是迟到的，因为事件已经发生了。所谓事件是随意的，他可以是一曲奋斗史，一段离奇的爱情旋律，一处正在发掘的考古现场，一个企业的兴衰命运……但具体情境是，《东方纪事》作为周播栏目，拍摄周期短，每期节目只能是一部三十分钟的纪录片或纪实片。所以，在具体创作时，首先应当考虑叙事策略。

在做纪录片《我的小学》后期文案时，我最初的想法是让主人公汪永平一个人从头到尾讲述，不用解说词。但考虑到汪永平的浓重方言，最后将解说改为第一人称叙述。事后才得知，这种第一人称、自说自话的叙述角度，在中国纪录片中十分罕见。在小学拍汪永平学习时，我配合同事前前后后拍了几天，写稿时，与大家商量后，我果断决定将几天拍的学习素材编到一天，变成从上午第一堂课到下午最后一节课，中间不断打断、甩出现场，将汪永平的求学历程穿插其间，逐渐将事件的起承转合交代清晰，使得该片结构稳健，叙述有力。

在拍摄《回乡》时，我要求从深圳辞职回山村的主人公段建明，拎着刚刚开发的土特产重回深圳。这种安排使故事得以延续、硬朗，在后期叙述时，形成深圳喧嚣大都市与皖西南宁静山村的强烈对比，更突出段建明内心的精神历程。

清晰讲述一个故事是一回事，但为何要讲这个故事，怎样更有力地、普遍地唤醒情感、展示命运，进而超越题材又是另一回事。这注定要涉及编导的主观感受，以及拍摄过程中随时涌现的蛛丝马迹。

在面对一个事件时，它触动我不断产生的现实感受，推动着我紧紧抓住与事件相关的一切，包括我自己过去的经验、回忆和想象，使之连成一片，相互印证、说明、肯定，最后才能寻求到一个别致的视角。

一个庞大的军工船厂，为适应市场需求，铸造分厂开始铸造佛教铜钟。铜钟的铸造过程，从签协议、做模到浇铸，是一个环环相扣的事件。在芜湖造船厂拍摄期间，天气闷热。小巷里有人打麻将，黄昏传来卖凉粉的吆喝声，街边闲坐的老头，中山路上灯火闪烁、女孩穿梭，这些与深夜铸模刻字的刘师傅有着怎样的命运关联？所以在拍摄期间，我就与摄像商定好，一定要把故事之外的生活流纳入片中，使得刘师傅和他父亲两代工人的命运，与时代生活紧密关联。

在拍摄安徽蒙城县尉迟寺考古现场时，小麦一天天成熟，平原上落日巨大殷红，考古现场的一个说书艺人，一个白发苍苍的老太太，欢蹦乱跳的孩子和狗，这些原始村落不断发掘出的骨骼和红烧土房，各就各位而又相互交织。田野考古，这个事件，如一盏灯火，仿佛有一种广阔延长的能量，使周遭的事物瞬间点亮。它们关联的是时光流逝。在纪录片《重现的村落》中，我在叙述考古进程与成果时，试图展开对时间的追问——一边是人欢马叫的村庄，一边是沉睡地底六千年的原始村落，两座村庄默默注视，灰烬成钻石，沧海变桑田，物换星移，生死交替，从而使单一的考古题材得已超越。

人在路上走，总跟自己过去的经历和经验有关。所谓电视栏目的人文性，也就是大家都在努力地"做足自己"，在客观叙事中，强调自己的主观创造，因而，《东方纪事》的许多节目显得别致而又深邃，赢得了人们的惦念与回忆。基于以下原因，我作为一名纪录片导演当更加努力，因为"许多事件尚在路途，尚在徘徊中，还没有到达人们的耳朵里"。

2004年5月

锐度、广度与转换
——中国新现实主义电影之思

在谈及贾樟柯电影《三峡好人》时,诗人西川说,他看过这部影片后有一种十九世纪的感动,唤起了对俄国十九世纪文学作品的感觉。

俄国十九世纪文学,属于批判现实主义传统,具有一种史诗般认识时代的气魄。中国当下的新现实主义电影与批判现实主义文学的关系到底怎样?新现实主义电影作者处理中国现实,其观照角度如何?作品主题意蕴、叙事策略与叙事能力,与以往现实主义电影又有哪些不同?

本文拟就几部有代表性的中国新现实主义电影来作分析、探讨。文中所界定的"新现实主义电影",大致指新世纪以来中国导演拍摄的现实主义电影,更偏向于"第六代"导演的作品。

一

电影虽起源于1895年,但真正崛起是在二十世纪,作为一种后起的艺术,它受其他文艺影响至深。二十世纪上半叶,世界文艺最大的分野,即是现实主义与现代主义之争(二十世纪六十年代末以来,学界一般认为进入后现代阶段)。我们先从文学史上几次著名的争论,来梳理现实主义与现代主义的区别,并逐步切入中国新现实主义电影的现代化转型之主题。

历史上,有关现实主义的争论可谓多矣。其中,较为典型的是二十世纪三十年代中后期,欧洲的卢卡契与布莱希特、中国的周扬与胡风之争——这两场争论中,卢卡契强调世界的客观整体性,胡风强调主观与客观的"拥合"能力,布莱希特则强调读者的参与。这同一时段的两次争论,就作品与世界、作品与作家、作品与读者三个方面,为现实主义发展做出了不同贡献。

继这两次争论后,1965年,针对法国文艺批评家罗杰·加洛蒂出版的《论无边的现实主义》一书,苏联理论家苏契科夫著文与之辨析,此次争论在国际理论界影响较大。

加洛蒂在《论无边的现实主义》一书中,集中分析了毕加索的绘画、圣琼·佩斯的诗歌和卡夫卡的小说,他得出结论:现代艺术家创作的任务主要不是说明世界,而是创造另一个世界,创造一种新的现实,即一种忽视真正社会现实形式和面貌的新的现实。

在该书"代后记"中,加洛蒂再次集中阐明了他的观点:"从司汤达和巴尔扎克、库尔贝和列宾、托尔斯泰和马丁·杜加尔、高尔基和马雅可夫斯基的作品里,可以得出一种伟大的现实主义的标准。但是如果卡夫卡、圣琼·佩斯或者毕加索的作品不符合这些标准,我们把他们排斥于现实主义亦即艺术之外吗?还是相反,应该开放和扩大现实主义的定义,根据这些当代特有的作品,赋予现实主义以新的尺度。从而使我们能够把这一切新的贡献同过去的遗产融为一体?""我们毫不犹疑地走第二条道路。"

加洛蒂理解的现实主义,等同于整个艺术,势必包括现代艺术。由此,他确定起艺术家的真正自由。他认为,艺术家并不一定要反映全部现实——反映全部社会事实,应该是哲学家与历史学家的任务。他举例说明:"在波德莱尔和兰波的作品中,我不可能看到他们时代的全部规律,他们不仍然是未知世界的发现者中最伟大的人物吗?"

加洛蒂的观点可谓别出心裁，也极有抱负。质言之，他试图将现实主义与现代主义、"社会现实"与"心理现实"熔为一炉。其微言大义是，新的文化创造，必须接受和肯定现代艺术的发展成果。

针对加洛蒂"无边的现实主义"观点，立足于社会主义现实主义立场，苏联文艺理论家苏契科夫针锋相对，在苏联《外国文学》杂志上发表文章《关于现实主义的争论》。在此文中，作者断言"异化"同社会主义社会没有、也不可能有任何关系；"颓废派"（现代主义）的"成就"不可能丰富现实主义。苏契科夫自始至终强调艺术的认识功能，他的结论是，不论是往昔还是今天，现实主义由于能够认识与概括现实现象，并对现实进行社会分析而成为最完善的创作方法。借助于它，艺术能够表现二十世纪的主要矛盾和冲突。

说到底，加洛蒂与苏契科夫的争论，表面看来是两种文艺观的争论，其实质是两种认识论之争。他们一个强调的是主观性、内心体验、非理性，人对现实非全面的反映；一个强调人的理智，对世界真实面貌的完整认识。

问题的全部复杂性，就在于西方社会因资本主义急遽发展而造成的叙事危机。到了二十世纪六十年代末，西方学界开始了与现代主义的决裂，进入后现代理论阶段。法国哲学家德里达认为，现代主义是一场表征危机，它证明现代人不再是知识中心，因为语言自身混沌不明，词语意义更是滑动的游戏——由此推论，生活虽是艺术的源泉，但它不可再现，难以表征。所以传统的摹仿论、表征论、反映论一时都成了空话。

无论西方理论如何发展演变、发展，中国自有其自身的国情与现实，也有自身文艺的发展规律。在中国，新文化运动一开始就受到西方文化的影响，最初是欧洲的浪漫主义和现实主义文学，后来是二十世纪三十、四十年代部分作家接受过西方象征派和现代派的启迪。自二十世纪八十年代开始，新时期文艺包括文学、戏剧、电影、音乐等等，曾一度广泛借鉴现代主义的观念和技巧，丰富了中国的现实主义表达。

毋庸置疑，现代主义既有成功的经验，也有失败的教训。但它对内心世界的开掘，在艺术手法上的广泛实验，被中国新现实主义文艺所吸收、借鉴，也是大势所趋。再者，今日中国，正处于从传统社会向现代社会转化的途中，强劲地修正关于现实主义电影的各种陈腐观念，"将传统意义上的现实主义创作进行现代意义上的升级、转换和改造"，也是时代的需要。

至于加洛蒂雄心勃勃地想将整个现代艺术纳入现实主义的范畴，虽视野开阔、用心良苦，但我认为既没有必要，也不利于问题的讨论。虽然，世间所有艺术都与现实有关，但现实主义就其发展轨迹和成就而言，还是有所定义、有其边界的。那么，其边界在哪里？往下，我们依旧从文学出发，对现实主义作一个简略回顾，再顺势梳理百年现实主义电影的发展脉络，以作分析和回答。

二

"现实主义在拉伯雷的雷鸣般的大笑中确立，受塞万提斯的机智嘲讽的熏陶，为莎士比亚悲剧的严烈太阳所照耀……"

学界一般认为，欧洲现实主义形成于文艺复兴时期，随后不断发展。从文艺复兴的现实主义，到十八世纪启蒙时代的现实主义，再到十九世纪的批判现实主义，随后是二十世纪苏联社会主义现实主义。

现实主义一般包括以下三个层面的含义：第一，真实客观地再现社会现实，明确、冷静地观察描写；第二，再现典型环境中的典型人物，通过典型的方法，对生活进行提炼、概括，从而深刻揭示其本质特征；第三，历史性的要求，以社会分析为核心，竭力通过人的现实困局去揭示人与社会的关系。

受现实主义文学影响，电影自诞生后，与现代主义相对应的，是一股强劲有力的现实主义潮流，比如法国诗意写实主义，苏联社会主义现实主义，意大利新现实主义，中国现实主义。

二十世纪三十年代的法国诗意写实主义电影，其背景是世界经济大萧条。该流派关注社会边缘人，故事大多是悲剧，充满怀旧之情和哀伤之感；在表现形式上，多采用长镜头和景深镜头。

与法国诗意写实主义几乎同步，苏联社会主义现实主义创作方法确立。1934年，电影《夏伯阳》问世，被认定为社会主义现实主义电影的里程碑之作。随后，二十世纪三十、四十年代的《列宁在十月》、《马克辛三部曲》、《青年近卫军》、《乡村女教师》等影片，显示出社会主义现实主义方法的生命力；二十世纪五十、六十年代，苏联电影经历了美学观念的变革，《第四十一》、《雁南飞》、《士兵之歌》、《伊凡的童年》等影片，在一定程度上突破了僵化的意识形态，具有浓厚的人道主义色彩，颇具现代气息；二十世纪七十、八十年代，苏联四大题材（战争、政治、生产、道德）的电影创作，同样引起世界瞩目。苏联社会主义现实主义电影成就虽然很大，但也曾一度受到庸俗社会学的影响，部分电影有粉饰现实、落后现实、公式化与概念化之嫌。

1945年，意大利新现实主义电影诞生。该电影流派旨在揭露法西斯主义，鞭挞社会不公正现象，同情小人物。为了加强真实感，导演往往以报刊的真实事件来创作影片，几乎所有影片都是把摄影机搬到实地去，在简陋的街巷、贫民窟、倒塌的楼群中拍摄，电影时常邀请非职业演员出演，人物对白也常常使用方言。

以上三个国外现实主义电影流派曾相互关联，比如，法国诗意写实主义，苏联三十、四十年代电影，都对意大利新现实主义电影产生过影响。

中国电影自诞生之日起，便一直坚守现实主义精神。无论是默片时代的《神女》、《春蚕》，还是随后的《一江春水向东流》、《小城之春》，莫不如此。特别是二十世纪三十年代左翼进步电影，如《桃李劫》、《神女》、《渔光曲》、《大路》、《十字街头》、《马路天使》等等，无不直面现实，展开苦难人生的悲剧画卷。

新中国成立后，电影受苏联电影影响至深。从新中国成立初到"文革"前的"十七年"，社会主义现实主义是电影的创作原则，其美学特点表现为"浓郁强烈的政治意识、昂扬乐观的精神气质、倾向鲜明的视听语言和通俗平易的叙事风格；而其核心是政治与艺术的关系，从总体上讲，艺术是围绕着政治使命展开并服务于此的"。其时，电影一方面表现过去的战争，一方面展现火热的新建设。如《南征北战》、《上甘岭》、《青春之歌》、《小兵张嘎》、《红色娘子军》、《红旗谱》、《李双双》等电影，曾一度影响较大。

"十七年"时期的电影，广义上属于现实主义，但由于时代原因，这些影片对现实多是歌颂，缺失反思与审视，与同时期世界电影发展也不同步。虽然早在1954年下半年，中国就已经公映了《罗马，不设防的城市》、《偷自行车的人》等影片，但由于政治背景不同，新中国电影不可能采用意大利新现实主义的电影语言，正如它也自觉放弃了旧中国三十、四十年代批判性的电影语言一样。

二十世纪五十至六十年代，世界电影美学发生重大变革。法国的新浪潮等现代主义电影，与中国电影都没有发生关系。

"文革"之后，面对过去的"极左"思潮，全社会开始对历史反思。新时期电影人自觉肩负社会责任，反思人生价值和人的尊严——尤其是谢晋导演的《牧马人》、《天云山传奇》、《芙蓉镇》等，震撼了整整一代人的心灵，将现实主义影片推向一个新的高峰。二十世纪八十年代及九十年代初，"第五代"导演凭借深沉的文化观念和先锋意识，创作出了一批现实主义电影力作，如八十年代的《老井》、《红高粱》等，九十年代的《阳光灿烂的日子》、《霸王别姬》等，为世界电影展示了一个崭新的中国格局。

然而,自二十世纪九十年代末以来,商业大片登场,娱乐至上,票房至上,现实主义电影明显弱化。对现实缺乏关怀与思考,对现实体察缺乏耐心。现实主义电影的"缺席",构成了中国当下电影创作的潜在危机。许多商业大片沉迷于动作、特技和炫幻场景,在某种意义上甚至回到了电影发明初期的"杂耍时代"。

但是,生活在继续,时代在前进,现实在急剧变化,中国现实主义电影真的会一去不复返吗?

三

今天的中国,正经历着空前巨大的社会变革。经济体制的变革,社会结构的变动,利益格局的调整,思想观念的变化,给国家发展进步带来了巨大活力,也带来一些矛盾和问题。

特别是由于经济结构的变动,农耕社会向工业化社会的转变,以及农村向城市化的转变,引发了人们心灵的巨大震荡。旧有的价值观念被不断打碎,而新的价值观却没有完全建立起来,中国社会正处于急速发展、克服困难、缓解矛盾的转型期。

我们强调构建和谐社会,恰恰是因为现实中存在着不和谐因素,存在着问题和矛盾。而勇于面对问题和矛盾,真实而深刻地表现社会现实,以唤醒人们的警觉,其最终目的恰恰是为了化解矛盾、实现和谐、促进发展。所以,关注现实,直面人生,坚持现实主义电影创作,既是时代的需要,也是电影人的使命和责任。

欣慰的是,新世纪以来,在商业电影的夹缝中,中国电影人创作了许多优秀的现实主义电影。从某种意义上讲,现实主义电影已经出现了复苏的态势。

在此,我借用"锐度"这一关于图像清晰的术语,来修辞新现实主义电影，其主旨是指那些直面现实、反思问题和矛盾、倾注人性关怀、清晰显影人生的作品。

这些电影如《盲井》、《盲山》、《天狗》、《望山》、《可可西里》、《最爱》、《十三棵泡桐》、《天浴》、《巴尔扎克与小裁缝》等等，或直接面对现实问题，反思当下社会的矛盾和冲突，或重新审视历史，均发人警醒、令人深思。另一些优秀的现实主义电影，如《小武》、《三峡好人》、《图雅的婚事》、《唐山大地震》、《二弟》、《青红》、《孔雀》、《左右》、《观音山》、《我们天上见》、《钢的琴》、《泥鳅也是鱼》、《留守孩子》等等，则借助现实中普通人、小人物的命运，倾注人性关怀，间接反思时代。

有段时间山西矿难不止，我们从新闻中看到的是死亡数字，而缺少对矿井深处的真切描绘。2003年，李杨导演的《盲井》，讲述了两个生活在矿区的闲人靠害人赚钱的故事。他们先是将打工者诱骗到矿区，然后在矿井下将其害死，并制造事故假象，索取金钱。这部影片虽票房不好，但已是当代电影中少见的、震撼人心的作品。2007年，同是李杨导演的《盲山》，展现的是拐卖妇女的残酷事实——女大学生白雪梅被拐卖至某山区，给当地一村民做老婆，尽管她想方设法抵抗厄运，但在一个大多数村民均为法盲的山村里还是难以逃脱。

电影《天狗》也是直面现实、思考现实的勇气之作。该片根据发生在吕梁山林场的真人真事创作，成功塑造了身有残疾的退伍兵李天狗的英雄形象。护林员的天职是保护山林，而村里暴发户却觊觎山林做着"发财梦"，于是，天狗面临生死选择，最终捍卫了人的尊严。《天狗》的成功，更在于对国民性的深入挖掘和对国民劣根性的批判。有论者称，该片是中国现实主义电影一个"陌生化的出现"，是"具有标杆意义的作品"。

《可可西里》讲述的是屠杀和保护藏羚羊的故事，荒凉的无人区，屠杀藏羚羊的场景，巡山队的悲剧命运，整部影片极具纪实性，震慑人心。

2011年拍摄的电影《最爱》,是国内首部关注艾滋病人的电影,也体现了导演的勇气与良知。一个平静的村庄被恶疾笼罩,病人被集中到山坡一所废弃的小学,过起与世隔绝的生活。商琴琴出现后,同为病人的赵得意很快与之相怜并相爱,最终两人在狂热的爱情中死去。导演顾长卫执导的三部电影,从《孔雀》、《立春》到《最爱》,始终直面社会现实,对阵痛中的现实作病理切片观察。从某种意义上来说,顾长卫恢复了"第五代"导演最初的责任与活力。

现实主义既是一种创作方法,更是一种人道精神,必然要对处于弱势族群的普通人、小人物倾斜。美国文艺理论家R. 韦勒克,曾从现实主义反对浪漫主义的文学史背景,来诠释现实主义的核心要素。他认为,现实主义一开始就抵制布尔乔亚的浪漫主义,转而追求客观性,为那些堕入贫困、被边缘化的弱势族群发声,这显然具有素朴的人间情怀和人道精神。

耐人寻味的是,中国新现实主义电影由贾樟柯、王小帅、王全安、陆川等"第六代"导演所发轫。与"第五代"导演的历史意识、文化情结有别,"第六代"导演多表达当下的日常生活,表现社会中小人物和边缘人的命运。他们往往从最真切的故乡现实感受出发,再一步步深入。这其中,贾樟柯1998年拍摄的《小武》,堪称新现实主义电影的标志之作。

《小武》以山西汾阳县一个小偷的生活经历,折射出中国当下的一种边缘人生。《小武》最成功之处,就在于影片的高度真实,在于导演对人的尊严的敏感。作者不回避世俗现实中的心灵折磨,对小人物满怀关切,在一种从容不迫的节奏中,徐徐展开卑微的生活图景。

顺延紧扣现实的真实表达,贾樟柯2006年拍摄的《三峡好人》,其抱负更为远大。影片展现两个山西汾阳人到三峡库区"找人"的故事,边缘人物依然处于核心地位,但社会背景被放大。观众随着剧中人物，一起身临其境、感同身受，成了三峡库区社会变迁的观望者。该片中，导演没有宣扬三峡这一世纪工程的历史意义，而是聚焦于工程背后小人物的心灵纠缠。

"对这么大的城市来说，我们算个啥？"2011年拍摄的《观音山》，在中国新现实主义电影中算是一份独特的作品——三个高考落榜生，由于与父辈的隔阂而走出家庭，到社会闯荡，可他们面临的是更多的无奈与伤感。影片展现了现代社会中青春的激情、迷惘与脆弱，在一种暧昧不明中倾注着温情。

近几年新拍的电影中，无论是《图雅的婚事》中草原深处一对夫妻的生活抗争与情感挣扎，《唐山大地震》中大灾难后面个体心灵痛苦的日常化解，《二弟》中偷渡客的无奈与悲伤，《青红》中偏远"三线"工厂里的青春悲凉，还是《孔雀》里普通人家兄妹三人的理想与失落，《左右》中借前夫生子的伦理纠结，《我们天上见》里童年的温馨与痛楚，《钢的琴》下岗工人的固执与民间尊严等等，无不清晰彰显出我们这个时代小人物的爱与痛，情与伤，世俗人生的热烈与悲凉。

美国犹太裔作家艾萨克·辛格，在获得诺贝尔文学奖后，有一次记者问他：如何解释意第绪语小说中的主人公很多都是小人物？辛格回答："在犹太人居住区中很少有什么英雄人物——很少见到武士、伯爵和决斗者，诸如此类的形象。我的主人公们虽然不是那种在这个世界上发挥巨大作用意义上的大人物，但还算不上渺小。"

是的，小人物并不渺小。所谓以人为本，恰恰就是需要从宏大叙述的既定格局中走开，把视点还原于人间烟火，用小视角承担大格局，用生生不息的日常生活来聚焦核心价值，关注普通人、小人物，正是中国新现实主义电影的大众性和人民性之所在。

四

中国"第六代"导演成长于二十世纪八十年代，最初拍摄电影一般是二十世纪八十年代末、九十年代初。不可否认的一个事实是，恰好这一时期的中国"新纪录运动"对"第六代"导演影响深刻。"新纪录片"运动，受美国直接电影、法国真实电影影响，认为纪实手法是一种发现，被认为天然地具有真实性。其开山之作为吴文光的电视纪录片《流浪北京》，随后有《八廓南街16号》《阴阳》《铁西区》，等等。加之这一时期，中断几十年的欧美各种现代派电影及中国台湾、日本影片也大量涌入中国大陆，有的以碟片形式传播，有的依赖网络，如台湾侯孝贤、日本小津安二郎、伊朗阿巴斯等对"第六代"导演影响很大。

中国社会在向现代化的转型中，现代性叙事势必进入新现实主义电影。那么，新现实主义电影，在美学风格和叙事策略上与以往现实主义电影有何区别？新现实主义电影的现代性转型又体现在哪里？

一是鲜明的纪实风格、现场感、长镜头美学。

贾樟柯说："我是比较偏爱纪实美学……电影这种材料最有特点的就是纪实性，巴赞、克拉考尔几十年前就这样说过，但是具体到每一位导演，需要一个选择的过程，而我选择了纪实。"

巴赞的电影影像本体论和长镜头理论，强调电影的客观记录功能，肯定电影画面的多种含义，认为斧迹累累的蒙太奇艺术只能加深电影荒唐性与对观众的欺骗性。塔可夫斯基也特别钟情"呈现于画面之内的时间"，并认为"急速的剪辑武断而又肤浅。对我而言，蒙太奇电影理念，与电影的本质格格不入"。

实际上，早在1945年，长镜头理论就已由巴赞在《摄影影像的本体论》中提出，在西方影响了几十年。只不过在中国，电影受苏联影响大多推崇蒙太奇，长镜头理论因时空阻隔而显陌生，而具有一种奇异的现代品质。

贾樟柯电影《小武》中，以一系列长镜头再现了客观现实生活，如"宿舍谈情"、"澡堂唱歌"、"炕头对话"、"街头围观"，等等。有的镜头长达五分多钟。该片影像粗糙，跟晃镜头比比皆是——很多时候，在缺乏准备的情况下，群众演员与街景自动闯进了镜头，似乎没有意识到摄影机的存在。但恰恰因为如此，这部电影具备了一种罕见的现场感、真实性。

为增强纪实性，《小武》中还采用了一些特殊的叙述元素，如真实环境声、非职业演员、自然光效，等等。该片中几乎没有一条音轨是"干净"的，即便是片尾字幕配曲也嘈杂喧闹。有论者称，《小武》的音轨上，几乎重建了当代中国公共空间的全部声音。还有，该片中大部分演员都是当地人，使用方言对白。

《三峡好人》也大量使用了长镜头。该片影像有一个突出的特点，就是基本上采用固定机位拍摄，中景、中近景特别多，其他就是大全景，特写很少，只有两次。影片里没有镜头的推、拉和机位移动拍摄，只有不多的几次摇镜头。这些镜头语言，让人想起侯孝贤和小津安二郎的电影。在声音上，片中现场噪音从头到尾就没有停止过：拆迁敲打石头的声音、机械声、江水奔流声、人语声、歌声、手机声……这种独特的声音美学，使影片构筑的世界充满张力。该片也大多采用非职业演员，主角韩三明是贾樟柯老家的表弟，一个挖煤的矿工，他执拗的表情、坚忍的眼神，比专业演员更具魅力。

在王小帅的电影中，《二弟》里灰色调的长镜头，大段的留白，渲染出沉闷与压抑；《左右》一开始，便是一个主观长镜头，体现了主人公内心的摇摆不定，电影结尾再次是相同的场景；《青红》里，画面依旧静谧而又疏离。

电影《天狗》中，镜头则带着强烈的主观色彩——大量的摇晃和跟拍镜头,加剧着场面的紧张感,强化了对观众的吸引力。

总之,大量新现实主义电影,其鲜明的纪实风格,现场感的强调,保证了对客观现实的参与、审视与描绘,使影片倍感真实,也令观众信服与震撼。

二是梦境、荒诞、魔幻的展现。

西方现代主义电影,主张摆脱理性的束缚,运用非理性的直觉、本能和潜意识来体现自我,在变形、荒诞中表现人的孤独与压抑。

二十世纪八十年代后,大量西方现代主义电影传入中国,新现实主义电影无疑会受其影响。只不过,在很多影片中,现代主义表现方法还不仅仅是一种修辞手段,而是一种表达的必需。隐藏其间的更深刻原因,是基于作者对现实的一种认识,中国的快速发展,的确具备一种超现实色彩。因此,与其说中国新现实主义电影中的心理分析、梦境、荒诞、魔幻的展现是一种超现实主义特质,还不如说是一种象征和隐喻,一种抒情手段,一种诗意叙事的需要。

两千多年的古城数年间消失殆尽,斗转星移如划空而过的飞碟——电影《三峡好人》一开始,有一场挺滑稽的魔术表演:一个人变换手中的钱,把美元变成欧元,把欧元变成人民币。这些要素在作品中不仅是象征性的,而且更具写实性,它们共同为影片提供了丰富的内涵。与片头魔术呼应的是影片结尾,在废墟之上,一边是工人继续拆迁,一边是一个拿着横杆的人在高空中走钢索,而镜头里的韩三明与前往山西煤矿的打工仔们,倍感前途渺茫。此外,该片中还有一些不合逻辑的超现实段落,比如,一个划空而过的飞碟,一座塔楼似火箭般地冲入云霄等等,这些似乎都是一种隐喻。也许,现实中真正移动的,恰好可能是从前固定不动的建筑,所以那个移民纪念碑会突然升空。

新现实主义电影中,还有大量的梦境和荒诞情节。如电影《最爱》,采用亡灵视角叙事,颇显荒诞;由"血头"变为棺材倒卖者的赵齐全,向村长展示豪华的电控棺材那段,也极富隐喻色彩。在该片原来的版本中,还有一个设计,赵齐全这个"嗜血"的罪魁最后掉到井里后,两只蝴蝶随之从井里飞出。

电影《我们在天上见》中,与姥爷相依为命的小女孩蒋小兰,因思念远方的父母,她多次在梦中扒上火车,随后甩出,凭借一把油纸伞在铁路上空飞翔。小兰的好友小翠死后,小兰的噩梦设计也别具一格,这种现实与梦境的重复交叠,营造了电影的张力。影片《观音山》里,失去爱子的母亲常月琴在遍体鳞伤之后割腕自杀,梦中出现天使般的三个人,仿佛是由上帝差遣而来。

总之,中国巨大的现实有它的封闭性,也许这种封闭性过度积聚,就会指向某种非现实或超现实。新现实主义电影中的梦境、荒诞与魔幻,虽然它们在风格上与纪实性相悖,却与影片的主题思想相统一,以至于深化主题。

三是隐喻、象征性、非单一的复杂叙事。

过去很多现实主义电影,包括"第五代"导演的作品,有一个特点,就是把事情解释得太清楚,几乎不给观众任何想象、思考和再创造的空间。

但今天的现实是如此复杂,大概很少有人能把它解释清楚,若强做解释,还不如把这种复杂性保留在故事里,保留在人物形象和镜头语法中。当代生活常常是暧昧的,艺术必须尊重这种暧昧。所以,一部好的现实主义作品,无论在主题意蕴和叙事策略上,都应该排除贫乏的单一性,将隐喻与象征,将可能的、多歧义的解释更多地留给观众。

《小武》中,男主角是一个小偷。在法制意义上,小武是罪犯;但作为现实中一个活生生的人,他有自尊,有对友情、亲情和爱情的理解,说到底一个小偷也有他的内心生活,有他人生的酸甜苦辣。小偷在任何时代都是不光彩的,不可能转换成正面的东西。而小武的

"战友"小勇，那个买空卖空的人，随着时代的变化，摇身一变成了县里著名的企业家。小武面对企业家兄弟的成功，产生的不仅仅是挫败感，还有一种命运的深刻差异，而这种差异很复杂，很耐人思索。

《三峡好人》的复杂性，则体现在当代社会的巨大变迁中日常人生的碎片化。该片处理的是一个以拐卖妇女为背景的寻亲故事，拐卖妇女当然是一种犯罪，但影片中，买妻的农民韩三明与从山西跑回三峡的妇女却演绎出最复杂的情感。他们之间的买卖关系称得上"罪大恶极"吗？他们之间的情感是爱情吗？实际上，日常现实中这种"不饱和"情感，可能非常具有时代性。这部影片，导演将主人公放在一个群体当中，而这种群像有待解释的东西非常复杂、非常丰富。该片注重细节的张力，对现实虽作片断式描绘，但却具备一种人类学意义上的深描色泽。相对于十九世纪的批判现实主义，贾樟柯的叙事更为冷静，道德判断没有那么激烈；相对于现代虚无主义，贾樟柯在冷酷的现实中却保持着一种温暖。

电影《最爱》，虽外表迷狂，内核却理性，同样隐藏着诸多隐喻密码。尽管影片交代的时间是二十世纪九十年代，但实际上这个时间和地点都很模糊，像一个寓言，又像一个梦境，介乎虚实之间。比如影片中商琴琴感染艾滋病，只为买一瓶洗发水而卖血，这可解释为病毒来源于内心欲望，但当观众最后看到血头与县里官员勾结，才知道该片的复杂寓意，即一方面是人性自省，一方面是社会批判。

影片《观音山》，也是一部因复杂而独特的影片，其主题关乎心灵的寻觅与皈依。无论是张扬叛逆的少年，还是中年丧子的常月琴，不同的年龄，是相同的心灵恐慌。该片中象征与隐喻比比皆是：地震之后，观音庙里塑像破碎，象征着人们精神世界的坍塌；对观音庙的无力修复，也是对心灵的无力修复；观音庙修复之后，常月琴到底是在悬崖上结束了生命，还是去隐居修行？影片最后没有清晰交代——对于生存之谜，每个人都会有自己的解答方式，而该片似乎并不想替世人作答。

在电影《天狗》中，第一个镜头就是一张血迹斑斑的脸部特写，给观众以强烈的悬念。该片叙事角度独特、技巧复杂。公安老王的调查和护林员天狗留下的日记两条线索相互穿插，在现实与过去两个时空间来回跳跃，悬念丛生，使得观众始终猜不透故事的走向。

就表现唐山大地震而言，一般电影很容易陷入群体抗灾的宏大叙事，但电影《唐山大地震》，却将大灾难聚焦到一个家庭、一对母女关系中，这宛如针尖上支撑一座大楼，这样一个看似窄小的立足点上却是一个灾难的大历史事件。

综上所述，优秀的现实主义电影，必须诚挚地面对现实，面对现实的转换、变化与复杂，发掘出现实世界的内在节奏和精神肖像。中国新现实主义电影，无论是主题思想，还是叙事策略，因始终恪守"以人为本"的人文情怀，既保持了传统现实主义的批判性，又在簇新的表达中，逐步完成着现代性的升级与转型。

2011年8月

作者表达与精品电影

一

新世纪十八年来，中国电影改革不断突破原有体制束缚，简政放权，电影产业面貌发生了巨大变化。2003年中国电影产业改革时，故事片产量不足一百部，全国电影票房仅有十亿元。到2017年，国产故事片近八百部，全国总票房近五百六十亿元，其中国产影片票房过半。中国电影票房现居世界第二，城市主流院线银幕数已超过五万块，居世界第一。短短十几年间，中国电影市场规模扩大了五十多倍，这是世界电影史上从未有过的速度。2018年，中国电影总票房超过六百亿元，大幅领先北美，中国已然成为全球第一大电影市场。

中国电影票房成为全球之首，得来不易，也令人振奋。但陶醉于市场数字奇迹之余，静观默想，人们又不得不忧心于电影界的乱花迷眼、虚火上升、泡沫浮泛，这其中最突出的表现是精品电影稀缺——目下很多影片急功近利、粗制滥造、精神稀薄，既缺失对现实人生的关切与体察，更遑论人性的、哲学的幽思与探寻。大多数商业电影娱乐至上，票房至上，搞怪、无厘头、炫技等等，使得影院变成了哄笑的、刺激的感官世界，与人生酸甜苦辣没有任何关联，更谈不上对观众的情感慰藉、精神升华。某种意义上，大部分电影已经成为以圈钱为目标的光影游戏。

高额票房下，是影片的平庸。据笔者统计，从 2000 年至 2017 年这十七年间，"华语电影票房前十名"共一百七十部高票房电影，大多是娱乐片，具有较高品质和社会意义的影片只有近二十部，它们是《卧虎藏龙》、《洗澡》、《刮痧》、《庭院里的女人》、《周渔的火车》、《花样年华》、《玉观音》、《千里走单骑》、《如果·爱》、《集结号》、《梅兰芳》、《南京，南京》、《海角七号》、《唐山大地震》、《山楂树之恋》、《狼图腾》、《美人鱼》、《芳华》、《我不是药神》等。其次具有教育意义的"票房前十名电影"是主旋律电影，如《生死抉择》、《走出西柏坡》、《邓小平》、《建国大业》、《十月围城》、《建党伟业》、《战狼2》等。那些打破华语票房纪录的电影，如《英雄》、《满城尽带黄金甲》、《无极》、《赤壁》、《画皮》、《疯狂的石头》、《泰囧》、《捉妖记》、《西游·伏妖篇》等等，基本上都可以划入娱乐电影范畴。就 2016 年而言，五部"十亿票房电影"，豆瓣网平均得分只有五点九分，有三部未及合格线。2017 年，虽有票房冠军《战狼2》以五十六点八亿元成绩一骑绝尘，刷新电影市场票房纪录，呈现出一抹亮色，但该年度整体情形依旧不容乐观，票房前十名大多数还是娱乐片。

娱乐当然是电影的功能之一，但娱乐不是电影的唯一功能，甚至也不是主要功能。就世界范围而言，百余年电影历史，曾涌现过欧洲先锋主义、意大利新现实主义、法国新浪潮等具有世界影响的电影运动，也诞生过塔可夫斯基、伯格曼、费里尼、布列松、安哲罗普洛斯、贝拉·塔尔、罗伊·安德森、雷伊、小津安二郎、阿巴斯等无数电影大师。这些电影大师，无不是把电影作为最严肃的艺术，直面生命与时代，深耕人的性灵，在时间与记忆的核心要素中，展开对人生哲学、生命意义、人类精神的诚挚追溯。诚如塔可夫斯基所言："艺术的最主要任务，是解决笼罩全世界的精神危机。"伯格曼也曾说过："与其说电影像一个故事，不如说它像一种灵魂的状态，但是它充满了丰富的思想和图像。"

中国电影自1905年诞生之日起,也曾将现实关怀、美学探寻、影片品质作为核心目标。二十世纪三十年代中国左翼电影,直面民族危机,让电影发出了时代的最强音。二十世纪四十年代,拍摄过《小城之春》、《孔夫子》的中国大导演费穆,其诗意表达和春秋笔法,其淡雅、优美、精致的电影风格,为中国电影赢得了世界性声誉。二十世纪七十年代,拍摄过《侠女》等系列武侠片的香港大导演胡金铨,其融汇民族传统的努力,确立了在国际电影界的美学标高,1978年被英国《国际电影年鉴》评为年度世界五大导演之一。二十世纪八十年代,谢晋导演的"反思三部曲",对整整一代人产生过心灵震撼。中国"第五代"导演也曾创造过电影精品,但遗憾的是在市场逐利中,现已几乎全军覆没。目前,就独立精神、学养情怀而言,中国高品质电影主要出自"第六代"导演,如贾樟柯、王小帅、陆川、娄烨、王全安、王超、李杨等等,他们与中国台湾重要导演侯孝贤、杨德昌(已故)、蔡明亮,以及旅美导演李安等,在国际电影节频频获奖,为中国电影赢得独特的文化身份与应有的尊严。

今日中国快速发展,既充满巨大活力,也带来许多矛盾和问题。所以,坚持严肃的电影创作,直面现实人生,以精神高度和美学品格为目的,重塑一个古老大国的文化信心,既是时代的需要,更是当下中国电影人的使命和责任。

2012年2月,当中国电影届津津乐道于上一年总票房突破一百三十亿元时,在美国第八十四届奥斯卡颁奖典礼上,以《一次别离》获得最佳外语片的伊朗导演阿斯哈·法哈蒂的发言引人深思:"此时此刻,全世界有很多伊朗人正在看着我们,我猜想他们一定非常开心。让他们开心的绝不仅是一部电影或者一个电影人得到了一项重要的大奖,而是在这个时刻,当他们的祖国在政客口中正背负着战争、恐吓、侵犯等一系列非议时,我们在这里跃过了政治上沉重的阴影来讲述她那隐藏在下面的辉煌、丰富、古老的文化。我骄傲地把这个奖项献给我祖国的人民,献给所有尊重我们文化和文明、鄙视敌意和怨恨的人们。"

二

何为精品?就电影而言,一般界定为思想精深、艺术精湛、制作精良的影片力作。精品加上时间考验,就是经典,也就是具有持久价值的代表性作品,它们历久弥新,构成文化传统的一部分。毋庸置疑,精品电影,首先在于电影观念、内容、形式、手段的创新。

说到电影创新,人们首先往往会想到政府支持、资金保证、团队协作、技术革新、剧本原创等等,但笔者认为,以上各项固然重要,但最重要的,还是作为一部影片灵魂的导演的天赋、才华、思想与情怀。电影作为一种独立艺术,其核心竞争力就是导演的精神探险,这其中过程异常复杂。这种复杂性的体现,诚如哈耶克对人类知识增长和进步的论述:"推动人们从事未知事物研究的,常常也不是明确和功利化的目标,而是对探索本身的兴趣。"

所以,电影创新最有效的方法,就是把更多的自由留给导演本人,并且相信导演独立的、持续的、竞争性的努力。就中国当下电影而言,就需要创立并维护一种更加灵活、更能发挥导演个人潜能的机制。电影创新能力的进步,往往依靠的不是"硬"性的措施和命令,而是有赖于有利创新"软"环境的建立。

二十世纪五十年代,"二战"结束不久,先锋文艺崛起的法国,率先提出"作者电影"的概念。其理论渊源,最早发端于法国著名导演亚阿斯特吕克的《摄影机——自来水笔,新先锋派的诞生》一文。该文认为,电影已成为一种具有独特语言、可以自由表达思想和情感的工具,正如作家用笔写作一样,电影导演可以用摄影机来进行银幕

"写作"。之后，法国导演特吕弗、评论家巴赞等，进一步明确提出"作者电影"的概念。"作者电影"，就是强调作为"电影作者"的导演在电影制作中的核心地位，明确地、无保留地视导演为影片的真正作者，电影应当明确体现导演的个性，一个导演的作品价值是由他一以贯之表现出的思想和艺术特征所决定的。"作者电影"的提出，直接影响和推动了法国新浪潮电影的产生，一时间佳片频现，且对世界现代电影影响深远。二十世纪九十年代美国崛起的"独立电影"，一般中国观众所言的"艺术电影"，某种意义上都是"作者电影"。

纵观中外电影，精品或经典影片很多都是"作者电影"，或者具有明显的"作者电影"特征。个中缘由是，作为精品电影导演的"作者"，往往具备独立的精神、深邃的思想、良好而全面的修养，还有一种罕见的、孤注一掷的使命意识。他们的电影是对观众的考验、引领、提升，而不是顺从和讨好。说到底，"作者电影"就是一个大导演的精神肖像，是一个精神实体的光影投射，这些电影创作的出发点是个人表达，而不是商业票房，因而具有强烈的主观色彩，以及鲜明的、"印章"般的独特质地。

与费里尼、伯格曼并称为"圣三位一体"的苏联导演塔可夫斯基，其作品以如诗如梦的意境著称，主题宏大，流连于对生命或宗教的沉思与探索。塔氏曾明确表示了自己的"电影作者"立场："在创作中，最重要的是如何表现艺术家的个性，但我不能判断我的个性能引起社会上什么样的兴趣，我就像一个'渴望写作'的人，未必有突显自己的理由。""我的影片全都基于我个人的感受。作为艺术家，我的职责是把我，恰恰是我，对生活的感受传达给观众。如果我试图传达某种别样的东西，那么我就偏离了真理。"

当代瑞典大导演罗伊·安德森，曾拍摄过醒目的"生活三部曲"——《寒枝雀静》、《二楼传来的歌声》、《你还活着》，这些影片聚焦北欧社会中人的激情溃败、孤独感、社会麻木等命题，极具"表现主义"特质,在国际电影节影响甚巨。安德森无疑是一位"电影作者"。他曾坦言,除导演电影外,他还很想在有生之年完成一部小说,向陀思妥耶夫斯基致敬。因为在小说家中,他偏爱陀思妥耶夫斯基,陀氏哲学探讨的存在命题与他的思考一致。

被誉为"二十世纪最后一位电影大师"的匈牙利导演贝拉·塔尔,其影片风格前卫、气质阴郁冷峻,偏爱长镜头。1994年上映的《撒旦的探戈》,虽影片时长达到惊人的七小时三十分钟,却被苏珊·桑塔格形容为"每一分钟都雷霆万钧"。贝拉·塔尔曾说过,不当导演就做哲学家,并慎重强调:"拍电影,不能有妥协。电影中的妥协,镜头里是会看出来的。"

最近二十多年来,美国一大半最佳电影都是独立电影,某种意义上也可以说是"作者电影"。这些影片注重"作者"表达,多是不向所有市场发行的艺术类影片,如《低俗小说》、《性,谎言,录像带》、《卧虎藏龙》、《时时刻刻》、《迷失东京》、《杯酒人生》、《断背山》、《拆弹部队》、《黑天鹅》等,也涌现出如吉姆·贾木许、史蒂文·索德伯格、李安、昆汀·塔伦蒂诺、伍迪·艾伦等重要导演。其中,伍迪·艾伦堪称"电影作者"们的精神导师。

伍迪·艾伦集导演、编剧、演员、作家、音乐家与剧作家于一身,被公认为是"美国最受尊敬、最富才华、也最自我的导演之一",是典型意义上的"电影作者"。伍迪·艾伦迄今共拍出四十多部影片,几乎每年一部,赢得了四座奥斯卡小金人以及二十次提名,但他从不去领奖。值得一提的是,伍迪·艾伦的电影,几乎没有一部是在好莱坞拍摄的。"有天赋是幸运,但生命里重要的是勇气。"伍迪·艾伦是伯格曼的狂热崇拜者,他拍了一辈子喜剧,但骨子里和伯格曼那些深刻庄严的正剧、悲剧一脉相承——他的电影里没有高大的英雄,都是些普通人,这些人没有过人才华,整天为一桩桩小事烦恼争辩;他的电影里也没有电脑特效、枪战爆炸、追车搏斗,有的只是连篇累牍的机智对话和纽约市井的生活烟云。伍迪·艾伦常常八面吸收灵感，无论文学、性、哲学、心理学、古希腊学，还是犹太身份、欧洲电影等等，他都以隐喻、讽刺、幽默等手段熔铸在电影中。

就中国导演而言，香港大导演胡金铨，也是"电影作者"的代表。英国影评人汤尼·雷恩强调，"胡金铨电影保持了罕见的一致连贯性，正是作者论分析的绝佳对象"。有评论家指出，胡金铨是"一人乐队"，他身兼导演、制片、编剧、剪辑、服装、布景，且样样出色。他的系列武侠电影，如《侠女》、《山中传奇》、《空山灵雨》等，融中国传统戏曲、音乐、美术于一体，其落英缤纷、空灵禅意的画面，是纯然的中国美学画卷。一般武侠片里，人物总是飞檐走壁，只有胡金铨影片里的剑客独步于寂寥荒野。胡金铨使武侠电影得以超越，赢得了文化视野中的深度和广度，确立起在国际电影界的美学尊严。身为"电影作者"，胡金铨国学根基深厚，博古通今，了然西方文化，并以之观照本民族传统。有作家曾感叹说："在他的电影语言的阐释下，萧萧风过之处，摇荡的芦苇丛中，依稀拂不掉的是千年的民族孤寂。"

中国"第六代"导演，也大多可以归入"作者电影"，因为他们在一系列影片中，表现出稳定而突出的个人特色。贾樟柯的电影，如《小武》、《站台》、《任逍遥》、《世界》、《三峡好人》，善用长镜头、固定机位、超现实片段穿插，展现出乡村与城市、传统与现代之间的中国独特地域里的众生相。贾樟柯电影画面朴实无华，背后的精神世界却深邃清澈。"电影作者"论强调导演处于绝对中心位置，在《小武》的制作过程中，贾樟柯就明确表示："导演要广开言路，但归根到底仍然是独裁的艺术。"他还说："我的电影就是我的表达，就像说话和写作一样，只不过我用的是镜头。"

一直以来，王小帅也始终坚守自己的"电影作者"立场，强调电影在艺术与文化方面的责任与功能。作为一位知识分子，王小帅在影片中视点独特,对普通民众生活倾注关切。近几年,他的电影《青红》、《我11》、《闯入者》都将镜头对准"三线"工厂,使历史深处的那片回忆得以挽留,因为那里有他的成长经历,这种情感的寻根之旅温暖又硬朗、明媚而忧伤。王小帅说:"我觉得做电影就像写微博,既要有展现共性的,也要有体现个性的,这就是商业片和文艺片的区别。我坚持个性书写,当然,我也希望市场能容纳个性书写。"

三

电影既是严肃艺术,也属于大众文化,因制作成本高,因而具有极强的商业属性。美国学者弗·杰姆逊指出,在后现代主义中,由于形象文化、无意识以及美学领域完全渗透了资本和资本的逻辑,商品化在文化、艺术、无意识领域是无处不在的。如今,在高雅艺术与通俗艺术并存的文化产业时代,电影的严肃性、精神性无疑会受到挑战。电影一旦加入太多的精神探索,其票房必定大受影响,中国与欧美都一样。因为精品电影或经典电影票房不理想,往往筹集资金困难。这其中,尤为艰难的是初出茅庐的导演。

美国大导演科恩兄弟在拍摄处女作《血迷宫》时,为筹资不得不去找街坊邻居,如牙医、商人、律师等中产阶级家庭,几百元、几百元地"募股"。凯文·史密斯在拍摄《疯狂店员》时,是靠自身打工所得筹到资本。在中国,1993年,王小帅拍摄处女作《冬春的日子》,五万块钱也是靠朋友七拼八凑弄来的。1995年,贾樟柯拍摄处女作《小山回家》,资金大多是靠勤工俭学所得及电影学院同学的拼拼凑凑,并且摄影、录音、美术等都是由同学免费支持。2014年,导演毕赣拍摄《路边野餐》时,开机当天剧组账目里只有妈妈给的二万元启动资金,之后,毕赣向几乎所有沾亲带故的亲戚全借了一遍,东拼西凑了二十万,才保证电影拍摄完成。

即便是一些声名远扬的大导演,比如美国的伍迪·艾伦,也没有几部电影挣过钱。伍迪·艾伦曾自嘲说:"法国人对我有两个误解。第一,他们仅仅因为我戴眼镜就认为我是知识分子;第二,他们总以为我是艺术家,因为我的电影老是赔钱。"2015年年初,八十岁的伍迪·艾伦为资金与亚马逊签约,平生执导第一部电视剧。在一次电影新片的新闻发布会上,他感叹说:"我一直都想做个严肃的电影人,我想拍严肃电影,可没人愿意给我投资,金主们更希望我去拍喜剧片。"随后,他又坦诚自己跟亚马逊合作的电视剧是个"灾难性的错误"。

瑞典导演罗伊·安德森1970年执导的处女作《瑞典爱情故事》,获得柏林电影节金熊奖提名,最终获得国际评论奖等四项奖项。然而,他的下一部作品《旅店怪咖》票房惨淡,在随后的二十五年内,安德森再也没有拍过一场电影,一直在专心拍摄广告,执导过四百多部商业广告和两部短片,伯格曼曾称赞他是世界上最好的广告导演。二十世纪九十年代后,安德森重拍电影,并且精品连连。

影史上,因投资失败、酿成悲剧的莫过于法国著名艺术电影制片人、欧洲电影学院2004—2005年度主席恩伯特·巴尚。巴尚作为一个痴迷于艺术电影的狂热分子,似乎对商业上的成功从来就不屑一顾,即便他也曾试图做过一些比较盈利的工作,但念念不忘的,仍是把赚来的有限收入投入到冷僻的艺术电影中去。2005年2月,因投资匈牙利导演贝拉·塔尔拍摄新片《伦敦来的男人》,数百万欧元在开机不过几天就被花完,巴尚孤立无援,在巴黎办公室中自缢身亡。这位抢救过大量艺术电影的制片人,却被一部"作品"给逼死,实在令人唏嘘。

中国香港导演胡金铨,自电影《侠女》开始,意图建构自己的精神图景,《侠女》对佛禅境界的探索极具开创性,但无奈曲高和寡,票房惨淡。胡金铨后期转向了对潜藏的中国文化记忆与想象的追索,着意构建一个文化中国的共同体,但精神高阁难免缥缈,处境日渐孤寂,离观众越来越远,最后因无片可拍而抑郁而终。作为一代大导演,胡金铨一生没有积蓄,唯一的财富是数万册藏书,死后全部捐赠给了加州大学。

中国"第六代"导演中,许多重要导演的电影票房都不好,这其中原因是他们的影片有些未在国内公映,即便院线上映,在档期安排上,不是放在冷门时间,就是只放映一两场就下线。早期"天涯论坛"上曾有帖子,戏谑王小帅、田壮壮、贾樟柯、王全安为国内四大"零票房"导演,而这些导演恰恰是中国精品电影的代表。据笔者所知,中国"第六代"导演拍摄经费很多依赖国际投资,如日本导演北野武,在贾樟柯最困难的时刻,就投资过他的三部电影《站台》、《任逍遥》、《世界》。王小帅也说过,每次找电影投资,都可以写出一篇传奇小说,他拍摄的《我11》就有法国的投资。这些导演之所以能够坚持拍片,其中部分原因是影片获得国际大奖后,在欧美等国艺术院线放映,赢得的票房收入再反哺电影拍摄。

2009年,在上海电影节第一场电影论坛上,王小帅直斥中国商业电影,认为现在观众的口味被商业电影破坏得厉害:"现在居然以电影有思想为耻,以宣扬电影无思想、无厘头为最大荣耀,这种声音被业内人士——从影院老板到投资商等无限放大,让我感到不寒而栗。"对于同场在座其他三位票房过亿的导演,王小帅说"我羡慕你们的成功,但作为导演,你们是失败的"。至于在中国如何赢得精品艺术电影的转机,王小帅认为,只有等电影商业进一步膨胀,当大行其道的商业影片已经不足以支撑这个市场时,才会唤醒资本对艺术电影的诉求。2011年,王小帅在接受记者采访时说:"我想到了商业化成熟到没有发展空间的时候,到了我们也有一万块银幕的时候,电影市场的诉求就会多起来。"

如今,中国电影银幕已经超过五万块,但情况仍未改善,甚至情形更加恶劣。今日中国,电影成了追逐资本的游戏狂欢。一边是超大资金投资娱乐电影,滥俗影片赢得高票房,许多搞笑演员、歌手、青春偶像作家、北漂文青等转行做导演;一边是严肃的、有文化尊严与和理想的导演被市场挤压,生存空间狭小。大众观影口味的日益单一化、粗暴化和简单化,精品艺术电影被冷漠,精英意识与个性化表达的缺失,严重制约了中国电影的原创力。在中国当下,如何既发展电影市场,又培育精品或经典影片,以形成电影多元化生态,的确是一个殊为迫切的课题。

在美国,好莱坞八大制片厂之外,还有很多小型艺术电影制作厂,这些艺术电影或者"独立电影",在创作取向上和商业影片不同。它们主观性强烈,不讨好、不媚俗,充满力量、智慧和趣味,揭示了一个迥异于好莱坞主流电影所表现的真实美国。自二十世纪九十年代以来,美国"独立电影"出现了一次集体"井喷",这些作品和它们的导演一起,建构了美国电影史上激动人心的"独立坞"时代。虽然这些"独立电影"大多都没有出色的商业业绩,但始终有稳定、持续的投资来源和目标市场。在美国,"好莱坞"有一套高度完善的商业电影模式,"独立坞"给艺术家们留下足够空间,电影无论是面向大众市场还是迎合少数人,都可以通过合适的发行策略、回购系统,来实现"市场细分",进而实现收支平衡,保证"再生产"的继续。这种多元化的电影格局,灵活有效的机制,不是来自政府或行会,而完全靠民间和市场取得。

中国有十三多亿人,其中有很多潜在的艺术电影或精品电影观众,特别是在城市,许多受过良好教育、有国际视野的年轻观众,对精品艺术电影有相应需求,但往往苦于无影院长久、稳定的放映。国家相关部门,应尽早考虑开发艺术电影院线,在艺术院线发展的初级阶段,应给予政策扶持和资金补贴。还有,针对有理想的、严肃的青年导演,应组建一个严谨的、由真正电影专家组成的评审委员会,或者成立相应的电影发展基金会,对好的电影选题,进行前期拍摄和后期剪辑的资金支持。毋庸置疑,一个正在崛起的经济和文化大国,完全靠单一的商业电影市场,终究无法赢得电影长远的、持续的发展。

2016年6月,导演李安在"中国电影票房超越北美"的论坛上提出:"拜托大家好好把握这个黄金时代,不要浮躁。电影需要自然、健康、多样性地发展,不要一下子泡沫化。"由此可见,中国影片在票房跃进的晕眩之际,还得不忘艺术初心,坚守精神开拓和文化建设的使命。唯有沉潜下来,克服浮躁心态,增强原创能力,提升价值内涵,才能创作出更多具有中国气派的电影精品。

2018年12月

辑三　丹青省识

黄山，璀璨的画卷

一

傲世独立的黄山，数百年来，无数中外画家出入其间，描绘画卷。他们的唯一心愿，就是要将眼前美景，记录下来，传递给远方。

黄山，一幅立体画卷，精湛的粉本蓝图，催生了难以计数的中国艺术家。二十世纪初，黄宾虹率先提出"黄山画派"之称谓，应者繁多，回响不息。在中国，唯一以山岳命名的画派，只有"黄山画派"。如今，很多地方画派都式微了，唯独"黄山画派"还一直保有它绵绵不尽的光辉。

黄山，又有人将之誉为中国山水画的摇篮，其意指明末清初以来描绘黄山的大画家，他们无不托身丘壑，寄兴烟霞，将天造仙境转成纸上丹青。

一幅幅黄山绘画，也是一帧帧艺术家的精神肖像，这其中，蕴含着怎样独特的东方宇宙人生观？又隐藏着中国人哪些别样的灵魂信息？

二

如今很难说清楚，最早描画黄山的图像是哪一幅。传说十二世纪中期,中国的南宋时代,古徽州就有人画了黄山壁画。美国波士顿美术馆,藏有一幅山水手卷,长达三米多,作于十六世纪上半叶,有人说画的是黄山。该画将当时流行的舆地图、仙山景象与文人画三种传统,熔于一炉,有一种强烈的超现实色彩。

仙山,神灵居住之所,适合于人类想象。十七世纪之前,几乎所有黄山图画,都是想象的产物。个中原因,还是因为黄山壁立千仞,山高无路,游人难至。

1609年出版的《三才图会》,其中黄山插图,是从想象的飞行器的角度鸟瞰观察——黄山一系列垂直的峰峦,有的如竖立的古代兵器,有的如细细的钢针,从云海中刺出。

明代徽州画家丁云鹏的《天都晓日图》,作于1613年,或许是现存最早的纸质描绘黄山的画作。此时,普门和尚开山、登山石道建成已三年,但这幅画依旧保留着强烈的仙山色彩。画作最上端,是黄山主峰之一的天都峰,也就是画家心目中的天宫。其下是飞瀑流云,中间有三位闲坐的高人,临近人间之处,有巨大的水流与树木。画中三位闲坐之人,仰看天都,似乎正渴望返回宇宙的中心。

从宗教隐喻回到世间情感,从想象中的心灵幻境到对景写生的个性化描绘,群峰叠翠、静静屹立的黄山,正在等待一个人,等待一颗心,将它变成最真实、最孤寂的心灵画卷。

三

普门和尚开山那年,也就是1610年,渐江诞生于徽州首府歙县。1645年,清兵攻入皖南,三十六岁的渐江,挺身而出,战斗在第一线上。战争失败,渐江远赴福建,准备继续抗清复明。明王朝崩塌后,渐江藏身于武夷山最深处的一个石洞,整整一年时间,随后在当地削发为僧。四年后,四十一岁的渐江,心如寒冰,重回故乡,依偎于黄山怀抱。

如果我们要问，一个画家如何捕捉黄山的巍峨风貌，最简单的答案便是，亲自攀登黄山，描摹山岳实景。遗憾的是，十七世纪中叶，中国大多数艺术家似乎对自然失去了兴趣，他们足不出户，整日盘桓于房间案头，临摹古代大师作品。只有深谋远虑的渐江，孤注一掷，走向崇山峻岭，他要找到自己真正的心灵导师、绘画导师，那就是大自然。

从1651年回故乡，到1664年逝世，这十三年间，渐江每年都要从歙县的五明寺出发，步行几十公里来到汤口，数次登临黄山。他常常手拄拐杖，身挂葫芦瓢，在悬崖峭壁间攀爬，身边总有一位聋耳老汉，背着砚台——两个人寂寞攀登，宛如一支微型测绘队。从渐江现存的六十幅《黄山图册》看出，他几乎描绘了黄山所有的险峰峻岭。

渐江描绘的真实山景，往往会标注上山峰和瀑布的名字，很像一幅幅手绘的山水地图。三百多年过去，除了一些树木长高之外，大多数景致变化无多，至今还历历在目。

当然，紧贴山水实景的描绘，只是解决绘画的基本造型。要表达出山水的内在力度，还必须回到内心，并深研古代大师作品。实际上，十世纪北宋山水画，十四世纪元代画家倪云林、黄公望的作品，都给渐江极大启迪，长久研磨后，他的绘画开始走向成熟。

渐江最典型的绘画，构图稳定，主峰高耸，所有的山石，都由大大小小的几何体组成；以线条塑造形象，很少晕染；石多树少，偶尔在山头上画一棵倒悬的孤松。这些山水画，往往给人寒冷、寂静和孤独之感，仿佛积雪，也如寒鸦。

渐江的《始信峰图》，画面所表现的，几乎是全封闭的空间：前景左侧，有一块巨石横亘于前；右侧有一条隐秘的小径，来历不明；山体中间偏上的位置，有一座空空的凉亭。这种宁静封闭的山水，意味着对人的抗拒。在渐江这位前朝遗民的心中，黄山，早已不属于现时世界，而代表着宁静不变的故国山川。

渐江绘画，看起来寒冷寂寞，实际上沉厚雄伟，刚劲有力，气势撼人，并由此开拓出中国晚近山水画的一个重要流派——新安画派。

四

渐江去世后三年，1667年，有一位青年，身着僧服，在始信峰悬崖峭壁前，面对东海峡谷突然跪下，不断叩拜。他怪罪自己不能像道士那样，脚踏白云，飘然升天。这位青年僧人，就是比渐江年轻三十二岁的石涛。

四岁时，明清易代，石涛被一位内官从广西桂林靖江王府家中救出，随后剃度出家；十岁，来到武昌，寄居于一家寺庙，开始读书绘画；二十三岁，由武昌东下，上庐山，游江浙；二十五岁来到安徽宣州，安身于广教寺等寺庙。来宣城后第二年，石涛第一次登上黄山。

登上黄山，是石涛艺术生涯中的决定性时刻。回宣城后，石涛画了一幅《黄山图》，在题跋中，他写道："黄山是我师，我是黄山友。"第一次游览后，石涛又连续三次攀登黄山，画了无数风景。

石涛在宣城一住十五年，与大画家梅清交往笃深。梅清，年长石涛十九岁，出身于宣城世家望族。受梅清影响，加之黄山激发，石涛铸就了奇幻的艺术风格，画风亦真亦幻，灵动飞扬。这种风格影响了他的一生。石涛上黄山后，梅清受到感染，也两次漫游黄山，画了《黄山十六景册》等画作。

由于梅清和石涛的介入，以渐江为核心的"新安画派"，突破了地域性局限，形成了人们所说的"黄山画派"。这两个画派，画家往往互有交错，美学风格也各不相同。

五

　　黄山著名的天都峰，在渐江的画里，主峰由刚劲的线条勾勒，稳健高耸，有一种清冷正气；梅清的天都峰图，岩壁则如一圈圈乱云，造型奇特，有强烈的幻觉色彩；而石涛晚期所画的天都峰，则显得苍茫而又浑厚。

　　一个耐人寻味的细节是，渐江的黄山绘画中，几乎见不到人，亭子也是空空的；而在梅清与石涛的画中，往往有人迹活动，连松树上都有打坐之人。

　　石涛晚年一幅著名的《黄山图卷》，引领着我们进入十七世纪末中国南方苍茫、寂静的世界。若是仔细观察，我们会发现此画前景中，有一位乘轿的旅人，旅人后边，还有两名僮仆——实际上，这位旅人就是买画人，一位住在扬州的富商，他不久前回徽州老家时游过黄山。很明显，石涛接受过富商的订画要求，凭想象将这幅长卷绘出。

　　黄山南部的歙县，在渐江和石涛的时代，是全中国最富有、最有修养的商人的故乡，他们为"新安画派"、"黄山画派"等画家，提供了富足的经济来源和高雅的人文环境。

　　石涛晚年，在扬州脱下僧服，换上道袍，一直靠卖画生活，他的画也多卖给扬州的徽商。终其一生，石涛都在世俗功名与精神求索之间，被一种巨大矛盾所纠缠：他曾经出家，渴望成为一名禅宗大师，但最终还俗；他是朱明王室后人，康熙南巡时，又两次接驾，并北上京城，企图出人头地。

　　"奇异"与"变化"，既是黄山的特征，也是石涛人生的写照，更是石涛绘画的魅力来源。随着时代的变迁，石涛标新立异的革命性艺术，越来越引起后世人们的倾慕。

六

1906年冬天的一个深夜，黄山南麓歙县潭渡村，某间屋子里锅炉烧得通红，铜水奔流，一位四十三岁的中年男人，正在与一位老师傅、几个工人在家中秘密铸造铜钱。

这位中年男人，就是黄宾虹。清代末年，为筹集革命党活动经费，扰乱清政府货币制度，黄宾虹受同盟会委托，在相对僻静的徽州老家私铸铜钱。第二年春夏之交，有人告密。黄宾虹匆忙告别妻儿，孤身一人星夜逃奔上海。

自十三岁从浙江金华回故乡歙县参加科考，到四十四岁赴上海，黄宾虹在黄山断断续续生活了三十年。这三十年，是黄宾虹的青壮年时代，与浙江的青壮年一样，黄宾虹有着强烈的入世精神：他曾与谭嗣同秘密交往，又组织"黄社"，宣传革命思想；在家乡，他不仅仅读书习艺，还教练拳术，兴修水利，开垦荒田，开办新式学堂。

赴上海后，黄宾虹著书编书、考证文物，并在多所大学任教，积累了丰厚学养。抗战期间，北平沦陷，黄宾虹困居北平十年，一直闭门作画。1948年，八十五岁的黄宾虹南返杭州，直到九十二岁去世，在生命的最后时光里，终于涌现出"黑密厚重"的心灵风景。

黄宾虹一生九上黄山，自称"黄山山中人"。他发现，夜晚的黄山黑密幽深，更沉静有力。他的理想是，既要画出夜山内部的幽暗之光，还要画出这光中的树木杂草，鸟叫虫鸣，婴儿的啼哭，人的低语。这怎么画？

黄宾虹说，用写字的方法画。因为汉字的功能很强，既能象形，还能比拟声音，提炼物象。中锋用笔，书法入画，用写字的方法画山水，得精通笔墨属性。黄宾虹年轻时在家乡曾开过墨厂，对墨的属性非常了解，他的晚期绘画，往往用十几层墨，层层积染，却杂而不乱，层次分明，透气透亮。

　　黄宾虹一生画过无数黄山风景。黄宾虹的黄山，很少像渐江、石涛那样将奇峰险谷作为主体，而是将它们处理为背景，更多表现山水里蓬蓬勃勃、养育万物的能力——这种生机，这种千古不变的力量，正是一个民族的精神象征。"山川浑厚，草木华滋，这就是民族性。"恰恰是基于对中国这片土地的深情，对中西绘画的深入理解，黄宾虹晚年作品，既黑魆魆一片模糊，又璀璨璨大放光明。

　　黄宾虹之外，二十世纪中国许多大画家如张大千、汪采白、潘天寿、李可染、傅抱石、赖少其、吴冠中等等，都多次上黄山创作。其中，刘海粟上黄山的次数最多。

　　1988年7月，九十三岁的刘海粟第十次登上黄山。上黄山的最后几天，每当夜深人静，老画家都单独作画，寄托情思。他的笔下，涌现出一批泼墨、泼彩的山水，沉静深远，气韵悠长。它是画家劳作一生的结晶，也是刘海粟晚年变法的成功象征。

七

　　刘海粟十上黄山后几年，一位北京青年油画家，来到黄山写生，这位画家名叫洪凌。深秋时节，新安江两岸青山绵延，朴拙天成，洪凌似乎受到了某种神奇召唤。黄山之旅后，他决心弃潮流不顾，用中国人的心性来描绘山水。

　　1993年，洪凌在黄山屯溪郊外建造了自己的工作室。工作单位在中央美术学院，却将画室放在距离数千里之外的乡野，在中国新时期画家中，洪凌是第一位，也是唯一一位。

　　二十多年来，在黄山，洪凌画了数百幅山水油画，其中许多是长达数米乃至二十米的巨作。这些画作，既不像传统白桦林、戈壁滩的写实性风景油画，又不像赵无极、朱德群那样的纯抽象油画，而是似山非山、似水非水、介于抽象和写实之间的意象性油画。

1998年以后，洪凌绘画呈现出一种浑茫气象，既缥缈又沉雄，既柔弱又刚强，混混沌沌，莽莽苍苍。洪凌油画，致力于综合南北山水，以凸显山水的内在生命力。在这一点上，他继承和激活的，恰恰不是西方的油画大师，而是二十世纪中国水墨画巨匠黄宾虹。

洪凌，无疑是中国当代画坛上最能代表中国山水精神的艺术家之一。其沉潜山野、孤注一掷的长久实践，其情致高涨、不苟流俗的生活态度，其融汇传统、推陈出新的创造能力，其勃郁繁茂、璀璨动人的山水画作，早已是中国油画界瞩目的话题之一。近几年，更是引起国际艺术界、学术界的日渐关注与重视。

考量洪凌的艺术，必须放在中国当代艺术范畴之内，放在"全球化地方主义"的宏大格局中。洪凌的创作，带着明确的当代动机与文化抉择，隐藏于其生机勃勃绘画背后的，是中国自北宋以来的千年山水画文脉，是周流无已、生生不息的东方宇宙观。

八

一个民族对自然的理解和表达，往往与文化中最深层的宇宙意识、生命意识息息相关。中国山水画家，多为文人雅士，他们的身上，传统思想代代相传、积淀深厚。

欧美人面对自然，往往会把它看成对象，并产生一种征服欲望，他们会攀岩、冲浪、滑雪，以体现自身的力量。而中国山水画家，大多依偎在自然的怀抱，对自然怀有敬畏和感激之情，他们安闲地观察，缓慢地游览，静默地冥想。

在黄山，曾有一位僧人，在一个明月高悬的秋夜，与他的侄子坐在悬崖上，一个吹笛，一个唱歌，直至午夜时分。这位僧人就是渐江。在黄山，还有一位叫雪庄的僧人画家，上山后遇到大雪，为感受山中夜景,他盘腿坐在岩石上,直到天明,身体上的积雪有一尺多厚。

长久沉浸在大自然中,身心与山水亲密接触,中国画家养成了一种奇特的本领,那就是,可以在有限中见到无限,又于无限中回归有限。他们往往能调动意念,循环往复、升降自如地观看自然。

古代没有飞行器,也没有升降机,但对中国画家来说,这丝毫构不成障碍。他们能从飞鸟的盘旋巡视,自我上山下山的游历中,调动很多视觉经验,再加上记忆、想象,组合创新,熔铸为一幅幅充满情感的画面。

在古代中国人的世界观里,宇宙是一个整体,各个部分既相互作用,又自我生成发展,生生不息。宇宙的根本,既不是精神的,也不是物质的,而是二者的统一,类似一种流转不息的生命力,中国人把这种生命力,命名为"气"。"气",既是万物的基础,又是物质和生命存在的形式,它可以远至太空,也可以注入人的生命,甚至一块玉石、一条蛇的身体。

既然万物都是"气"的不同形式,那么,人类与石头、树木、动物就有机地联系在一起,变成了一条永无止境的生命长流。

画家石涛认为,绘画的灵感,根植于宇宙万物的深处。在他眼里,山川就是流动的河,是凝固在时间里的大海之波。因为人与自然相依相伴,生息相通,所以,中国绘画有一个最高的美学原则,那就是"气韵生动"——也就是绘画要具备内在神采,达到一种新鲜活泼、生命力洋溢的状态。

黄山绘画中,无论是渐江的静谧冷寂,石涛的灵动变幻,黄宾虹与洪凌的勃勃生机,还是其他艺术大家各富特质的风格,其背后,都透露着东方文人独特的宇宙观、自然观。

山水,是中国文人心灵最深的寄托;山水里,有一种伟大的意义存在。在今天,强调人与自然的交融,讴歌山水,而不仅仅是开发和掠夺它们;用自然的幽深与宁静,反观后工业时代的急速和喧嚣——或许,这就是世世代代、绵绵不绝的黄山艺术给我们的最大启迪。

2013 年 8 月

东方性灵之光
——《洪凌油画集》前言

"我要画一座夜晚的雪山。"洪凌声音低沉,几近自言自语。车窗外,玉龙雪山在天空游荡,渐渐变暗,随即被夜色包裹。

2007年冬天,洪凌出资在云南老家重修了父亲的坟茔,我陪他回大理祭扫。按照白族人的习俗,全村老幼聚在祖坟前,烧饭、喝酒,民族服饰花花绿绿,洪凌在老父亲坟前连连磕头的情景令我感念。

随后是在高原的几天游历。有天黄昏,汽车转过一个弯道,忽见远处雪山连绵数十公里,红艳艳铺开,像火焰静静燃烧,又像大理石一般清凉。巨大的帷幕拉开了,黑色高原自编自导的舞台剧似乎即将开演——洪凌又是连连跪拜,狂呼乱跳,不停地拍照,就像一个扒在舞台边看戏的孩子一样亢奋不已。归来的路上,洪凌幽幽感叹,想画一座夜晚的雪山。

为什么不画正午或者黄昏的雪山?从中甸返回丽江的路上,我一直在想,没有光的夜晚雪山,怎么画?莫非雪山从自己体内发出光来?光线毕竟是自然之物,作为一个卓越的东方画家,我想,洪凌自有他的办法。

有时,人在黑漆漆的旅途,心中长久默念之时,一个形象会突然出现,比如亲朋好友的脸,一张父亲的脸。一张父亲的脸孔,是光线带来的吗?问题显然不是那么简单。凭空而降的亲人容颜,是不会有太多的明暗、色块和立体感的。

不依赖自然光影作画,早在1990年,洪凌就完成了风景油画《野山》。在这幅油画里,洪凌果断放弃了焦点透视,有意减弱了光与投影的客观属性——山的排列平面化,立体感不强,从而压缩了真实空间,使得山石树木有了一种扑面来的笨重气势。

1990年,洪凌三十五岁。这一年,他从油画系研修班毕业后,留在中央美院任教已有三年。其时,"八五新潮"还在势头上,中国美术界西潮涌动,派别纷纭,几乎所有中青年艺术家,都坠入一种心烦意乱、日日创新的梦幻云雾之中。

在画《野山》之前,洪凌也一直在先锋的旋涡中打转,东奔西突,寻觅自己。他画过北京"胡同系列";在油画人物中,他做过柯柯施卡式的表现主义尝试;他筹划过1988年"首届中国人体艺术大展";1989年,他又开始抽象主义的探索。

而在洪凌供职的中央美院,绘画一直倡导写实主义。尤其是1955年,马克西莫夫主持油画训练班后,美术教育全面苏化。中国人画油画,在洪凌的先生那一辈,首先强调技术,强调色彩、形体、户外光的运用。一个极端的例子是,契斯恰克夫教学法中,一个纸团掉在地上,画家也要按照光影把它如实画下来。

《野山》之后,洪凌又创作了《初夏》、《寒雪》,这同样尺寸的三幅作品,可以视为洪凌早期投石问路的"心灵三部曲"。在这三幅油画里,洪凌都取消了自然光影,并鲜明地向中国古代山水画致敬。洪凌画里的那些山水苍凉而肃穆,有一种敬畏,一种森严。它所表达出的那种静谧与幽深,那种审判式的仪式气氛,一瞬间使人产生紧张的震慑。

对于洪凌的创作,当时大家感到耳目一新,但更多的是告诫和批评,只有极少数画家在暗中肯定……其时,整个中国批评界对此基本处于失语状态,也缺乏应有的预见能力,只有洪凌自己清楚他要做什么。

也许，洪凌一开始给自己安排的任务，在中国美术史上只是最为基本的、诚实的任务，那就是，作为一个中国油画家，要用中国人的方式来打量世界，来感受自己国家的青山绿水。洪凌的这个任务，意义重大，但十分繁重。它既不像先锋艺术那样很快显形，赢得喝彩；又要在国家传统文化全面中断的环境里，厘清脉络，汲取养分。洪凌势必会陷入两难困境的孤寂之中。

从1990年开始，洪凌孤注一掷，决心弃潮流不顾，逆流而上，他要做一位真正的中国画家——他要追溯远方，他要找寻到中国大地的精粹，找寻到自己内心的清泉。

在山水油画中取消自然光影，最初，对于洪凌而言，只是一个基本的姿态和策略。但要做一个好的中国画家，首先，必须精研中国古人的创作秘诀，在保持深沉通道畅通之时，渐渐发现新的通道。

古代中国人，无疑是世界上最为敏感的一类人，所谓云烟飞扬，风月阴霁，默与神遇，他们对天气冷暖、日月晦明、四季更替明察秋毫，独独排斥阳光的明暗效果。有一个根深蒂固的观念，他们认为光线照在人的脸上、身上，房前屋角的暗影，树木投下的影子都是毫无意义的事物，转瞬即逝，不值一提。如果一个文人在树下弹琴，阳光把脸照得一边亮一边暗，那只是短促的偶然，并不重要，真正重要的是弹琴人的心灵与性情。

中国人独特的思维方式是，事物的本质要比瞬间现象重要得多，共性比个性重要得多。在这种思想的驱动下，古代画家更加关心的，是万事万物那种原初性的形态，在一个想象的、虚拟的时空中，构造出令人信服的心灵图像。而这样的本领，西方艺术家很难具备；这样的本领，在当代中国，我们也渐渐忽略、丧失。

"我早期作品也是比较生硬，开始时，我还不明白中国文化深层的东西。然后，我拼命挖掘，开始把油画里斑驳、厚重的魅力加强，我尽量朝内部挖掘。"洪凌如是说。

的确是这样，早期洪凌笔下的山水，还是一位遥远而威严的女神，又仿佛是一座阳光直射、闪闪发光的神庙，还缺乏后期山水里那种浑朴与温润的诗意。可以肯定的是，那时的洪凌，是不会萌发要画一座夜晚雪山的念头的，因为他暂时还没有能力，使山体的内部发出光来。

1992年春天，洪凌赴皖南写生，这次黄山之行，是一个决定性的时刻。洪凌进一步坚定自己的艺术使命，他想用油画表达南方山水，继之恢复中国山水大气象。皖南山水淡远秀丽，又浑厚古拙，最合中国文脉，最具东方神韵。既然绘画方向已经确定，为何不将自己的生活彻底纳入山水之中？深思熟虑之后，洪凌决定在皖南建造自己的工作室。翌年，洪凌的黄山工作室正式启用。

远离北京千里之遥，孤身一人沉潜僻静山野长年工作，的确需要罕见的勇气。当时，整个中国美术界，洪凌是唯一一位远离城市、将工作室建在遥远乡村的画家。

过去人们的印象是，在中国说起油画，就是画白桦林、黄土高原、戈壁滩。的确，当代中国许多技艺成熟的油画家，偏爱北方风景。似乎只有在新疆、黑龙江的森林和原野，他们才觉得找到了适合自己的景色。千百年来，南方山川，似乎仅仅是国画家的心灵寄养之所。

面对变化莫测的南方山水，中国油画家几乎一言不发，似乎也无话可说，他们既缺少办法，也没有激情，没有耐心。一个最简单的事实是，百年中国油画，几乎没有人画过竹子，而竹子，又是最具中国神韵的植物。

在当初，从任何前辈油画家中，洪凌都得不到直接经验，他必须一切从头做起，只有向古人、向自然本身学习。

洪凌的黄山工作室，是一幢别墅式的两层小楼，坐落在屯溪郊外、新安江边，开始时显得荒凉。工作室前后都有院落，中间是一棵大板栗树,板栗树上是蹦蹦跳跳的松鼠。洪凌在院子里栽上竹子、梅花、桂花,完全一副中国式打扮。随后,花草树木一天天长大,隐藏其间的,还有许多千奇百怪的生命。往往是这样,黄昏时,院子里偶尔会窜出一只刺猬或者一条长蛇;黎明时分,画室的玻璃会发出一声巨响,一只猫头鹰因环境改变而失去判断力,被撞得几近昏迷。

年复一年,北方又南方。每当结束中央美院的教学,洪凌总是连夜离开北京,踏上列车,匆匆奔赴南方——南方,一堆混混沌沌的山水,一草一木似乎都在等着他,仿佛他是第一个要去为这个奇妙天地绘制地图的人。每年,洪凌都要在黄山工作大半年时间。

最初的时候,工作室只是一个出发的地方,洪凌要从这里走进山水。南方山水云遮雾绕,林木葱郁,动荡不宁,令人一时难以把握。这一片山水存在着,好像在等待着一个更有力的人,更孤独的人,他的时代才刚刚开始。

在山水中,洪凌独自一人,他没有别的奢望,只有全力以赴投入谦卑而艰苦的劳作中,对自然的理解来得很慢、很慢。在黄山,洪凌开始过几年对景写生阶段,随后一步步进入"物我合一,丘壑内营"的境界。时日迁流,早年山水里那种生硬的东西,慢慢被冥想的诗意所融化,取而代之的是,山水的意境开始显现——雪天之苍茫,早春之萌发,秋之萧瑟与浓郁,雾天之淡远,无不情理交织,情趣盎然。

从二十世纪九十年代中后期开始,洪凌的油画,渐渐发生质的蜕变,那就是离象取神,由"心象"替代"物象",即"心灵景象"替代"自然风景"。到后来,洪凌干脆将心境更深沉地交给笔墨,交给语言本身,让它自己生长。画面里,完全呈现一种奔腾的综合状态,有时像锣鼓敲击,有时又像狂风扫动。而这种动感,这种松紧、疏密与节奏,汇成一种韵律。这种韵律,更接近舞蹈,音乐,也更加接近诗歌。

十五年间，洪凌一共画了近五百幅油画，其中许多是长达数米甚至十多米的巨作，洪凌已卓然成为一位杰出的山水画大家。这些画作，整体格调明晰，那就是在反复诉说、反复缠绕中，在不断反省和控制里，环环迂回，步步逼进，直至诱发出山水璀璨的气息。

洪凌的山水画，集中体现了北方梦幻与南方梦幻的神奇交融。神秘又庄严，柔媚而深沉，江南的杏花春雨交织着北国的皑皑冰雪，薄雾轻岚、风声鸟语里响彻着金戈铁马的汉唐之声。

在所有洪凌堪称杰作的油画里，最令人感动和震撼的，莫过于那种气韵迷漫的"大山水"。1999年，洪凌画出了《涌》、《凝寒》、《寒烟》；2000年，他又画出《晓雾霜朦》、《梦·无声》；2002年，画出《沉朦》；等等。

那些大山大水的全景图，疏林远树，朴拙苍茫，浑然一体，它们神启于北宋，融会于当今。由此可以看出，洪凌一开始就有一种力挽狂澜的抱负和野心，那就是回避地域性，综合南北山水，致力寻觅中原大地鸿蒙初开的山水原型。

自古以来，作为一个中国画家，都有其慎重的使命，那就是用一种极为敬畏的态度来对待高山流水；为山水写貌，从来就不是一件"赏心悦目"的事，山水里，有一种伟大的意义存在；山水画，是画家心灵的映射，是一个人完完全全的精神肖像。

洪凌的感叹是："绘画，是一个生命，像你的孩子一样，属于你的延展。它在主宰你的视觉时，也在主宰你的心灵。如果你是一个成熟的艺术家，你所有的积累，都会丰富你的储备。一个人，一天天成长，你会在每个事物上得到滋养，每个事物都会养育着你的性灵。"

说起性灵，既依据禀赋，又需磨砺人生。一个人血液里往往有着秘密的传承。洪凌祖籍滇西高原，性格里有一种与生俱来的狂野、纵横之气；又出生于书香世家，自幼在北京长大，传统和西方文化浸淫极深；加之游历广泛，到过世界许多国家，饱览饫看，视野开阔。

十多年隐居山水之中，朝晖夕阴，春花秋月，更养育了洪凌深沉浑朴的性情。无论待人处世，还是发表观点，洪凌很少走极端。他十分明白循序渐进的力量，低声说话，喜欢微笑，更多时候面容严峻。饮茶、品酒、做菜，兴致勃勃，招待朋友，在中国当代画家中，很少有人像他生活得如此沉静安稳，劲头十足。

洪凌性格中最富魅力的，就是那种明亮健康的"执中性"。他是远近闻名的美食家，但从不耽食沉迷；喜欢收集葡萄酒，但朋友来时又尽兴分享；热爱文物，但不做系列收藏，也不刻意摆放；一边忘情地抽着古巴雪茄，一边嗜饮来自深山野岭的绿茶；卧室里，既有古希腊壁画复制品，也有真实的汉墓出土的马的雕塑……所谓"尽精微，至广大"，既淡泊可安，又狂狷自守，这种中正敦厚、温和仁德的品性，使洪凌的艺术凝神静气，深沉有力，气韵内敛，远离浮薄之习。

"执中"则近于"仁"。志道居德，依仁游艺，道艺一体，是中国文艺的基本思想。这种思想，支撑着中国数千年的绘画发展。但遗憾的是，自近代以来，世界潮流迁变，这种高妙的思想在中国也日渐式微。

与古典思想背道而驰的是，整个现代艺术的显著特征，就是它的非"执中性"，每个画家都是自由人，都在创新，都在表达自己。他们不仅仅是不愿意，而是没有能力长久关心同一个事物；现代艺术另外一个特征，就是貌似有理、固执己见，它对什么都能给出理由，即使没有理由它也能变成一个理由。在一个普遍盛行怀疑的年代，自我变成了艺术的尺度，而不是美，不是信念，因为周围的世界是荒芜的，艺术变成了一种必不可少的自我确认，成了对丧失的一切的补偿。它不引发生命，缺失意趣，没有重要性。

洪凌是少数的还在谈论"厚古薄今"的艺术家，谈论古代画家对自然的屈从。实际上，在情感方面，他根本不是个现代画家，而是一个宋代的人，一个孤独的山水原型画家。

"我能够支撑下去,从大的文化观来说,我踩的是中国这块土地。如果中国文化要有魅力的话,恕我直言,西方这个表达方式拿过来,那我们就应该有更加踏实的表现。油画进入东方这个庞大的、文化深厚的疆域,就应该有所作为,也应该有大发展。要养浩然之气,是几代人的事。现在剩下来的是一种虚幻,我们似乎都没有踩在自己的基石上。"环顾四周,洪凌在孤单中有着真切的忧思。

情况的确是这样,艺术最怕的就是来路不明,面目含糊,没有根据,变成无根之物。一个常识是,一幅好的作品,一看就知道是哪个国家人画的,是哪个时代画的,是不是原创。

遗憾的是,在当代中国,常识往往变成了人们手中紧攥的秘密,大家举目四顾,秘而不宣。在当代中国,美术家往往不是发现美、表达美;许多天价油画挂在房间,令人惊悚;艺术的标准不是艺术,而是是否成功,这个成功,不是在观众中的成功,而是在西方,在双年展的主持人那里;几乎所有前卫艺术展,都不邀请母亲、舅舅和姑父参加,艺术好像和亲人没有一点关系;大多数艺术品又冷又硬,玩世不恭,对过往灾难浮浅的、脸谱化的表达,再一次加强了人间苦难,而不是化解苦难;艺术家普遍没有中国人的气息。

实际上,当今中国稍有良知的艺术家,内心深处都还有一小块干净的地方,都能识别好的艺术、坏的艺术,只是他们不愿意承认,不愿意对内心这一小块地方负起责任。说到底,任何一个搞艺术的人,心中都有一个潜在的观众群,关键是他希望和谁说话,说什么话而已。

站在中国的土地上,为中国山川代言,这就是洪凌艺术的鲜明立场。洪凌山水画里绵绵不尽的东方气韵,恰恰印证着这片山水的感召力。每个时代,都会有一两个杰出的画家,尽管是凤毛麟角,但正是因为他们,这片古老土地的脉搏总在传递。

认识不到自己是一个中国人,认识不到人对美的依赖将是悲惨的。我们正在面临着一个来自世界的诘问：今日中国人，为何把自己的文化看得这样虚无？为何如此没有自信心，成为没有尊严的西方文化的寄生者？

耐人寻味的是，1995年6月，正当洪凌在孤独创作中渐渐发现山水神韵之时，法国绘画大师巴尔蒂斯在中国举办画展，画展前言令人深思。巴尔蒂斯说："我一直在我的画里确认自我，结论是：我不存在……切切不要以为我是大师！我不喜欢当代绘画。时下画家作画，是要表现他们的那个'个性'，却忘记了共性才重要。我恳求我的中国朋友，不要受现在西方的影响，而今这里一片混乱。请你们惠顾我的衷曲，因为这是一个力图走出二十世纪大乱的人所创作的作品。"

巴尔蒂斯是孤独的人，不喜欢甚至拒绝现代艺术。他说："我不是一个现代画家，我一点没有当代气息。"小时候，他曾经住在瑞士的山里，特别喜欢云雾缭绕的山景。有一天，他偶尔看到一本中国绘画的书，那些中国山水画所描绘的和他眼前情景一模一样。从此，他就对中国着迷了。有天晚上，巴尔蒂斯家的厨师做了春卷，他看着自己盘子里的春卷时，说道："我常常想，如果这些春卷可以像中国画画卷那样展开，每个春卷里都有一幅山水画，那该有多好。"

我们时代最具悖论的现状是，一千多年的山水画大国，山水画却被轻慢，置之高阁，被形如春卷的东西紧紧包裹着，就像夜色包裹雪山。

洪凌的父亲洪源是历史学家；外祖父何澄一，曾是前清的举人，一度做过梁启超的秘书，后供职于北京故宫博物院，与康有为、梁启超、罗淳瑗、黄宾虹等名士私交颇深，是一位很得国学精粹的老人；童年时，洪凌家住北京南城一个历史久远的四合院中，以前曾是中山会馆，也就是民国时期广东中山县驻京办事处。

除了冬天祭奠父亲外，2007年，洪凌还重修了外祖父的墓地，清明时节，我也曾陪他一同赴北京万安公墓祭扫。

现在，我还不清楚洪凌想画的夜晚雪山，何时开始画出。2007年夏天，从北极格陵兰岛回来后，洪凌所做的巨幅山水，再次使我内心震动，那幅名为《虚极》的油画，千岩万壑，蓝幽幽一片，白色积雪勇敢地、凝实地镶嵌在仿佛苔藓的青灰里，英华秀发，肃穆渊深，传达着亘古悠悠寂静。

我想，这也是夜晚雪山的另一种形象吧。

洪凌的确是会使黑夜里的山峰发出光来的。在洪凌的山水画里，我分明看见一种由内部散发出的光华，这就是剥开山石树木的表层后，山水内质的光辉，像玉一样温润，丝丝缕缕，绵绵不息——这种光，有别于实际的太阳光，是我们沉思和想象时的理解之光，也是我们长久"谛视"内心后生发的性灵之光，它泄露着万物生长的秘密，传递着蓬蓬勃勃的生机。因了这光的浸润，东方山水再次恢复它微妙、灿烂的表情，传达出它的真情，给我们抚慰，给我们尊严和信心。

2008年3月

此去吴江三千里
—— 高居翰的文化意义

一

2014年2月16日晚，朋友告诉我高居翰（James Cahill）先生已于美国时间2月14日下午2时在加州大学伯克利分校附近的家中逝世，我颇感意外并引发哀思。当晚，我与柯文辉先生电话，柯老回忆起1984年高居翰来合肥的一些经历。随后，我又与高居翰先生前妻曹星原教授电话，曹星原现任教加拿大不列颠哥伦比亚大学，为知名艺术史专家。电话接通，原来她正在加州，且当地时间为凌晨5点，我觉得冒失。曹星原说，两个小时后回我电话。随后，我们谈了近一个小时。

曹星原教授告诉我，高居翰先生患骨癌去世，享年八十七岁。与我电话毕，她上午将与双胞胎儿子赴殡仪馆，商量葬礼之事。曹星原在美国，并非预感高居翰病情变化，而是到南加州为高居翰妹妹打理生活事务（她中重度失忆，生活不能自理，无儿女。自其丈夫十多年前去世后，一直由曹教授照顾）。正当曹星原和大儿子在南加州为高居翰妹妹忙碌时，收到双胞胎二儿子从北加州伯克利打来的电话，告诉父亲高居翰去世的消息，她马上与大儿子赶赴伯克利。

1926年8月13日，高居翰出生于美国加州，是当今中国艺术史研究的权威之一,被誉为"最了解十七世纪中国绘画的美国人",享有世界性学术声誉。他曾长期执教于伯克利加州大学艺术史系,并担任华盛顿弗利尔美术馆中国艺术部主任,还曾任北京故宫博物院古书画研究中心外聘专家,对中国书画类文物的研究与保护功不可没。

高居翰是最早将海外汉学研究与德国传统艺术史研究相结合,并融入社会美术史研究方法的专家。他充分利用世界各地博物馆资源,融会广博的汉学学识与细腻敏感的阅画经验,著述繁多,且皆为通过图像分析研究中国绘画史的典范。1997年,高居翰获得伯克莱加州大学颁发的终生杰出成就奖,并先后被全美艺术学院协会授予艺术史教学终身成就奖、艺术写作终身成就奖。

高居翰重要著述包括《中国绘画》、《中国古画索引》及诸多重要的展览图录。他计划撰写一套五卷本中国晚期绘画史,依次出版有《隔江山色:元代绘画》、《江岸送别:明代初期与中期绘画》、《山外山:晚明绘画》。据曹星原介绍,高居翰后两本关于清代绘画的专著最后决定不再写,只写了一本关于清代盛世时世俗绘画的书。

1979年,高居翰受哈佛大学极负盛名的诺顿讲座之邀,以明清之际艺术史为题,发表研究心得,后整理成《气势撼人:十七世纪中国绘画中的自然与风格》一书,中国学者范景中教授推许该书为二十世纪最好的一部中国绘画史论著。1991年,高居翰又受纽约哥伦比亚大学普顿讲座之邀,发表研究成果,后整理成书《画家生涯:传统中国画家的生活与工作》。

就我目力所及,高居翰尚有《诗之旅:中国与日本的诗意绘画》、《风格与观念:高居翰中国绘画史文集》等书行世。而最近一本《不朽的林泉:中国古代园林绘画》,2012年出版,是之前一年与清华大学建筑学院两位博士生的远程合作。

我以前在合肥逛旧书店时,见过台湾出版的高居翰部分著作大开本。2009年后,上述诸书除《风格与观念:高居翰中国绘画史文集》

外，陆续由北京三联书店出版，还有一些待出。这些著述，视角独到，问题意识强烈，语言矫健而明晰，令我印象深刻。

二

1973年，高居翰作为考古代表团成员第一次来中国。1977年，他又作为中国古代绘画代表团主席，再来中国。1982年秋季，高居翰在北京盘桓数月，研究故宫博物院藏画（包括渐江绘画），随后登临黄山。1984年5月，安徽召开"纪念渐江大师逝世三百廿周年暨黄山画派学术研讨会"，中外两百多位学者专家齐聚安徽，高居翰也应邀来到合肥。这次活动，堪称当代安徽文化生活中的一件盛事，共展出渐江等明清三十五位画家二百四十余件作品。这些珍品画作，除安徽博物馆的收藏外，均由马彬、柯文辉、陈传席代表会务组从全国二十三家博物馆及五位个人收藏家手中借来。

此次借画，趣闻甚多，令人感叹二十世纪八十年代社会文化氛围。柯文辉回忆，当初他到北京"创造社"老成员李初梨先生家借画，一张渐江，一张程邃，均是四尺三开的山水。柯文辉在李老先生家将外裤脱下，用鞋带扎紧两个裤口，一个裤筒里放一张国宝级名画，独自一人坐火车硬座带到合肥。

那次在稻香楼宾馆召开的"黄山画派学术研讨会"上，高居翰被安排在第一天晚上演讲。他放弃了原先准备好的相对乏味的主题（有关美国所藏黄山画派绘画），做了个配有幻灯片的演讲，从印章、皴法、设色诸方面进行图像风格分析，得出一个令人震惊的结论，即故宫博物院所藏渐江《黄山图册》，是渐江同时代画家萧云从所作。

北京故宫博物院所藏七十幅《黄山图册》，是黄山画派最著名代表作之一，一直公认为渐江真迹。高居翰之论，一石激起千层浪，谢稚柳、徐邦达等先生随即展开质疑和反驳。后来，这些争论文章均刊载于1986年1月出版的《朵云》杂志上。高居翰据那次演讲写出的论文《论弘仁〈黄山图册〉的归属》，收入中国美术学院出版社2011年出版的《风格与观念》一书。

1985年5月，中国国家文物局"七人鉴定小组"鉴定《黄山图册》为渐江真迹。谢稚柳的鉴定结论为："是真的，但是渐江作品中最差的，它有萧云从的派头，高居翰也有说得对的地方……高居翰目的也是研究，不可能突然袭击，为了其他目的，关键他看不懂画的本身，只是抓到一些外形，至于设色问题不是主要的。"

作为美国研究中国画的资深专家，高居翰由于研究角度不同，偶尔也会产生误差或误鉴。但他新颖的视觉研究方法，精湛的鉴定功底，在此次研讨会上，还是赢得了朱季海等先生的称赞——就当时国内学界来说，高居翰将渐江作品与萧云从作品以幻灯片的形式作比较分析，的确令人"耳目一新"。

二十世纪九十年代初，高居翰与曹星原一起还来过安徽蚌埠看望岳父母。2009年夏天，曹星原带着两个帅气的与高居翰所生的混血儿双胞胎男孩，与朱乃正先生来到合肥（其时曹星原已与高居翰分居，与朱乃正一起到安徽筹备"吾土吾民：系列油画邀请展"）。我特意安排我两个双胞胎儿子手捧鲜花去机场迎接——两对双胞胎，一对十四岁，一对十三岁，在机场颇惹人注目。我对曹星原说，这两个孩子眼睛很像他们的父亲高居翰，曹星原笑笑说，也有人说像她。如今，这对双胞胎孩子双双考入美国名牌大学，令我安慰。

三

"想成为一个诗歌研究专家，就必须阅读和分析大量诗歌作品；想成为一个音乐学家，就必须聆听和分析大量音乐作品。"在《气势撼人：十七世纪中国绘画中的自然与风格》"三联简体版新序"一文中，高居翰特别强调研究中国绘画，必须全身心沉浸于大量绘画作品，并对某些作品投入特别关注。

我们知道，就英美文学批评而言，二十世纪最具影响力的流派乃"新批评"。"新批评"理论体系，特别强调"文本细读"，一改过去重作家、轻作品，重诗人、轻诗文本的批评倾向。现在，问题的焦点似乎应该是，在中国古代绘画研究中，"文本"到底是指什么？是"文字"还是"图像"？

高居翰对此做了坦诚回答："中国绘画史研究必须以视觉方法为中心。"所谓"视觉方法"，就是强调图像与视觉研究的主导意义，这与南宋史学家郑樵《通志》提出的以"图像证史"的理念有某种内在关联——对于中国学界拘泥传统，致力于"文字文本"研究，而忽略视觉研究方法，高居翰颇不以为然，认为这是一种错误观念，提倡以图像为研究核心。

在《气势撼人：十七世纪中国绘画中的自然与风格》一书中，高居翰在每一章中，都以对某一幅画的细读或两幅画的比较为开篇，然后渐渐展开论述，令人兴奋并感佩。该书通过作者雄辩而生动的解析，丰富细腻的图版对比，引领读者轻松进入中国十七世纪多位艺术大师的心灵与创作世界，同时，也一窥中国艺术里自然与风格的复杂辩证关系。

去年，我为中央电视台系列纪录片《大黄山》撰稿，重点撰写"黄山画派"那一集。平心而论，高居翰在《山外山：晚明绘画》及《气势撼人：十七世纪中国绘画中的自然与风格》两书中的文章，如《安徽派绘画的肇始及其衍伸》、《弘仁与龚贤：大自然的变形》等等，给我的启迪就远远超过国内同类学者著作。例如，论及渐江时，高居翰主要围绕其绝作《秋景山水》，从画家不同时期画作中曲折小径的走向、岩石勾勒的直线风格、一尖一方的对立山峰造型等视觉特征分析，最后得出结论：

此画成功处在于其成就了巨嶂山水的特质,同时,也为安徽画派所特有的美学准则建立了一个理想的秩序典范。其风格的走向新颖,受北宋山水所启发,足以表达另外一种心灵的山水,也就是弘仁在安徽山中的幽隐心境。

当然,就方法论而言,当代中国学者之所以忽视"视觉命题",客观上也有原因,那就是难以亲见更多历代绘画大师真迹,而书籍中图版印刷质量往往又不高。为此,高居翰特别重视中国绘画图像库的建设,他曾出版过《中国古画索引:唐宋元部分》,尚待完成的《明代绘画索引》电子版,也为建立国际化中国绘画图像数据库做了重要铺垫:

关于绘画,明清历史究竟能告诉我们些什么?这不是我关心的主题。相反,我所在意的是,明末清初绘画充满了变化、活力与复杂性,这些作品本身,向我们传达了怎样的时代信息,以及这样的时代中又蕴含着怎样的文化张力?

在高居翰中国艺术史研究中,图像分析只是主要因素,而不是唯一因素,他往往大量依靠头脑储存的在世界各地博物馆研究时记录的作品,还有画家的信笺、日记、随笔、画作中题识等信息,还原元明清最真实的艺术氛围和生活氛围——高居翰明确倡导"让绘画通过画史进入历史",其系列著作,总是试图通过艺术史,做出更全面的社会史考察和回答,以作为思考中国问题之镜鉴,这充分反映了一个学者的人文情怀和襟抱。除方法新颖之外,高居翰著作最引人入胜之处,还在于其语言清晰、有力而流畅。其口语化个人风格,使他的学术著作广受英语读者喜爱,美国大学最常用的《美术写作指南》,就专门提到高居翰文体,并引之为范本。

我有时思虑，为何中国今日许多学术著作语言僵硬，观点黯淡，味同嚼蜡，我想最根本原因，还是学者心灵尚未萌动，更没有意识到其研究对象的心灵特征。诚如高居翰所言，所有创造者心灵都特具"复杂与不可预测"的性质。

在我的阅读经验里，近年来，许多外籍学者如苏立文、高居翰、柯律格、乔迅、雷德侯等，再加上在国外求学有成的华裔学者如方闻、巫鸿、石守谦、白谦慎、马孟晶等，他们对中国古代书画的解读，往往问题明确，视角新奇，使古老中国艺术作品成为激动人心的存在。书画之外，哈佛学者宇文所安一本薄薄的《追忆：中国古典文学中的往事再现》，其神奇的心理分析视角，在我心中所引起的波澜，也远远超过诸多关于唐诗的长篇大论。

据曹星原教授介绍，高居翰先生共有四个子女和六个孙辈，他们都很优秀，各有很好的发展，但老先生晚年情感还是偏于寂寞，这也许是许多大学者的宿命吧。所谓寂寞出学者，愤怒出诗人，诚哉斯言。

在《不朽的林泉：中国古代园林绘画》一书中，当高居翰两年前从年轻合作者那里得知，位于江苏常州武进的"止园"遗迹被发现，且满目崛起的商业大厦取代了昔日那座梦幻佳境般的典范园林时，他感叹良多："这本书纪念的是一个业已逝去的世界。往昔的胜景不再，但幸由中国古代的那些伟大画家，借助他们的杰作，我们仍得以感受那些美好乐园的流风余韵。"

"吴江此去三千里，几处平湖几重澜。请君试问东流水，别意与之谁短长？"谨以一首流行于网络、名为《江岸送别》的歌中词句，送给高居翰先生，并祝福他的在天之灵。由于他对遥远中国的深厚情感，更由于他开创性的研究，使得中国古老文化在当今世界学术中赢得广泛的尊严。

2014年2月

迷梦的诗心之旅
——郭凯和他的油画

一

世界川流不息，变动不居，画家的天职就在于将流变的世界凝定在二维平面上。可见物的现身取决于它如何被看见，并成为另一种可见物，即画作本身。学会看，遵循自我的观看之道，对画家而言的确事关宏旨。

在一篇创作手记中，郭凯说："所有的努力和实验，集中到一点，就是培养和训练自己的观看方式。"我和郭凯最近的一次交谈中，当话题涉及画家对风景的认识时，郭凯引用了贾珂梅蒂的一个说法："看"与"看见"之不同。

根据视觉，而不是根据概念，贾珂梅蒂自始至终忠实于现场的观看。初学绘画时，贾氏因为无法把握梨的尺寸，结果把梨越画越小，几近蒸发。耐人寻味的是，贾珂梅蒂终其一生，都以一种堪称顽固的方式保留了最初观看的陌生感和惊诧感："如果我望见街对面一位女士，她看起来是那么渺小，我对在那个空间中行走的微小形体感觉奇妙，看着她愈变愈小，我的视线范围却变得大幅度扩大。一个上下四面八方浩瀚的空间在我眼前展开，几乎无边无际。"从地面上冒出来的小人，给贾珂梅蒂以巨大的灵感，他创作了一批又一批如火柴棍般消瘦的小型雕像。

一反理性的空间认同，贾珂梅蒂作品中所体现出来的空间是感性的、视觉的、震颤的，因而也更富人性化——这接近于一种东方智慧的观物之道，难怪作为中国油画家的郭凯深有领会。

在中国唐代，一次著名的青山之旅中，有位大诗人面对安徽的敬亭山，脉脉含情，久而久之，以至相看两不厌，难道青山也长了眼睛？

"透过成功者的观看经验，检测自身的观看方式，传达观察的真实心境。"郭凯对观看有着极为清醒的自觉。有时，我们眼中"所见"，往往不是脑中"所知"，更不是事物之"所是"。往往会这样，明明远处田野走来一头牛，等到牛走近时，才发现是两头牛，这总会使观者大吃一惊。

我曾经在一本人类学著作中读到，游牧部落冲杀过来时，农耕部落便急匆匆逃亡，后者花了整整三百多年时间，才看清楚旋风般的敌军并非半人半马的怪物，而是人骑在马上，人马可以分离。

我是坚信原始人由于在推理上略逊一筹，完全有可能把远处的帆船和近处的帆船看成是两个东西的。但对艺术家而言，"所见"更具一种诗意，"所知"往往令人厌倦，"所是"几乎可以不值一提。马蒂斯曾对一位指责他画中有只手画得太长的女士说："妇人，那不是一只手，那是一块颜料。"

二

"我们的看引导着我们"，正如保罗·策兰的诗句所暗示的，某种意义上，一部油画发展史，可以替换为画家的观看史。

自文艺复兴以来，由于古典透视理论的发明，艺术家在"远大近小"的锥形视域中观看久矣，这种均质的欧氏几何空间，令后来的画家感到厌烦。照相机的发明,把描摹世界的任务迅速移交给了机器。遗憾的是,相机本身并不观看,它只是记录。于是,像孩童一样观看世界的任务,又重新掷回到画家身上。景物、日光、空气在流动变化,成了难以捉摸的东西——印象派画家首先看到的是光的颤动,画布上的色彩关系。

"无疑,在自然中还有没被看到的事物。"观看大师塞尚的雄心是,不仅仅看到光的颤抖,还要看到物的体量感和空间的浩瀚,他要用色块去征服空间。而立体派画家,看到的是对象周围各处潜在景观的总和……将三维立体在二维平面挪移组合,他们动用的似乎不是肉眼,而是大脑之眼。

实际上,绘画到了抽象派,观看似乎终结,变成了聆听——聆听视觉音乐。照理论家的说法,抽象画直接描绘的是"理念世界",因为无以依赖任何具体形象,向外观看已变得失去意义。

"二战"之后,架上绘画依旧崛起。比如德国新表现主义,由于其内省的日耳曼视力,最终表现出整整一代"新人类"的另类感情,一种原始的精神图像。

观看即凝视,亦即心灵的长久浸入。在闪烁的电视屏幕和匆匆掠过的巨幅广告中,我们还在观看吗?我们时刻在看着,但不是观看。一如我们时常抬头,但不仰望。即便今日有人宣告艺术已经终结,但架上绘画终得继续,并不断重拾信心,提出新的观看课题。

郭凯的观看与绘画之道是:"影像的真实细节往往会引导我从中剥离出对气息的感悟。气息的敏感性体味是首要的,也是整体贯之的根本。"

三

即便在写生中,郭凯也一再重视气场、气息,以开通自我的感悟和灵性。气息与灵性，一语道出了所有静谧雅致的郭凯油画的秘密，以及隐藏其后的全部画家的中国心灵。

在与郭凯的交流中，有一个细节使我印象深刻。1995年，郭凯在中央美院油画系研修班学习，当学员把作业交给朱乃正先生评判时，朱先生审视良久，最后抽出一位同学的习作，并撕下报纸将其盖住，只留下其中一小部分，并充分强调这一小部分的优点。我想，朱先生的意思是，这显露的一部分，正是气息饱满之所在。将这一部分的气息贯通到整幅画里，就是未来努力的方向。

古典主义以来，新的绘画不仅要画出物，还要画出物的显现方式，也就是氛围。氛围不是空间，不能离开每一个具体之物，它随物一同生长寂灭。某种意义上，氛围即郭凯所强调的气息。

老子云："道之为物，惟恍惟惚。惚兮恍兮，其中有象；恍兮惚兮，其中有物。"绘画，终究是全部心灵的综合。郭凯对画面整体气息的强调，正是一个东方画家审美心理使然。

中国艺术，是"气"和"虚"的艺术，所谓气韵生动乃第一要义，隐藏其后的是中国人生生不息的整体自然观。"气"，这一概念，往往令西方哲学家倍感困扰，绞尽脑汁。庄子要我们用心而不是用耳朵去听，进而要求用"气"而不是用心去听。人类怎么用"气"去听呢？

实际上，"气"乃精神和物质的统一，本质上是一种蓬勃的生命力。它既是万物的本源、宇宙的基础，又是物质和生命存在的形式。"气"，远可以至"太虚"，近可注入人的生命，一块玉石、一条蛇的身体。在万物有灵的中国文学中，猴子可以从石头里诞生出来，白蛇通过几百年的修炼，会变成一个女人。既然万物都是"气"的不同形式，人类、石头、树木和动物就有机地联系在一起，变成了一条永无止境的生命长流。因为人与自然相依相伴，生息相通，所以中国画家大多用心灵的眼睛观看自然。所谓心游物外，物我交融。

百年中国油画，有一条隐约而又强劲的链条，那就是"意象油画"。郭凯油画中绵绵不息的诗意，无疑使他成为这闪光链条中的一环。

学者尚辉论述道，当中国画家第一次拿笔画油画时，中国意象油画就开始了。中国油画历史有多长，意象油画的历史也就有多长。

所谓意象，就是以意为象，以意造象；就是随物宛转，与心徘徊；就是主观情意与客观物象的有机统一。相对于写实油画，意象油画更重绘画中的写意性，重内美，重意境，重"似与不似之间"的气韵。这一点，与传统中国文人画，与整个中国诗性文化恰好一脉相承。

中国第一代油画家，由于具有国学功底，面对西方的油画材质，仍自觉维护东方审美，并充满生机勃勃的探索。这其中有一长串闪亮的名字，如林风眠、刘海粟、常玉、关良、庞熏琹、丁衍庸、吴大羽、倪贻德、王悦之，等等。甚至在徐悲鸿、颜文樑、吴作人等写实油画的笔下，意象性也不经意地出现过。

从二十世纪五十年代初开始，全面的苏式教育，写实油画占主流。但许多油画家，仍有意识在写实中做意象转移。作为第二代油画家中的佼佼者，吴冠中在意象油画上的探索上，承前启后，意义重大，既保证了东方神韵，又在构成关系中彰显了形式意味。新时期以来，受林风眠教育体系影响的南方油画家，在意象油画中，借鉴和移植水墨语画言，大多以色彩的简化来表达江南景物。

郭凯意象油画，大多表现皖南风情，最鲜明的特征也是减弱色彩，在色彩的单纯和低音调里演绎优美的旋律。

四

光使万物坦呈，但薄雾又将它消隐。远处的屋角和马头墙，一棵开花的梨树，几丛紫荆花，满树垂挂的红柿，一切仿佛在泛白的晨雾和暮霭里纠缠。郭凯绘画中，几乎所有事物都染上梦幻色彩——临风摇曳的树枝，轻拂我们；薄雾隐隐约约，在大路上前来迎接我们，它如此生气勃勃，仿佛是在呼吸，仿佛它有自己的意志。对此，我既不胜惊愕，又赞叹不已。

但是，郭凯的皖南风景，即没有荒野的热烈与浓郁，也与传统新安文人画派的枯寒和冷寂有别，而明显带有一种工业文明后淡淡的隔膜和疏离。如果说，烟雨迷蒙的南方山水画，是一首婉约的二胡和竹笛演奏的"依心曲"，那么，郭凯的这支曲子已掺进大提琴、管风琴、低音单簧管的音质。

中学时代，郭凯曾经在射击队练过射击，与后来大名鼎鼎的许海峰并肩战斗过两年。射击，这种沉静中的瞄准，完全依赖克制，依赖直觉和理性的平衡，我不知道这对郭凯后来艺术创作有过多大影响。

属于处女座的郭凯，虽第一印象给人阳刚感性，但又极具知性和分析能力，蕴含升华的气质，敏感而灵动，完美又挑剔。他注重细节，偏爱洁净，强调完整，这也反映在其成熟的画面语言中。

中国意象油画，面临最艰巨的任务，是如何更深入地体现油画语言特质。因为写意性原属于水墨画，在欧洲油画体系里找不到答案。因此，油画传来中国后很久，在东方诗性表达上，画家们更多的是使用印象派前后期对于光色的表现，而很少有油画语言本身的突破。在创作中，为了彰显油画语言的特征，郭凯动用了无数方法——例如，他尝试过用丙烯在画布上铺底，因为丙烯干得快，可反复叠加，干燥后用砂纸打磨，再用油画颜料在其基础上塑造。有时，他又用松节油打底，混入矿物颜料、塑型膏等等，局部用刀做出柔和的浅起伏肌理，使画面更具丰富的表现力。

在偶然性中，郭凯如此强调理性的经营，其目的是更多寻找绘画本身的意义，即绘画性。现代绘画的一个显著特征是，画家的工作必须传递绘画性。所谓绘画性，即在绘画中抽离题材之外的视觉形式、手工痕迹、个人化的情绪等，郭凯对此深有感悟。

郭凯绘画的意象与其结构，根植于我们的记忆中，又属于他自己的个人诗学——正因如此，郭凯绘画的魅力，就是使物体在透明中保留必要的暧昧，仿佛"物质起了波澜"。他的审慎，他的优雅，他的纯净，使其通过绘画在现实中建立起美的乌托邦，即梦境中的青山绿水，物像的朦胧身影，使自然既潜伏于眼前，又引颈于绵延不绝的寥廓。

我记得，好像是朱熹曾经说过，午夜听到佛寺的鸣钟，便觉此心把握不定。一个坚定的儒者，在那么理智的宋代，面对异教也心灵波动，何况我们生活在当今。在今天，在急遽的"变形记"中，保持一份坚守是多么可贵。

郭凯有言："热爱绘画是不够的，要想办法让画爱上自己，心心相印。"作为现代人，世事纷繁，我们不可能天生对绘画充满感情。但郭凯对于绘画的热爱，的确使我感动。年初，他从巴黎考察艺术回国，有如下感叹，恨不得在未来两年，关掉手机，潜心孤寂，好好画上几百张油画。作为朋友，我对郭凯满怀信心，更祝福他未来漫长的诗心之旅硕果累累。

2010 年 11 月

柔厚之美，忧思之心
—— 罗朗绘画印象

一个艺术家的最基本的、也是最神奇的能力，便在于能在第一自然中看出第二自然。而这种能力的有无、大小，则决定于艺术家能否在自己生命中升华出第二生命，以及升华的程度。在中国，作为一个好的艺术家，总是以人格修养、精神解放为技巧的根本。而这一切的前提，则是情感的幽深与纯正。

在最近的一次长谈中，罗朗先生说起二十多年前他最早去皖南西递村时，内心受到的冲击。初次面对老祖宗留下的那些房子，他分明感受到那斑驳沧桑的背影后有一种修养，一种气度。那么，这种修养和气度的深层底蕴是什么呢？

融古雅、简洁与富丽于一身的徽派建筑，除了遮风避雨外，最意味深长的则是它的社会伦理功能。无论是一个老祠堂，还是一片古民居，都仿佛是一个威严的老师，一个无声的教化者——高大的外墙，雕花的小窗，灵动的飞檐，雅致的天井，整体布局干练又规整，严谨而肃穆，提醒着人在"理"的精神法则中，坚守内心秩序与道德感。罗朗对此无比迷恋，这迷恋的背后是他全部的心灵历程和文化思考。

自1989年画出《皖南风景》开始，二十多年来，罗朗一直致力于这片心灵家园的追寻和描绘。他的系列油画以《远去的风景》、《失落的家园》等等命名。单单看这些名字，就知道罗朗艺术中的眷恋、珍惜之念，以及蕴藏其中丝丝沉郁的挽歌气息。

一位久负盛名、游历过西方众多美术馆的当代油画家，一位在上海这个国际大都市从事专业创作的画家，不顾当下城市纷繁的世相百态，不玩味西方的抽象表现和政治波普，也不迷失于玩世和反讽，而是持久着迷于碎片般的往昔，将心灵聚焦于追忆与挽留，的确耐人寻味。

实际上，罗朗对此早已是深思熟虑。用他自己的话说，就是想从幽深的传统中，唤回一种庄严情感，一种对伦常和秩序的崇敬，以唤醒人心。

纵观罗朗的油画，最醒目的就是那种稳健沉郁、温柔敦厚的古雅气息，也就是传统诗学中所说的"柔厚"之美。与传统中国画的简淡萧瑟不同，罗朗画中的荒野、村落、树木和远山显得生机勃勃、沉雄有力。而这生机和力量又笼罩在一片忧郁的青灰色彩之下，透着一种凛冽的寂静。

罗朗似乎并不是在画一个寂静无声的世界，他并不特别力图去表现寂静，他只是用寂静来绘画——某种意义上，他使用寂静，就像使用一种色彩，来真实地表现他所描绘事物颓败又耸立、柔和又刚劲的坚硬本质。

更让我惊讶的是，罗朗画中那种废墟般的、凌乱的现场感。这个现场仿佛刚刚遭受过劫难，犹如一个被巨兽践踏过的焦灼家园。画中的物象彼此纠缠，相互穿插、交织、印证……晚霞里似乎有着褐红的泥土，有着块块血肉，有着红叶和秋光；灰黑色的马头墙，似乎是用天空的铅块材质建造的，飞檐又夹杂着树木枯枝黑黑的线条。这些画面整体气息饱满，仿佛在呼吸，在绵绵涌动，隐藏其间的有追问，也有哀告、诉求。

当然，我们完全可以用现代绘画中的"绘画性"，或者"气韵生动"的古典美学标准来界定罗朗的绘画。但是，仅仅就绘画语言的内部自律来评判，我们往往会忽略罗朗艺术当下的真切忧虑和疼痛感。

罗朗绘画所显现的世界，逼迫着我们思索：这个世界曾有过灿烂和繁华，却不幸被抛入了混乱的漩涡，正背你而去，就像一个转身的女人，在消失于黑暗中之前留下的一刹那背影。

由此，我们可以更深入地理解罗朗艺术苦吟般的地理美学。即可以将这些绘画视作一个文本，例如一首首含着忧思的现实主义诗作，或者一份份传递危情的电报——它们虽然简短，却包含了复杂、重大的社会信息。其潜在的意味，说到底，就是一种对逝去的伦常纲理世界的惦念，一种"致君尧舜上，再使风俗淳"的追慕与渴望。

知名法国华裔学者程抱一，有一个观点颇有见地。他认为"美"的真正对立面不是"丑"，而是"恶"。丑不过是形式上不那么赏心悦目罢了，而恶却不然，它总是摄取、占有和破坏，最终导向死灭。这正好可以解释为什么一千多年前的苦难岁月里，杜甫总是含着泪水写下诗篇，为什么他的诗歌需要背负编年。也可以解释今天，为数不多的中国当代艺术家，为何孜孜以求、从溃败和伤痛中升华出美质。

今天，谈论"美"，谈论"情感"，谈论"伦常"，似乎会被认为不恰当、不合时宜，甚至还会带有哗众取宠的嫌疑。但实际情况却是，艺术的确负有紧急和永恒的任务，那就是，在道德垂危、礼崩乐坏之际，重新拯救美。因为，在本质上，美可以储善，美也可以启真。

我们常常谈论艺术的当代性。某种意义上，当代性是一种宿命。只要内心诚恳，情感真挚，沉潜创造，所有的中国当代艺术都被迫具备当代性。只不过，今天多数人说的艺术的当代性，是以西方潮流作为唯一标准。

的确，"二战"之后，世界当代艺术已弃绝了美，而转向于求真，其背后本质是西方的纯理性思辨——无论是行为、装置或者是影像艺术，都在观念里打转，每个作品边上似乎都要附上一篇哲学论文，才能让人弄懂它的微言大义。既然西方哲学把一切都解构了，本质、规律、宏大叙事统统都不要了,那么人怎么活下去?人,怎么安身立命?既然后现代艺术只剩下碎片、拼贴、戏仿,艺术和生活界限消失,人人都是艺术家,那么绘画意义又何在?

其实,全球化时代,每个国家更应该认清自己的国情,认清自己的艺术进程。今日中国,国家审美形状异常复杂。就油画而言,百年中国油画尚未解决最初的命题,那就是怎样做到真正的中西融合。二十世纪二十年代,林风眠先生倡议的"中西调停论",也只结下赵无极、朱德群、吴冠中等几枚硕果。

新时期以来,特别是二十世纪末,虽有部分中国油画家重新挖掘传统,再加以现代转换,做出了醒目的、卓有成效的探索。但是,近十年来艺术市场兴起,加上国际资本谋略,使反讽、玩世、艳俗、泼皮、游戏人间大行其道,真正致力于中西交融的艺术家的严肃创作得不到应有的重视。中国心灵、中国之美,被挤压侵蚀,离"古雅"和"柔厚"越来越远。

我们这个国度,有着两千多年的"诗教"传统,也就是美育传统。孔子说:"诗,可以兴,可以观,可以群,可以怨。"也就是说诗可以激发情志、观察世情、团结同道、纾解怨愤。孔子又说,一个人如果不学《周南》、《召南》,就等于面对墙壁而站立,什么都看不见。《礼记·经解》中,有一段借托孔子的话,说一个人亲身到一个地方,凡看到那里老百姓温柔敦厚,那便是诗教的结果。说到底,孔子认定诗、礼、乐三者紧密相依,美可以使人变善,使人心走上正道。

从大的历史坐标,再到中国现当代,我们可以看出,当今中国很多问题,都可以回溯到"五四"前后。二十世纪初,无论是王国维倡导的"古雅美学",还是随后蔡元培倡导的"以美育代宗教",都还想衔接上中国的"礼乐"传统。但遗憾的是,今天看来,王国维和蔡元培的期盼早已落空。

去年，游历美国二十年后，李泽厚出版了一本谈话录《该中国哲学登场了？》，他认为在海德格尔之后，该是中国哲学登场说话的时候，应由孔子来消化海德格尔——李泽厚的核心观念就是试图重铸中国传统的审美主义，强调"美学是第一哲学"，强调"情本体"。他的"情本体"背后，其实有个中国传统，那就是"天地国亲师"。其实，道就在伦常日用之中，哲学主题早就该回到世间人际的情感中来。从这个意义上说，罗朗等一批艺术家，缅怀往昔、执着美感、融汇传统的绘画，的确是一种深谋远虑，意义非同一般。

二十年前，也就是二十世纪九十年代初，我因编辑《诗歌报月刊》，时常进出安徽省文联大楼。其时，罗朗在安徽省美协负责油画工作。美协在二楼，《诗歌报》编辑部在三楼，我们虽时有照面，但几乎没有交流。后来他调到上海，我们更是两地睽隔，较为深入的交往还是近一两年的事。

罗朗给人的感觉总是温文尔雅、温和亲切。面对现实，他有一种端庄纯正的情感，既不疏离、偏执，也不存讽嘲之心。但他在这种谦和温润之中，又透着一种骨子里的傲气，我想这种傲气，还是因为他对中西艺术的深入理解。

有限的几次交谈，我们的话题涉及法国抽象派大师皮埃尔·苏拉热，德国重要艺术家格哈德·里希特，他说到对他们的理解和喜爱。他说，他不喜欢印象派，因为印象派太华丽、太表面，没涉及绘画本质。的确，一个大量临摹过敦煌壁画、石涛、林风眠的人，一个对东方艺术有着幽深浸染的画家，这种观点值得尊重。

罗朗出生于教师家庭，十岁时父亲去世，他敏感早慧，经历过漫长的内心风雨。作为恢复高考的第一批艺术系大学生，他绘画功底深厚，加之长年思索，浸淫内心，创作不辍。所以，他的激活传统的努力，他的融观察和冥想的实践，他的绘画所蕴含的种子之性，既使我们惊异，同时又使我们回归到自己。它们似乎在提醒我们，缅怀、悲哀和感伤往往能使过去成了当下，它可以生发出激励生活的力量；那些唤醒我们良知的信息，它们来自往昔，且提示未来，因为一个民族真正的传统，恰恰有时是遗忘了很久的声音。

2012 年 1 月

在凝重与温婉中重塑故乡
——俞宏理与黄山绘画

"即使在黑暗的夜里/我上山的脚步仍在光环之中/从这座山,可以叫醒那座山/仙人也难免在这里驻足……黄山浩浩荡荡/在世纪内仍是杰出的公园。"当代诗人陆忆敏的这首小诗,给我们带来夜上黄山的奇妙感受。

我和画家俞宏理先生之前接触不多,直到近期才有所交流。在去年秋天的一次长谈中,俞先生也恰好说到他夜晚的黄山之行。某次俞宏理和几个画友赴黄山写生。他一大早出发,带上馒头和水,拎着塞有海绵的墨汁瓶,穿过排云亭,孤身深入大峡谷。画着画着,在与风景的持久搏斗中,黄昏已过,黑夜降临,俞宏理似乎浑然不觉。最后,峡谷里伸手不见五指,他只有就着手机微弱的光亮,缓缓摸索着返回宿营之地。

大地之重,使夕阳垂直坠落,也将人拉入黑夜深处。画家总是肩负着美的大任重重落入群山之中。夜晚习画,似乎是世代黄山画家的宿命。

一百多年前,黄宾虹游览黄山时,曾在灯下默写风景。深夜,月光涌入窗户,他竟悄悄带着画具,步出户外,在大岩石上描绘夜景直至天明。三百多年前,渐江往来于黄山云谷寺、慈光阁一带,十多年时间里,他四处寻觅美景,潜心描绘。每当秋高气爽,明月悬空,渐江或端坐在岩石上吹笛,或在林间长啸,或挥毫作画,有时甚至连画几十张也不厌烦。

从渐江往后，几百年时光流逝，在安徽南部这个巨大的天然长卷里，无数中国画家出入其间，描摹山水，安顿心灵，将宏伟的山岳形象转变为幻梦般的内心憧憬。

俞宏理的家，位于新安江边依山而建的一栋雅致小楼中。也是那次长谈的秋日下午，他向我展示了近期创作的巨幅山水。在画室里，他费力地抱起树干般的卷轴，小心翼翼打开，再固定在墙壁上，如此反复，山川明明灭灭，使我倍受感动又觉惊奇，一个画家怎么能够将莽莽群山抱在怀里，扛在肩上，展开又合拢？

在我日常浅薄的赏画经验中，不说是尺幅山水，即便是丈二巨制，在很多当代画作中，我体会不出岩石和山体的重量。许多当代画作只见山体轮廓，不见群山之重，磊磊岩石仿佛飘浮在空中。而俞宏理画的巨幅黄山，给我最深刻的感受就是它的千钧重量——群山遵循着它顽固的重力法则，朝向深处的核心，重力贯注而下。因为山体凝重，画面显得沉稳静穆。

一位德语诗人说过：山是重的，海也是重的。我们儿时所栽的树，现在也已太重，非我们所能背负。大师黄宾虹常说作画"以沉着浑厚为宗，不事纤巧，自成大家"。

实际情况的确是这样，没有稳重的山峦，就没有云蒸霞蔚、丰沛的雨水。没有重力，也就没有生机，连翻卷的云海也失去依凭。"人生，比集合全部的事物还重。"只有将人生的重量，还诸大地之重，画家才能突显出山水的内在力度。人生的重量在我们的身上发生作用，它的重量越重，我们就越深入艺术的堂奥之中。

1954年，俞宏理生于黄山屯溪，幼时随父母在歙县生活。由于母亲是小学教师，当时的乡村小学大多设在祠堂，随着母亲工作调动，孩提时的俞宏理长年生活在各式各样的祠堂旁。幽静的青石小巷，天井里的寂寞光线，梁柱上雕花的线条，既养成俞宏理沉稳静谧的性格，又使他对古徽州璀璨文化产生一种母乳般的眷恋。

一个人的文化基因里，往往还带着秘密的承传。俞宏理祖籍婺源汪口，而汪口俞氏宗祠仁本堂，乃国家级保护建筑，它建于清乾隆年间，乃五凤门楼。俞氏宗祠内有的木雕层层镂空，深达七层，被古建筑专家誉为"江南第一木雕"。

粉墙映着黛瓦，灯火镶嵌在青山，星座垂挂在肩头……随着时光堆积，童年深埋的美的种子，在俞宏理心中悄然萌芽。中学毕业后，俞宏理作为知青下放乡村。在那个奇特的岁月，在飘满红旗的苦涩田间，他画过样板戏剧照，画过领袖像，还画过连环画。随后，他被举荐到安徽师范大学美术系学习。

在大学，在安徽最具师资力量的美术系，俞宏理开始了夜以继日的埋头苦学。青春，是对伟大惊奇的彻底信赖与每天发现新事物时的由衷喜悦——二十世纪七十年代的安徽师范大学美术系，集中了一大批重要老师，比如申茂之、王石岑、光元鲲、郑震等等，他们既是名师，又是优秀画家。在这里，俞宏理接受了严格、专业的造型训练。

大学毕业后，俞宏理一直在徽州工作。先在歙县文化馆，1981年，调至屯溪当时的《徽州报》担任美术编辑，之后又在黄山日报社任美术编辑、美术摄影部主任。1991年底调到黄山市书画院，开始了专业画家生涯。一开始，他主画人物，兼及山水和花鸟。进入新世纪后，俞宏理下定决心，专攻山水画。

在古徽州，立志要做一个山水画家，既得黄山白岳、绿水青山之便，又使人倍感前辈大师的压力。徽州，是一个古老的地理概念，也是一个神奇的文化区域。绘画方面，自渐江创建新安画派后，这里历代名家辈出。仅就描绘黄山风光而言，明代有丁云鹏，清代又有渐江、梅清、石涛三巨子，现当代更有黄宾虹、张大千、刘海粟、李可染、赖少其、洪凌等大家。

时至今日，因为传统一息尚存，加之时代遽变，任何一个中国文艺家都面临一个基本处境，那就是怎样处理传统和个人才华之间的关系。如何看待传统，从某种意义上，也决定了你在时间中的位置，自己和时代的关系。

我们常说要继承传统，但是本质上，传统是不能继承的，只有经过艰苦挖掘、辛勤劳作才能获得。再有，就山水画而言，传统指什么？是明清文人画的笔墨趣味，还是两宋山水中那气势撼人、肃穆渊深的心灵力量？好在俞宏理一开始就深明此中要义，并由此确认了自己的工作方法和任务。

对于俞宏理而言，黄山和徽乡就是家园，是朝夕相对的家山家水，描绘故乡之美理所当然。加之徽文化一脉相承，身为当代黄山画家，传承新安画派更是义不容辞的肩头重任。

在新安画派的传承和创变中，一个最耀眼的榜样就是黄宾虹。他的艺术所呈现的朝霞气质，稳步上升的景象，世界性的高度，他提供给后来者的养料，使身为同乡的俞宏理感念不已。耐人寻味的是，黄宾虹自始至终都遵循着中国画传统法度，并最终变法得到自由，他宛如一棵参天巨木，从中国古老密实的岩层里拔地而起。

从最初创作山水画，俞宏理就不想走捷径，赶时髦。所谓笔墨千古不易，他不想去做极端的现代水墨实验，而是采用传统的笔墨程式——中锋用笔，书法入画。黄宾虹那种顺逆笔并用、虚实相间的太极笔法，那种凝练、飞动、驳杂的线条，在俞宏理看来，胜过世间所有的绘画语言。

要与前辈大师区别开来，首先只有在图式上下功夫。用俞宏理自己的话说，就是"用笨办法走路"。多年来，俞宏理在故乡四处审察，出入山川，对景写生，累积了大量写生作品。俞宏理较早一批描绘徽州乡村的画作，透露出一种独特的新鲜与纯洁感。许多画作，在群山之中镶嵌着青瓦白墙的徽派古建筑，它们和传统山水画中竹篱茅舍、寒林萧寺、高人逸士明显不同。这些清丽、温婉的画作，竹也萧萧，花也灼灼,山也赫赫,水也迢迢,彰显出浓郁的现代感和扑面而来的生活气息。

这个星球上,最值得赞美的就是故乡。老房子,水井,沿山盘旋的石阶,每天跨过的门栏,屋檐下的兰花,曾经穿戴的衣服和斗笠……这些东西,对我们的先辈都有重大意义,其间蕴含着无限的感动,它们几乎就是贮放人性的容器。在这种温暖的情感深处,俞宏理恰好能够扩展自己的艺术之根,它们活在这片温暖的土壤里,活在秘密发育、不受任何干扰的记忆之中。

有哲人说,在岁月的涡流中永远没有自己的故乡。时代急速转身,春秋代序中,古徽州老房子正在大量消失。所以我认为,俞宏理对老房子精心而贴切的描绘,其实质是一种急切的记忆追溯,是一个当代画家的审美担当,即对家园消失的切肤之痛和挽留之念。

艺术之根扎下,便不断深入,它伸进了更多地层的深处,并秘密汲取能量。在如今时代,大部分艺术家内心游移不定,只有少数人能做到如此的顽固与执着。

当初,假如俞宏理不是真正酷爱绘画,并将它移居到生活的核心层面,他便很难安定、沉溺下去,更不会渐渐丰盈、成熟起来。除了描绘徽州乡村外,近年来,俞宏理创作更多的是刻画黄山山岳风光的作品。

张大千曾经有言,描画黄山的诸位大家中,渐江得黄山之骨,石涛得黄山之神,梅清得黄山之变。但在俞宏理看来,黄山就是一座画之不尽的奇幻宝库,这迫使自己既要尊重前贤,好古力学,也不必过于忧愁地在"影响的焦虑"中辗转反侧,畏缩不前。

既然一切绘画主题和技巧已被千百年来的画家们用尽,后来者要想崭露头角,还得从头再来,师法自然。俞宏理的黄山,大多是写实性作品——这些鸿篇巨制,几乎每一处景致都来自实际观察,既得黄山之势,更得黄山之质。它们苍雄深秀,兴会淋漓,气韵飞动,有

"士夫画"之况味,在当代黄山画中堪称上乘之作,颇得美术界同仁赞颂。

实际上,早在十七世纪中期,在黄山,当中国大多数画家仅仅师法古人、忘记自然、对身边山水失去兴趣的关键时刻,正是渐江第一个提出"敢言天地是吾师"的口号,并深行力践,在创造出一个心灵的黄山画卷之时,也创造出一个影响深远、将"禅心"和"静美"发挥到极致的画派——新安画派。

在对新安画派乃至整个徽文化的深究中,俞宏理发现,人们从前对新安画派有误读的地方,很多人一味强调新安画派的疏淡、荒寒。实质上,渐江山水画的特点,表面上看似清简淡远,实则伟峻沉厚,寓伟峻沉厚于清简淡远之中。其继承者黄宾虹在创作时,更是推陈出新,强调"内美",将"浑厚华滋"提升到民族精神的高度。说到底,所谓"浑厚华滋",就是一个民族的生命力,就是大地本身的勃勃生机。

一个耐人玩味的现象是,新安画派诸位独创性大画家,无论是渐江还是黄宾虹,在师承古人方面,最后都上溯宋代山水画。北宋巨嶂式山水,像史诗一样大气磅礴,是一种大趣味,画家之"我"是一种"大我"。宋代画家,其价值判断建立在群体价值之上,他们将个体的价值消融在集体的价值中再表现出来——宋代山水画,其本质是艺术家理想人格的镜像,是画家在美学上的自我救赎。这和明清以来文人画不同,山水不仅仅是个体身世的隐喻,不仅仅是发牢骚似的几笔情绪和个人的小趣味。

古人画迹犹在,山川就在目前。在长久创作之后,俞宏理日渐明确越往艺术的深处走,必须担负的东西也越艰巨——那就是艺术对人的全面要求,既要师古人之迹,更要师古人之心。所谓画如其人,就是指人在画山水时,人格和山水互生互长。质言之,要成为一个大画家,最终还得拥有一颗热气腾腾、经世济国的火热之心。

多年来，俞宏理一边潜心创作，一边广泛参加社会文化活动。身为黄山市书画院院长，他多方呼吁，终于在上级的支持下，建成了黄山市美术馆。他还曾在市政协会议上几次提交保护渐江遗址、呼吁修缮黄宾虹故居的提案。自二十世纪八十年代以来，俞宏理身体力行，凭借地域优势，对古老徽文化进行抢救性的挖掘和整理。他独立编著或合著多种著作，先后出版了《徽州民间雕刻艺术》、《老房子——皖南徽派民居》、《新安画派》、《中国徽州木雕》等书。特别是那套精装两巨册的《老房子》，影响深远，几乎留在整整一代读书人的记忆中。创作之余，俞宏理还游历过敦煌、埃及、越南等地，寻访玄奘取经所走之路，他俨然成了一位饱览饫看、著述丰厚的学者型画家。

　　黄宾虹曾对画家有过独特的分类，即"文人画"、"名家画"和"大家画"。这种划分，发前人之所未发，不仅立论有据，而且极具当代意义。当代画家，有的局限于文人画而不敢越雷池半步，有的知名度高、已属名家层次，而真正能践于大家之列者"一代之中"，"曾不数人"。要成为大家，还得"不惟天资学力，度越寻常，尤重道德文章之渊深，性情品诣之高洁"。

　　俞宏理先生为人纯朴敦厚，性情温和，沉稳内敛。在由"名家"向"大家"追求的过程中，我正好找到了一个形象，那就是他常常昼出夜返，忘情于绘事，在夜深人静的黄山石级上缓缓上升的形象。

　　艺术是万物的模糊愿望。所谓"画为心印"，心越沉雄，画越肃穆。有论者说到宋画多冥晦，看北宋人的画迹，如行夜山，昏黑之中层层深厚，运实于虚，无虚非实——在此，我也将俞宏理在朦胧之光中的夜山之行，看作是一个艺术家的自我发现之旅，看作是从"山川物碍"向"心物同齐"、从"外在山水"向"心灵山水"前行的隐喻。

2010 年 4 月

惊悚与沉迷
——薛峰油画新作展《夜空无声》观后

同样是满月,同样是南方,但藤蔓有如夜晚亮晃晃的神经,竹林下,飞鸟的红色巨翅还无法合拢——这闪电般的呈现中,许多不幸的消息,仿佛还在途中,还没有传到我们的视网膜里。

北京三尚艺术空间,2008年,薛峰油画中的灿烂之夜,也是惊悚之夜,不安之夜。

月轮上叠印着世界地图,深蓝色夜空变成了高悬的太平洋;树木和野草间,有人在涉水,有人在挖土,有人密谋,有人无端端蹲在一起像在做手术。薛峰每幅画中都外溢出一种神秘、诡谲的气息,一种内省的抢救性氛围。中国安顿人心的春江花月夜,怎么成了人的惶恐世界?

油画家薛峰有过严格的学院训练,开始主要是从事风景题材的写生和创作。2001年,薛峰赴德国杜塞尔多夫美术学院学习,在莱茵地区这所大师辈出的学院里,薛峰深受新表现主义影响,并质疑自己从前的学院模式。在德国,薛峰积累了一百二十多张素描,处于蓄势待发的状态中。2007年,薛峰画出了二十多幅令人震撼的油画。

在交谈中,薛峰说起几年前的一个细节。在德国,他曾经拿出自己的习作,请伊门道夫评论,薛峰说:"我的表达还是中国的。"伊门道夫丢下一句话:"这也是普遍的,世界的。"问题是,伊门道夫,这位臂膀上刺着汉字"友"字,并认定前世是一只猴子的德国新表现主义大师,拥有难解的中国情结,但他拥有当代中国南方的月夜经验吗?

在中外诗歌中,无论是歌德还是王维,都描绘过夜鸟被月光惊飞的景象。古典情境中,飞鸟会迅速变成月光的一部分,融于苍茫。所谓响亮的翅膀加深寂静,就是人不在场,即便人在现场,也很快情景交融。而薛峰的系列新作中,人和鸟都无法被月光融化,这未被融解的部分,正是我们必须心力聚焦之所,也是我们理解薛峰艺术的关键精神硬核。

没有一个艺术家的作品可以简化成一个孤立的事件,画家的心灵景象既是人生经验的绚烂结晶,也是时代的触须和兆头。"童年,敏感的张望,往往改变事物的进程。"往事提出要求,同时也是样板,往事也是学校和导师,并为心灵铺上漆黑夜空的底色。

生于1973年的薛峰,自称在绘画中还是新手。在与他短促的交流中,我立即感受到他内心的感光路径锐利而坚决。在他对过往经验的锤炼与显影中,我还分明看出一种严峻的担当,那就是作为一位当代中国艺术家,必须真诚,必须脚踏实地、面目清晰,在与现实的砥砺中,逼迫出内心的鲜活梦境。

而艺术家要实现的,的确就是给这沉沉梦境投上光明。

遗憾的是,时代虚弱,我们的视力被太多的图像记忆弄得不知所措。当下很多作品要不沉浸于过往年代的山高月小、笔墨烟云;要不就是急功近利,玩世不恭,在语言上没有贡献,在浅显的、表面的水墨符号里失去精神洞察。

整个现代艺术,就是人的在场,就是人的主体性的确立和坚守,也就是一种追问。薛峰的艺术方向虽然是后现代艺术,但后现代在中国早就是一种托词,即为逃避价值,为犬儒主义和享乐主义寻求庇护的胞衣。

薛峰,生活在这样一个难以理解且疏离感普遍流行的年代,他拒绝以中国传统的方式,也就是"虚空粉灿,水天一色"为名来逃避对尘世的追问。所以,从精神立场而言,我认为薛峰是一位坚定的现代主义画家。

固执地忠实于自己的时间、自己的记忆,即从初生到现在,薛峰不得不诚实地面对自己,他不得不承认,从过去到未来,人都处于孤独和含混中,世界本就是一个荒诞的、晃悠悠的夜晚。因之,他的创作,已成为我们时代痛切、孤绝隐喻的一部分。

惊异即美,忧思源于热爱。此刻,满月还挂在那里,它既是见证者,也是呵护者——它释放的光明还在努力,试图将一切化解。人也会移开,荆棘丛中读书的少女会回到家中,飞翔的红鸟终归也会躲进那神秘的、我们所不知的伤残之地。

2008 年 7 月

辑四　诗陌花馨

诗与群
——二十世纪八十、九十年代中国诗人交流一瞥

一

网络上有张老照片，拍的是二十世纪八十年代初安徽芜湖市：青弋江上黑黑的驳船，江堤上暗绿的草色，低低的红砖房，镇定的中江塔，整个画面显得清纯、真挚而又凄迷。"海日生残夜，江春入旧年"，在我看来，这些特征，正好与我们那一代大学生内心气质一脉相承。

1981年秋天，我十七岁，考入安徽师范大学地理系。因为春、秋季转换招生，1981级与1977级学生同学半年，号称"五世同堂"。其时，安徽师大文科力量强大，中国语文方面，有宛敏灏、张涤华、祖保泉等一批大家。外国文学领域，翻译家力冈正在日夜攻克《日瓦戈医生》及四卷本的《静静的顿河》，巫宁坤、吴笛都曾在外语系任教，而刘文飞还是师大1977级外语系学生。

那个时代，"文革"刚结束，人文暌隔，性灵有阙。当时我们的确是蹲下身子，怀抱虔诚与理想，有梦想与曙光，也有脆弱和匆忙。

那是一个特殊时代，十年高考停招，许多1977级、1978级大学生已人届中年，其中不乏饱学之士。有一天，我到同楼层某位同学寝室串门，见他桌上摆着一本《唐代绝句赏析》，而这本书我正好读过。

一问，作者之一竟是该寝室主人周啸天同学，当年他四十三岁，正在攻读硕士学位。有位教先秦文学的老先生，板书一笔一画，极严谨的楷书，我去拜访他，见他单身一人，家徒四壁，桌上摆放着古代典籍，我想，一个人这样过一辈子也很好。

当时，整个芜湖市楼房很少超过六层，最高建筑是青弋江口的中江塔与吉和街天主教堂。而塔与教堂，关乎人的精神性。市新华书店里，总是人山人海，为了买一本屠格涅夫的《猎人笔记》，校报编辑凤群老师托熟人将我带到书店后堂。

沉静的种子在青春黑夜播下，随后是炽热的诗的光焰。当时，安徽师大教学楼前，有两排数十米长的广告墙，这两堵高墙上，常常有诗歌展览，诗用毛笔抄写，满墙壁张贴。中午或黄昏，总有拎着饭盒和水瓶的同学，黑压压沉默地欣赏。有首诗的第二句，"春风喂养着五月"，我觉得美妙难言。

那时，师大校报有个综合性文学增刊《赭山》，是一本杂志（与吴组缃早年在芜湖五中读书时编辑的文艺周刊同名）。我记得《赭山》上一篇小说里有个细节，一位知青在乡下，见路上有头被打扮得花花绿绿的牛，便问小女孩："牛也带花？"

1983年11月，中文系有位同学找到我，说要办一个诗社。我们把诗社命名为"江南诗社"，随后办起了《江南》诗刊。后来，诗社居然在教学楼一楼临近厕所的地方弄了间办公室，装起了电话，与《师大青年》一起办公，我整天窝在那里。首期《江南》诗刊，打字油印，厚厚的一本，随后又连续出了几期，上面发过北岛等名家诗作。

1984年，中国创办了很多诗歌刊物，如长春的《诗人》、沈阳的《当代诗歌》、内蒙古的《诗选刊》，沈阳的《诗潮》也在紧锣密鼓筹办。9月25日，中国诗坛第一张大报《诗歌报》首期试刊号在合肥问世，省委书记题词，每份定价八分钱。试刊三期后，11月6日《诗歌报》正式创刊。当时,为了买一份《诗歌报》创刊号,读者在合肥四牌楼新华书店前排起了黑压压长龙似的队伍。

《诗歌报》首期试刊号上,集中刊发了"江南诗社"学生诗作,并附有一文介绍诗社及其活动:

> 据不完全统计,全国有近六七十家杂志、报刊发表过师大同学们的诗作,从《诗刊》、《人民文学》到一些地、市、县级刊物,发表的总量累计达四、五百首……去年元旦,一场小雪刚刚下过,校园里松柏、楼群披上了银妆,从教学楼三〇二教室飘出来的掌声,把寒气冲得无踪无影,诗社元旦诗会正在这里进行。诗社顾问、中文系主任祖保泉不顾严寒体弱,赶来参加诗会,不少老师热情献诗。

八十年代,全国几乎所有高校都办起了诗社,出版诗刊。当时,"江南诗社"与华东师范大学"夏雨诗社"等联系密切,互相交换刊物。"江南诗社"一度与北京大学、复旦大学、吉林大学等高校诗社,并称为全国高校四大诗社。

> 我们的祖先
> 在布满裂缝的土垒中
> 在直不起身子的日子里
> 在低矮的灰色的天空下
> 用坚硬的青铜铸造了你
> 也铸造了他们自己
> 古钟啊,你的唇齿
> 不正是一条卷起的长城和古炮台吗?

风,款款地吹送
夜的呼吸和广寥
美丽的南方的城市
带着凉意与深沉
从每一栋大楼每一扇窗口向外眺望……

安徽师大当时的学生诗歌,受欧美浪漫派和中国朦胧诗影响(图书馆里只有十九世纪浪漫派诗歌,而朦胧诗正在风行),唯美,直接抒情,时常众生歌唱扬子江,但缺乏现代诗技巧,内倾力度不够,更遑论诗歌的"真理性"要求。虽然,当时也有同学在读《巴黎的忧郁》。诗社成员常常整天不上课,聚在镜湖"迎宾阁"吃着茶点高谈阔论。

1985年,我大学毕业时,对"第三代诗歌"尚不知晓,只知道"朦胧诗"。究其原因,一是学校僻居江南小城,缺乏真正的、诗歌本体上的交流;二是当时我们年龄普遍较小,后来诗名大震的柏桦、于坚、翟永明等,大多生于五十年代,比我们大十岁左右。

而在1985年前,柏桦已写出了《表达》、《震颤》、《抒情诗一首》、《再见,夏天》、《惟有旧日子带给我们幸福》等名诗;翟永明也写出了《女人》组诗;陆忆敏写出了《美国妇女杂志》,吕德安写出了《父亲和我》,张枣写出了《镜中》、《何人斯》,韩东写出了《有关大雁塔》、《你见过大海》等名诗,王寅、陈东东、于坚都已经写出了第一批成熟诗作(见1985年1月老木编选的《新诗潮诗集》上、下卷)。

带着青春晨曦的伤感与迷茫,1985年秋天,我作别江城,分配到黄山太平县一个僻静的山区中学仙源中学任教地理。在乡下,我精神苦闷,从学弟学妹们的来信中,能看出大学生对诗歌日渐迷恋。一位师大外语系学妹来信说:

昨天中午看到橱窗里有一位中文系同学的诗展，我知道我当时心里是给狠狠地震了一下。我没有看诗，我只是路过那儿，但我知道诗人的快乐，那么多的诗展在那儿，什么东西可以和这种快乐相比呢？

自1978年12月《今天》在北京创刊，到1985年左右，短短几年间，中国新诗潮已是风起云涌，流派纷呈。无数地下诗歌社团，各种诗歌派别，铅印、油印、手抄的诗刊诗报，几乎是铺天盖地。1986年，《诗歌报》与《深圳青年报》联合举办"中国诗坛1986现代诗群体大展"，将中国最具异端的诗歌和言论，公示于众，一时洛阳纸贵，反响强烈。

基于诗歌形势所迫，加之想尽早摆脱寂静的乡村，1986年、1987年两个冬天，我冒着严寒分别远赴新疆乌鲁木齐和青海西宁，本想在边疆做记者了此一生，因多种原因，最后又绝望地回到了黄山。时间到了1988年4月，我二十四岁青春只剩下两个字"远方"，必须火速离开黄山。某个清晨，将宿舍整理好后，我带了本美国人写的《长征秘闻》，匆忙坐上了一辆三轮车来到县城，再取道江西鹰潭、广西桂林，之后在昆明转火车，直奔金沙江畔的攀枝花市。我当时想，一边与诗友办诗报，一边以写作为生。

火红的凤凰花，浓绿的芒果树，叮叮当当梦境般的苗族妇女，在攀枝花，我先寄住在诗人甲子的山上小屋，随后搬到攀枝花大学山杉的单身宿舍。其时，诗人山杉（后来去了法国，至今在巴黎生活）已将在成都创办的《中国诗人报》带到这里，我们必须尽快出版第二期《中国诗人报》，再将它卖出。

那个年代，诗歌报刊好卖，稿费高，一位三流诗人的稿费也远远超过工资。在攀枝花，我与山杉、甲子、蒲永见等人，在大学卖诗报，在悬崖上听火车，打架，学跳霹雳舞，在床上摆健美造型——时光缓慢又愉悦,虽与古人溪边抚琴、松下调鹤相去甚远,但还是在甲子家电视里听过陈汝佳演唱的《外面的世界》、《故园之恋》,其歌声悱恻、如履薄冰,也算是一件赏心乐事。而当时,距攀枝花一百多公里外的西昌,一个发射卫星的城市,周伦佑与成都的杨黎等创办"非非主义"已两年,《非非》出刊,引人瞩目。

在攀枝花跌跌撞撞待了两个月后,因《攀枝花文学》招聘无着落,加之《诗歌报》首届"探索诗大赛"我已获奖,将在黄山颁奖,我只有再次回到黄山。

1988年6月18日,黄山屯溪名流汇聚,群情振奋,第三届全国诗歌报刊协议会暨《诗歌报》首届"探索诗、爱情诗大赛"颁奖会在这里召开。"探索诗大赛"评委是王家新、魏志远、陈超、钱叶用。我记得,初到黄山那夜,一等奖获得者、号称"非非"第一诗人的杨黎,带着胖胖的笑容和挑衅的口吻,在灯火暗淡的走廊上拦住钱叶用,一定要当即交流一下现代诗观,最后彼此也语焉不详,寡淡而散。

在黄山仙源古镇寂寥的河滩上,我日复一日阅读赵毅衡翻译的两卷本《美国现代诗选》;随后,又钻研郑敏翻译的《美国当代诗选》。这两种书,成了我真正的诗歌启蒙教材。有一天,学校一位教地理的同事送我一本薄薄的《近代英国诗抄》,杨宪益的译本。其中,有首盖斯科因的诗令我着迷:

> 悬崖上黑簇簇的满是爱恋的人。
> 他们上面的太阳是一袋铁钉。
> 春天的
> 最初的河流,藏在他们发间。
> 巨人把手伸进毒井里。……

盖斯科因是谁？杨宪益的注释是"诗人生卒年不详"。正好我宿舍纱窗上爬上一条蛇，我感到神秘。从此，我开始痴迷英美超现实主义和德国表现主义诗歌，并与师大同学浪漫诗风发生偏离。

二

1988年9月，我调到安徽马鞍山市第五中学教书。到学校一个多月，某天下午，我在小二楼单身宿舍发呆，一个冲动的声音从走廊尽头传来："谁是祝凤鸣？"出门一看，两个青年工人迎面走来，一个前额高昂、眼神热切，一个戴着眼镜、显得朦胧。随后落座、交谈，才知道前者叫杨键，另一位叫陈龙。

杨键恰好刚从五中毕业，在一家钢铁厂照看机器，他上班的工厂离我学校不远，我们交往日渐加深。后来，我搬到学校最拐角的一排平房，房后边有片芦苇荡，杨键曾快乐地深陷其中摸过莲藕。

在那套小房间里，我与杨键也不知有过多少次彻夜饮酒、长谈。杨键话语不多，时常沉默，有次沉默良久，猛然说了一句："她冲我要金子"，这使我大吃一惊，慢慢才知道，是他当时的女友向他要项链。有次酒喝多了，杨键席地靠在墙上，说要成神，即将升天。

印象中，杨键永远穿着灰白色工厂服装，骑着自行车，车把上别着饭盒来学校找我。有天清晨，他显得慌乱，告诉我他把照看的机器给烧掉了，值几十万，估计工厂要追究他，暂且到我宿舍避难几日。

整个二十世纪八十年代，无数中国诗人常常跨州越省，长途跋涉，慢悠悠四处寻觅心灵伙伴。我在马鞍山五中，前前后后接待过二十多位来自四川、河南等地的诗友。一封安徽师大师妹给我的来信中，也说到梁小斌找她的经历：

> 大四暑假前，梁小斌去师大找过我，我和他去镜湖散

步,去一家茶馆喝茶。所有的谈话现在已不能记起。我对他人可以说没一点了解。我记得他去时我正在午睡,所以昏昏沉沉,不知道他说些什么。只知道他说我的诗没有进步,建议我做点翻译。

1988年秋天的某日,我在马鞍山市图书馆翻书,意外看到我的一组诗与海子等人发在同一期《中国作家》上,这使我暗中激动——我当即给他们写信,有位诗人很快回复。海子未见回信,可能是地址有误,他当时在中国政法大学哲学教研室工作,而我的信则寄给了法律系。

1988年12月初,四川诗人雨田,带着他的大胡子和旅行包,从北京突然来到马鞍山我的小屋(之前一年我在青岛的《诗刊》夏令营上认识雨田)。雨田刚刚在海子处住了几天,寒冷的夜晚,我们谈起海子,谈起即将筹办的全国性诗歌社团,看过海子给雨田的签名照片。

转眼是1989年,年初,《光明日报》发起了一个"日本著名歌星芦京子演唱歌词大奖征集活动",奖品是三洋牌录像机、组合音响或收录机,这个奖励很诱惑人。我当即写了一首名为《天边外》的歌词寄出,3月15日《光明日报》刊登了获奖名单,我获"佳作鼓励奖"(之外一二三等奖获奖者共八名),倍感意外的是,在"佳作鼓励奖"的名单中,我发现了海子、顾城等诗人的名字,而3月15日距海子自杀仅仅十一天。3月26日海子自杀,不久,骆一禾离世,这使我有些恍惚,不知所措。骆一禾去世消息传来,当晚我与诗友喝了很多酒。

二十世纪八九十年代,诗友之间大多彼此友善,坦诚相见。除见面外,大家就是通信,信件措辞委婉雅致,钢笔字也都漂亮,与今天网络上草率粗俗的对骂大不相同。我有幸还珍藏着1989年以来数百封诗友来信。

1989年7月2日,诗评家唐晓渡给我回信,先对我的诗做了肯定之后,又写道:

> 我眼下只能说这么多,一时没有必要的细谈、分析的心境。如果不令你为难的话,能否请你将自己较为满意的作品复印一份给我,我想在适当的时候集中阅读、深入感受一下。我希望这些闪耀着天才光芒的诗作得到它应有的评价。

我与唐晓渡素未谋面,他大我十岁,其时在《诗刊》做编辑,早已名满天下。《中国作家》杂志诗歌编辑方文,我也素不相识,他多次给我写信鼓励、刊发作品。我今天回忆这些,毫无炫耀之念,只是感叹于一个时代的温良风尚,一个青年在紧要关头得到别人的扶持和提携是多么重要。

杨键诗歌的学徒期,深受美国"垮掉派"诗歌影响,我在他家前院小房子暗黄的灯下,读过他写在几个练习本上长长的诗句,措辞猛烈,颇具金斯伯格遗风。当时,我们内心迫切想找到自己的诗歌偶像,一诉衷肠。

1990年夏天,我与杨键参加马鞍山市作协在浙江淳安县的一个笔会,火热的空气使我们畅游于千岛湖中,又逼迫我俩拎着矿泉水瓶深夜急匆匆满街行走。回安徽的路上,我俩摆脱队伍,在杭州停留一晚,决定赴上海拜访知名诗人陈东东。

在外滩香港路89号一幢古朴而洋气的楼房里,我们第一次见到陈东东。他当时在上海工商联工作,办公室光线黯淡,诗人微笑,低声说话,眼镜上挂着绳子,敏感而矜持——我与杨键既感到新鲜,又有些紧张,可能我说话多些,具体内容已不记得。在陈东东单位食堂(由地下金库改装而成)吃过午饭后,我们三人一起还到黄浦江边迎风散步,在茶馆喝了一会茶。

夏天过去，新学期开始，1990年9月15日，我与杨键又专程赴南京第一次拜访诗人柏桦。坐火车到南京站，再转公交车到中山门外，找到南京农业大学（其时柏桦在该校教书）。下午，在校园蝉鸣不已的梧桐树下，我们几经打听，颇费周折，找到柏桦住所，一间小小的单身宿舍。其时三十六岁的诗人刚刚打篮球回来，随后，是夜晚漫长的交谈，我们喝着一种名叫"分金亭"的白酒，谈到曼德尔施塔姆、钟鸣、鹿特丹诗歌节，在曼德尔施塔姆话题上一度停留良久。

我至今也还珍藏着当晚柏桦写给钟鸣的信件，请钟鸣给我与杨键寄《象罔》。印象中，柏桦房间有一张高低木床，木床第二层随便放着一些书，有外文书，一问，是北欧国家翻译的柏桦诗歌。在一份英文的鹿特丹国际诗歌节的名单中，我看到柏桦和王家新的名字，更令我惊奇的是，在这份名单里我还看到了米沃什和 W. S. 默温等如雷贯耳的名字。在柏桦2005年的一篇文章中，谈到他初见杨键的印象：

> ……他和祝凤鸣来到我在南京农业大学的陋室。之后，我们便开始了愈发深入的接触。随着交往的展开，我认识了这位诗人，其实第一眼我就已经认识他了。他当时那么年轻，只有二十三岁，但他的形象与举止有一种我从未见过的令人感动的力量，他的形象一如既往，常常令我想到一尊佛像阿难的样子。他沉静内向，毫无怪癖，整个身心只专注于伟大的诗歌，他的目光和表情是那么庄严恳切，我当场就坚信，他所呈现的美一定是诗人的一个标本。

安徽马鞍山离南京很近，当时我常常去南京。大约是1991年春天，我与杨键在南京瑞金路一幢居民楼的四楼，第一次拜访诗人韩东。韩东言语不多，待人亲切。在韩东家楼下的一条小街上，诗人请我们吃了一碗面条。

与陈东东认识后,我与他偶尔通信。1988年,陈东东在上海办起了《倾向》杂志,海子与骆一禾去世后,1990年《倾向》办了一个纪念专号,厚厚的一本。当时诗人办刊物,资金完全自筹,主办者要承受很大压力。1990年9月12日,陈东东给我来信,除了指明送给我与杨键两人共一本《倾向》"专号"外,还委托我在马鞍山义卖十本:

> 我的确急着要钱用,因还有三百本"专号"在印刷所,拿不出来。印这东西,费用为一千五百元,由于没有"准印证",还被罚了五百元。我现只付出了一半钱,所以印刷所不让我把"专号"全提出来。而在印刷所,夜长梦多,很可能出事。

今天重读这些老信件,令人感慨。新时期以来,整个一部中国诗歌写作史,几乎就是一部民刊史。正是诸多如陈东东般严肃的办刊者,虽步履艰难,但果敢坚定,默默地维护着一种诗歌信仰;也正是借着这些地下杂志,许多中国诗人得以初试啼声,乃至被发现、被评论、最终被肯定。

北京诗人大仙,经方文介绍,我们1991年春天开始通信。有封信中,我告诉大仙,我想离开马鞍山去北京生活。1991年4月13日,大仙给我写了一封五页纸的长信,从美国新超现实主义"四杰"(罗伯特·布莱、W. S. 默温、詹姆斯·赖特、加里·斯奈德),谈到中国当代诗歌使命,满纸恳切之词。在这封长信开头,大仙谈到北京诗人的生活状况:

> 凤鸣君,若是你能来北京,是最好不过。北京基本上还保留着"今天"留下的诗歌风骨,这种风骨很具有生命力,但也有一个弱点,欠缺清新之气。你若在京城,能卖文为

生,则生计尚不难维持。如我,平均每月一百元诗歌稿费,再加二百元工作收入,就可以偶尔叫一辆出租车,携一位漂亮小姐吃一顿丰盛的晚餐了。

虽然 1989 年后,中国诗歌热潮有所收敛,但至少在 1991 年,诗人的生活状态还是很好,1992 年之后才开始渐渐转变。

三

1992 年春节过后,得益于主编蒋维扬老师的信任与热心操持,我借调到安徽省文联《诗歌报月刊》任编辑(1990 年 2 月,《诗歌报》由报纸改为刊物出版)。从此,我在该刊任编辑前前后后达十个年头(包括后来在《诗歌月刊》与杨键、庞培一起挂名两年),与一代中国诗人接触更多,也见证了中国诗歌热潮的消退。

1992 年,一个新的时代开始了,"确是一切都变了。似乎什么也没有发生过,时光在这里除了物质的热,就只剩下'在血盆里抓饭吃'"(柏桦语)。

商业时代来临,中国诗歌随之渐渐退潮,但这个潮流消退,有个过程。在 1992 年至 1996 年,《诗歌报月刊》每天还能够收到大量作者来稿,这些稿件,每天由编辑从收发室抱上三楼编辑部,每天几大藤筐,杂乱地堆放在一起。

主编蒋维扬对稿件要求严格,所有来稿严格三审,无论作者是谁,一律以质量而定。我代表编辑部,曾退过很多文坛名家、政要、诗坛老前辈的稿件,有时候对一些特殊作者,蒋维扬顶多嘱咐我退稿时措辞委婉一点。

1992 年 10 月号,《诗歌报月刊》想推出一个"中国民间诗歌报刊暨自编诗集专号"(以后每个 10 月号都有民间诗报刊专号),我与唐晓渡、西川、钟鸣、陈东东、朱朱、梁晓明、森子等诗人频繁通信。其时，唐晓渡还在《诗刊》，西川在新华社《环球》杂志，钟鸣在《四川工人报》，朱朱在南京市司法局。

转眼间，二十世纪八十年代满天飞的民间诗歌报刊已难觅踪影，留下的多是一些真正有诗歌抱负的刊物与办刊者。1992年8月，西川给我回了一封四页的长信，介绍民刊：

> 凤鸣先生，你好。来信收到。你信中所列的几本民刊——《九十年代》、《象罔》、《北回归线》、《倾向》都是目前国内最好的民刊。此外，还有几份比较重要的刊物，它们是《反对》、《现代汉诗》、《声音》和《发现》。
>
> 《现代汉诗》可说是一本全国性的民刊，虽然内容庞杂，泥沙俱下，但这样的刊物毕竟只有这一种。这本刊物主要由唐晓渡张罗。我跟他说起过你的来信。他说他也收到一封你的信，所以他会将该刊详细情况告诉你。《反对》像《九十年代》一样，是×××一手操办的。《九十年代》每年只出一本，而《反对》都已出了十期（？）。不过，我这里的《反对》都让欧阳江河拿去送给了一位美籍华人……我前面提到的《声音》是一本刚创刊的刊物。由深圳大学的××和香港《大公报》的黄灿然合编，第一期内容不错。目前他们正在约第二期的稿子。

四川钟鸣，给我寄来了《象罔》杂志各个专集，包括出版不久的《陆忆敏专集》、《王寅专集》、《肖全摄影专集：我们这一代》等，特别是第二期《象罔》中的《庞德专集》，有许多难得一见的各时期庞德照片，令我惊讶（即便是近三十年后的今天，这些照片在中国也难见到）。

在二十世纪九十年代众多的中国民间诗刊中,《象罔》排版、设计最为精美,往往有很多古代木刻版画插图。1992年6月20日,钟鸣在给我的长信中,还说到前一年他出版的随笔集《城堡的寓言》,以及他对批评和文体的认识、他刚刚完成的长诗《树巢》:

> 痖弦(台湾《联合报》副刊主编)和洛夫来信,都认为这是一部极重要的作品,是一颗超级"炸弹"。目前朋友们也认为《树巢》是"五四"以来汉诗的一次突破……昨天还接到台湾诗人大荒来信,他认为《树巢》的复杂性和重要性就汉语文学来讲已超过了艾略特的《荒原》。过几日,我从电脑中输一份寄你。
>
> 另外,我写了不少诗歌评论,我想走出"语境批评"的新路,过几日也寄上些,看能否在你那里发,我相信它是一种崭新的批评。写柏桦那篇还收入了英文版的《今天》年鉴,在国外汉学界引人注目,可在国内还没有发出来。最近刚完成对张枣的评论,写了三万字,谈了许多当代诗歌的致死之疾。等在电脑里输出后再寄给你。

虽然我个人对钟鸣的知识性写作充满敬意,但遗憾的是,当时《诗歌报月刊》完全无法将他的写作呈现出来,只是在随后的岁月里,我看到钟鸣的随笔和批评文集一本本出版,在隐秘的读者群中激起幽深反响。

1992年,诗坛的坏消息也渐渐传来。邹静之在给我的来信中,谈到《诗刊》订户已下降至六万多,刊物不换人,无法办。新疆诗人徐庄,他与我见面后不久即赴上海,在1992年6月1日给我的来信中,徐庄在附言中写道:"上海的默默和××在我们到的前三天被捕,《倾向》被勒令停刊。《大鸟》尚要坚持。"信中所说《大鸟》,是诗人杨子在新疆办的一份先锋诗歌民刊（其时杨子还在新疆支边，尚未去广州办《新周刊》）。

随后，中国开始出现很多收费的诗歌改稿会，由会员交费，诗坛名家到场，杂志编辑参与改稿，再选择发表。1994年10月，我作为改稿老师赴北京，在苹果园参加一次民间组织的"金秋北京创作研讨改稿会"，到会的有很多老诗人，如牛汉、李瑛、张志民（均七十岁以上），还有评论家谢冕、蓝棣之等人。此次会议，我第一次见到老诗人牛汉，其铮铮铁骨令我敬重。牛汉在发言中说："别人老是说我冒'傻气'，我就是改不了，我要继续将'傻气'冒下去。"牛汉，1955年在"胡风反革命集团"众多成员中第一个遭拘捕，反革命帽子戴了二十五年，历经苦难，至老弥坚，赢得一代青年诗人的敬意。

二十世纪九十年代中期开始，受商业冲击，诗歌刊物明显感到生存压力，步履艰难。《诗歌报》从1984年创刊到1994年，这十年虽历经风风雨雨，但还算平稳，发行量一度超过十万份。到1994之后，因报刊改革，纯文学期刊进入市场，《诗歌报月刊》几度停刊、休刊、复刊，几经折腾，元气大伤。1996年夏天，我协助刊物成立了一个理事会，寻求企业支持，理事会包括共九家企事业单位，每家都拿点钱出来支持办刊。

杨键诗歌的转折期发生在1992年。1994年，杨键写出《悲伤》等诗，立足当代，上溯汉诗深处，一改早期西方诗风，诗歌也趋向稳定。我曾不断拿着杨键手稿，向诗歌界好友宣传。在《诗歌报月刊》1996年3月号"挑战者：千零一个"栏目，我编发了杨键"诗六首"，应该说，这是杨键第一次在公开刊物集中发表诗歌（虽然他很早公开发诗，但都是零星发表）。此次发表杨键诗作，我写了一篇"选稿人语"，节选如下：

> 杨键的诗给我们提供的是对背景的追寻、尊重和恢复。

背景即传统，在传统全面中断和丧失的今天，在消解意义的后现代思潮喧嚣尘上的现时中国，这使命是严峻的。艾略特说："没有过去和未来，现实就得不到拯救。"这就要求诗歌既要有传统的背景，又要有理想的指向。对于我们，这传统不仅指屈原、杜甫、王维，也包括维吉尔、歌德、里尔克等，即人类漫长历史中的经验和智慧，对人类古老命题的发问和回答。在杨键的诗的文本中，汉语去掉了我们民族母语中自宋以来的趣味性、逍遥性、虚弱的修辞意味，保持了象形文字的最大优点——视觉物象清晰，使诗歌精神也随之挺立起来。

1996年春节后，杨键来合肥，我们有过几次深夜长谈，并合作写了一篇文章《后朦胧诗批判纲要》，此文杨键后来来信要求不作发表。重读此文原稿（最后两段由杨键抄写），可以看出杨键对"朦胧诗"之后中国诗歌的认识：

> 总体上看来，"后朦胧诗"带来我们与"朦胧诗"（即诗歌与时代）关系的脱节，他们在欧美的这一语言和技巧的保温层里——是修辞的，而非血肉的；是臆想的，而非真实的体验，他们没有在一条泥泞的道路上给我们留下清晰的、可供延续的足迹，必将遭到这条泥泞道路（生活本身）的反对，因为他们对贫瘠的生活说了谎话。

此次合肥之行，杨键在1996年3月28日的来信中，谈到他的感受。并且，在随后他写的《去省城》、《长亭外》等诗中也有反映（见杨键诗集《暮晚》）。可以说，自这一年开始，杨键的诗歌，已经完全找到了靶心，后来只是不断射击而已：

凤鸣兄,从合肥回来的一路,阴沉的无言让我冷得在座位里打瞌睡,没有心思看窗外的风景,过轮渡的时候才发现前座的乡下夫妇带着两个小孩,其中的一个还在哺乳期,他们慌慌张张的样子,让我立即感受到他们脑子里不停地闪过"乡公所"、"拆房子"的字样——巢湖、含山一带在去年实行火葬了,这是一个去马鞍山打工的含山农民告诉我的,而傻傻地开在四月农田的早油菜花,一棵柳树淡黄的叶子,像是对腐朽四周的控诉,包括它自身黝黑的枝条。

此次合肥之行令我高兴,包公河的漫步,江淮大戏院边的市政厅,合工大理性的红色建筑,戴袖章(市容监督)的迟钝老人,吴氏,雨水中人的命运……你的转变,部分恢复的体力和睿智,都令我感到隐秘的欣喜。

1996之后,更多中国诗人下海经商,只有少数极端浪漫主义者,还在游泳、读书、四处游历,而这其中,江阴诗人庞培堪称代表。我与庞培认识较晚,之前,他在广州做记者,来往不多。1996年至1997年,庞培连续来合肥找我,我们有过愉悦的散步和长谈。1997年初夏,我回访庞培。在江阴北门曙光新村庞培家中,我第一次见到诗人叶辉。叶辉黑漆漆的眼神、占卦的本领、谦谦君子之风,令我印象深刻——此次回合肥,经南京,与浙江潘维约好,我们在南京韩雪家见面。潘维当时还在长兴县,很少出门。中午,我们在韩雪家喝酒,谈诗,谈音乐,此次相聚,很多诗人是第一次相见,也堪称江南诗人的一次雅集,于奎潮(马铃薯兄弟)给我们拍下了珍贵的照片。黄梵后来在写庞培的一篇文章中,回忆道:

1997年,与庞培、朱朱、叶辉、潘维、祝凤鸣等,在南京诗人韩雪家聚会。在此之前,我读到过庞培办的几期民刊

《北门》，那次与他是第一次见面。记不得那天大家最后闹腾到几点，反正喝过几巡酒，有人就郑重提议大家到走道里留影。哪怕大家已经喝得昏沉恍惚，但合影的气氛毫不戏谑。

时间到了1997年12月，《诗刊》社第十四届"青春诗会"在北京召开，我与李元胜、庞培、沈苇、大卫、娜夜、邹汉明等十六位诗人相聚北京（实际上，1989年唐晓渡就想推荐我参加当年的"青春诗会"，因特殊原因，那年没举办）。我明显感受到京城寒流中诗歌气息微薄，已与近二十年前梁小斌、顾城、舒婷时代大不相同。

为了编一本《隐秘的世纪：南方八人诗选》，1998年4月的一天，庞培、叶辉、朱朱先后相继赶到合肥桐江新村我家中。我们连夜逐一筛选、讨论诗稿，最后打印整齐，附上照片，交给出版社。后来该书因多种原因流产，如今还整齐、安静地躺在我的诗歌文档中。这次相聚，梁小斌与朱朱是第一次见面。从下午梁小斌在我家直到深夜，八九个小时过去，朱朱与梁小斌都没有说一句话，诗人的矜持可见一斑。一个细节是，当时合肥绿都商城地下有个"民谣酒吧"，深夜时分告别时，朱朱举起了酒杯朝向梁小斌方向，可朦胧诗人眼睛因高度近视而毫无察觉，还是在我提醒下，两代诗人遥遥喝了一杯，依旧没有说话。

在二十世纪八十年代到九十年代中期，梁小斌堪称"合肥的脑袋"（1996年梁在珠海待了一年多，后来回合肥，新世纪后又定居北京）。我1987年由我大弟祝凯鸣介绍与梁小斌认识，当时，他住在合工大西门的一间平房里，房前有个小院，院前是厨房——从1987年至1995年，我带过数不清的诗友拜访过梁小斌。在这间平房里，诗人用电饭煲给我煮过咖啡，最终黑乎乎结在锅底；为了让一位诗友坐下，诗人坐在一个铁炉上，并不断感叹天气炎热，随后才发现铁炉里的蜂窝煤一直在燃烧。

在梁小斌那间堪称心灵圣地的小房子里，我读过他写在几个笔记本上的哲学随笔，内心惊奇（2001年，部分随笔首次结集为《独自成俑》出版）。更为惊奇的是，有个夜晚，在合肥三孝口一家茶馆里，众诗友静心聆听梁小斌谈话，话题从一个日常生活细节开始——他早年在工厂上夜班回家，总要翻围墙，有个夜晚，墙上他自己的影子对他说，"我驮不动你了，以后你自己爬上去吧。"随后梁小斌将话题渐渐推进，出现了"觉醒"、"精神指针"、"千真万确"等词汇。漫长的演说完毕，诗人似乎耗尽了力量，深夜告别时，他脸色煞白，扶着出租车门的手指不停颤抖。这次聆听，是我见过一个思想者费力运思的最为精美的图像。

1998年5月，我两个儿子已两岁，为了养家糊口，我只有去一家新闻机构任纪录片导演，在繁忙的事务和琐屑的劳碌中，心灵也随之松懈、碎裂。只是静夜时分，我常常手捧诗集，猛然抬头，窗外已是新世纪忧郁、杂乱的曙光……

孔子云"诗可以群"，这既指诗人之间"群居相切磋"，也包括诗歌对社会群体的感化与提升。一个时代，"群"对诗歌普及、诗艺提高乃至心灵养成影响至深——二十世纪八十年代，诗歌在中国一度风起云涌，其理想之高蹈、言论之大胆、精神之清洁、诗人来往之密切，堪比美国五十年代"垮掉的一代"，可惜只是昙花一现。时代突变，抒情困顿，叙事也出现危机，诗歌在二十世纪九十年代转入个体化写作，在新世纪伊始沦于边缘，既是一种危险征兆，也是一种真正的失败。事关性灵，报应还未最终到来，因为无论怎么说，中国，毕竟是一个有着千年"诗教"的国家。

2014年1月

我与诗,一份回忆

我的第一首诗,写的是母亲手执灯火在故乡山坡送别我的情景,那是1983年,我十九岁,在安徽师范大学读书。当时,校园里写诗的人很多,大家都沉浸在文史哲里,深夜荷花塘边花朵暗红,争论不休,用的都是大词。偶尔也会有人独自离开队伍,落落寡合,心烦意乱——青春,宛如一阵不经意的遒劲之风在头顶的梧桐树叶间飞卷。

1983年底,安徽师大刚刚创办江南诗社时,我是最早的诗社理事和《江南》诗刊编委。二十世纪八十年代,充满理想而又脆弱,是个单纯的年代,激情的年代。青春年少之时,诗歌,则意味着远方,意味着苦闷情绪的出口。大学时期,美的帷幕轻轻开启,虽然演出尚未开始,但充满着悸人的期待。

我的第一首诗后来在校报发表了。一天黄昏,校广播站转播中央人民广播电台,一位同学写历史题材的诗正从喇叭传来,我对自己写的那首小诗没有自信,担心题材是不是失于狭隘。

不知什么原因,我始终和师大同学的青春写作保持着审慎的距离。年复一年,我独自穿过镜湖的杨柳,去芜湖市图书馆看杂志,后来就刻苦抄诗,前后抄了几大本,但依然没有方向,也没有前途。当时,江南诗社的同学开始在文学杂志上大量发表诗歌,前前后后估计有一百多位同学发表了作品。

大学毕业后,1985年,我被分配到黄山一个偏远的山村中学任地理教员，因地处偏远，和同学失去联系，与同时期大学生写作更是拉开距离。

其时，我情绪苦闷，人也急躁得完全无地自容。动辄去西北，去高原，去云南、四川。在江西鹰潭市的深夜，我写过一首关于南方屋脊的诗；在一个蓝幽幽的黎明，我发现火车把我带到了广西桂林，实际上我要去昆明……如此跌跌撞撞几年，在攀枝花市的芒果树下，在苗族山寨，我都写过心烦意乱的诗，但遗憾的还是没有找到自己。

时间到了1988年夏天，放暑假时，我从黄山回到故乡宿松。在宿松县城的"小小书店"，我意外买到一本诗集《夸齐莫多、蒙塔莱、翁加雷蒂诗选》，钱鸿嘉先生翻译，外国文学出版社出版，黄黄的封面，薄薄的小书。

这本书像一个奇迹，完全将我点燃，它隐秘低沉的音调，质朴凝实的词汇，梦幻般的乡村景象，使我一叹三咏，低回不已，与我以前读过的美国诗歌区别极大。

其中，夸齐莫多描写西西里岛的诗作将我的心紧紧抓牢——《瞬息间夜晚降临》、《廷达里的风》、《南方的哀歌》等诗歌中，迷幻而感伤的场景比比皆是：

> 红色的月亮，风儿，你那北方
> 妇女的脸色，一片皑皑的白雪……
> 此刻我的心在那片草原里，
> 在那雾气弥漫的水塘上面。
> ——《南方的哀歌》

> 向日葵弯向西方，
> 白日沉陷，
> 夏天的大气

> 变得沉重，浓郁，
> ——《也算是情歌》

> 古老的冬天。
> 鸟儿寻找谷粒，
> 转眼间披上雪花；
> ——《古老的冬天》

我几乎不假思索地相信，夸齐莫多就是我的一位遥远的朋友，他代我写下了我的故乡，我的南方中国小镇，凉亭镇。那个夏天是多么神奇啊，在故乡那所黑漆漆的凉亭中学，在《国际诗坛》第 4 辑（1988 年第 1 辑，总第 4 辑）上，我还读到日本诗人秋谷丰的九首诗：

> 星星密布
> 以前缫丝女骑了马
> 越过山顶来了
> 这是母亲对我讲的往事
> ——《丝绸之路》

他的另一首《擎着灯的女人》，也几乎将我心中的记忆一网打尽：

> 荒漠无际的阴暗中
> 我从北方来到了这村庄
> 天空星星密布
> 那女人像一座暗礁
> 擎着灯悄悄出现在黑夜
> ……

雨水淌在她的脸上
不　是乡土的泪水淌在她的脸上

　　我感到一阵阵的激动，这不就是我久久寻觅、早已书写而又不敢肯定的乡村梦境吗？在热烘烘的稻草气息里，在繁星满天、渐渐变凉的夏日深夜，我当即配合秋谷丰和夸齐莫多，写出了最早的一批较为满意的作品，如《枫香驿》、《白石坡》等，并由此确立了我诗歌朴实、稳健而又神秘的风格。

　　1989年，我调入安徽马鞍山市第五中学教书，认识了诗人杨键，恰好他也从这所中学毕业。在马鞍山，我开始在《中国作家》、《诗刊》等杂志大量发表作品，并且和诗歌评论家唐晓渡等人频繁通信。《诗歌报》也几次在重要栏目介绍我的诗歌，并且得到主编蒋维扬先生的鼓励。

　　有次，在马鞍山市图书馆，在《中国作家》1988年5月号上，我看见自己的一组诗与海子的诗歌发在一起，很受鼓舞。那时，海子尚未自杀，也没有现在这么有名，但是在我心里，他早已是个诗歌天才。仅仅《中国作家》杂志，就曾经连续发表过我六组诗歌。本来我是要参加《诗刊》社1989年青春诗会，因为特殊原因，那年诗会没有召开。直到1997年，我参加《诗刊》社第十四届"青春诗会"时，李小雨老师还开玩笑说，"你不是早就开过吗？怎么又来了"？

　　1998年，我把一组诗稿寄给远在巴黎的宋琳先生，我们素不相识，但是他对我的诗歌较为看重，在北岛主编、他任诗歌编辑的《今天》杂志上，在头条位置发表了我七首诗歌。

　　2006年，我意外收到了一本天蓝色、装帧考究的日文版《中国新世代诗人》，收录了我五首诗歌。这本当代中国诗选，由田原先生编辑、竹内新先生翻译，在东京出版发行。该诗选共收十八位中国青年诗人的作品，其中包括王寅、潘维、杨键、王小妮、汤养宗、李亚伟、李元胜等诗人。

在这本日文诗选中,我的《枫香驿》翻译为《枫香宿》,整首诗译成古怪的日文,隐隐约约我能够认出一点汉字,但好像它又不是我写的。同时,也使我陷入思忖,使我回忆起二十多年前那个夏夜,一个中国乡村青年受到九首日本诗歌影响,找到了自己的音调——我的这几首诗,在日本会有青年看到吗?今天的中国乡村早已变了模样,他们是否会有遥远的内心呼应?

自我写下第一首诗,转眼近三十年过去了,我心中依旧萦绕着那首诗中母亲手执灯火的形象。那盏灯火,使我至今仍然偏爱质朴的、甚至是贫乏的诗句——心灵即技巧,这几乎不必考量一个诗人的才华,而更多的是虔诚、静谧和耐心。

2012 年 7 月

做一个诗的禁欲主义者

——托马斯·特朗斯特罗姆获诺奖有感

2011年10月6日，北京时间下午7点，斯德哥尔摩宣布诺贝尔文学奖得主。二十分钟后，我手机收到北京朋友信息，瑞典诗人托马斯·特朗斯特罗姆（Tomas Tranströmer），获得本年度诺贝尔文学奖。在回复中，我用了四个字"众望所归"。

实际上，还是有点出乎意料。就在10月4日，国庆长假期间，与朋友夜坐喝茶时，我们还猜测今年诺奖的归属。我当时不太看好特朗斯特罗姆，因为他曾作为候选人，提名次数太多、呼声太高，但一再落空。

为验证消息，我随即给浙江诗人潘维电话，他不清楚，但很兴奋。潘维回忆起前年秋天，他与诗人陈东东参加瑞典诗会，专程拜访过特朗斯特罗姆。其时老诗人用左手弹奏钢琴（1990年患脑溢血，导致诗人右半身瘫痪），其妻子莫妮卡准备了丰盛的晚餐，欢迎中国诗人。之后，我又与李笠通电话，确定了消息——李笠是中国最早翻译托马斯·特朗斯特罗姆的诗人之一，也是《特朗斯特罗姆诗全集》的译者，和托马斯是好朋友。

据李笠介绍，诗人今年八十周岁，获奖意味深长。李笠微博中，有一句："祝贺您，托马斯，祝贺您终于获诺贝尔奖！"

这个等待实在太久了。对于我们这代诗人而言，特朗斯特罗姆几乎就是一位中国诗人，一位我们身旁隐秘的诗歌伙伴、诗艺先锋。因为诗人北岛和李笠的翻译,自二十世纪八十年代起,斯特朗斯特罗姆就与中国当代诗歌紧密相连。几乎可以说,自北岛开始,整整一代中国实力派诗人,在不同程度上都受到特朗斯特罗姆的影响。

2006年,我一度参与编辑的《诗歌月刊》(原《诗歌报月刊》)3、4月合刊总第10期,刊发了特朗斯特罗姆的三首诗。这三首诗,以前从未发表过,也没有收入任何诗集,是李笠直接在瑞典特朗斯特罗姆家中,代《诗歌月刊》约稿而得,诗人的妻子在卧室里翻找旧稿,交给李笠译成汉语。

这期刊物上,还刊有老诗人给《诗歌月刊》的致辞:"诗歌是汇聚场所。"此期刊物,正好有个"安徽实力诗人作品展",我有幸刊发了十首诗。重新凝视老诗人颤悠悠的英文题词和签名,倍感他对中国诗歌的一片深情。

2007年秋天,我与李笠聚会于江苏太仓,自然谈起特朗斯特罗姆。据李笠介绍,因为托马斯获诺奖可能性极大,他专门拍摄了一部关于诗人的纪录片,随时供电视台使用。

2010年春天,我在宿松县老家接到"三月三诗会"组委会电话,说是有个北欧诗人的中国聚会,在黄山。其时,我正在乡下读书,便开玩笑说:"要是特朗斯特罗姆来,我肯定参加。"当然,我知道他来不了。其一,当时冰岛火山正爆发,很多航班延误;其二,特朗斯特罗姆年岁已高,又患病,行动很不方便。

今年4月,我在合肥机场,迎候参加池州"三月三诗会"的朋友。在与诗人舒婷夫妇、拉萨诗人贺中闲聊时,意外看见李笠长发翩翩、目光锐利地走来,身边是他温文尔雅的妻子——瑞典驻华使馆的政务参赞,后边还跟着他们的两个孩子,十岁的儿子西蒙,四岁的女儿维拉,都是金发碧眼、美丽可爱。

在皖南的浓雾里,在池州杏花村的春寒中,我和李笠又谈起特朗斯特罗姆。他说,现在情况更趋复杂,诗人能否获奖,只有靠天意。

的确，距上一次诗人获诺贝尔文学奖——1996年波兰女诗人辛波丝卡获奖至今，已有十五年时间，诗人都与诺奖无缘。实际上，早在1992年，诺奖得主、诗人沃尔科特就呼吁："瑞典文学院应毫不犹豫地把诺贝尔奖颁发给特朗斯特罗姆，尽管他是瑞典人。"

特朗斯特罗姆，1931年生于瑞典。1954年，二十三岁的他发表诗集《十七首诗》，引起瑞典诗坛轰动，成为二十世纪五十年代瑞典诗坛上的一件大事。他至今共发表一百六十三首诗，除《十七首诗》外，作品结集为《途中的秘密》、《半完成的天空》、《音色和足迹》、《看见黑暗》、《野蛮的广场》、《为生者和死者》等十三本诗集。

特朗斯特罗姆与中国有着不解之缘。据北岛文章回忆，1983年夏末，他收到托马斯最新的诗集《野蛮的广场》，包括汉学家马悦然的英译稿和一封信，马悦然在信中，托他把托马斯的诗译成中文。其时，北岛还是头一回听到托马斯的名字。

特朗斯特罗姆曾两次访华。1985年4月，诗人首次访问中国，并参加了在北京外国语学院举办的"瑞典诗歌座谈会"等活动，诗人北岛陪他游览长城；2001年，诗人再次访华时，是坐在轮椅上。此次在北京，他受到中国诗人的热烈追捧，北京大学专门为他举办了一场诗歌朗诵会。在朗诵会上，听不懂中文的特朗斯特罗姆一声不发，表情异常庄严。

北岛是特朗斯特罗姆的第一个中文译者。早在1984年，北岛就在《世界文学》这年第四期发表了署名石默译的《诗六首》，它们是《对一封信的回答》、《黑色明信片》等。1985年，《外国文艺》第3期发表了李笠翻译的特朗斯特罗姆五首诗，包括《树和天空》、《1966年——写于冰雪消融中》等。1987年4月，诗人北岛编译的《北欧现代诗选》，作为"诗苑译林"之一种，由湖南人民出版社出版，收有特朗斯特罗姆九首诗，传播甚广。目前，特朗斯特罗姆作品在国内的译本，主要包括李笠翻译的《特朗斯特罗姆诗全集》，2001年由南海出版公司出版；董继平翻译的《特兰斯特罗默诗选》，2003 年由河北教育出版社出版。

在北岛新出的散文集《时间的玫瑰》里，有谈特朗斯特罗姆的长文《黑暗怎样焊住灵魂的银河》。这篇文章里，作者真情回忆了与托马斯的交往细节。就托马斯诗歌的汉译问题，还引起了一场笔墨争论。

我至今还能够清晰回忆起，我初次读到特朗斯特罗姆《对一封信的回答》时的震撼，那种果敢、明晰的意象，那种精准和凝练，还有一种数学般的推衍力量：

> 在底层抽屉我找到一封二十六年前头一次收到的信。一封惊慌之中写成的信，它再次落到我的手里仍在喘息。
>
> ……
>
> 有时，一道宽阔的深渊隔开了星期二与星期三，而二十六年却会转瞬即逝。时间不是直线，而是迷宫……
>
> 那封信有过回答吗？我不记得，那是很久以前的事。大海无边的门槛继续漂荡。心脏一秒一秒地继续跳跃，好似那八月之夜潮湿的草地上的蟾蜍。
>
> ……

1985 年，我读到李笠翻译的特朗斯特罗姆，同样震惊。其中《1966 年——写于冰雪消融中》一诗只有五句，却写得惊心动魄：

> 奔腾，奔腾的流水轰响古老的催眠
> 小河淹没了废车场。在面具背后
> 闪耀
> 我紧紧抓住桥栏
> 桥：一只驶过死亡的大铁鸟

这首诗在二十世纪八十年代中期翻译到中国，使人感受非同一般。从静谧的淙淙流水，报废的汽车，到"我"抓紧栏杆，最后一以贯之，戛然而止，结尾是"桥：一只驶过死亡的巨大的铁鸟"。自然意象与工业意象的交织，惊恐的情绪，神奇的速度，使这首诗具有一种发人深省的内力。

的确，特朗斯特罗姆堪称当代欧洲诗坛最杰出的象征主义和超现实主义大师。诺贝尔奖委员会颁奖词是："通过凝练、透彻的意象，他为我们提供了通向现实的新途径。"

他擅长把有机物和科学融于一体，将技术词汇运用到诗歌的神圣领域。特朗斯特罗姆总是用精准的描绘，把读者带入诗的境界，即远变成近，细节变成整体，表面变成深处。

重新回顾特朗斯特罗姆的诗歌创作，千思百虑之余，最令我感叹的有以下两点。首先，诗人必须一开始就确定自己的音调，确立美学上的最高标准，深思熟虑、风格鲜明。1990年7月，在一次回答李笠的访谈中，特朗斯特罗姆认为诗的特点就是："凝练，言简而意繁。"他认为诗是某种来自内心的东西，和梦是手足；诗的本质就是对事物的感受，不是认识，而是幻想。质言之，诗最重要的任务，是塑造精神生活，揭示神秘。

十七岁时，特朗斯特罗姆就写下名诗《果戈理》（李笠译），至今，众多中国诗人还记得那神奇、精确的意象：

> 夹克破旧，像一群饿狼
> 脸，像一块大理石碎片
> ……
> 此刻，落日像狐狸悄悄走过这片土地
> 瞬息点燃荒草

在几乎每一首诗中,诗人都擅于用奇特的意象来隐喻内心世界,把激烈的情感寄于平静的文字中。比如一首名为《脸对着脸》(李笠译)的诗,也曾在中国广为传颂:

> 二月,活着的静静站立
> 鸟懒得飞翔,灵魂
> 磨着风景,像船
> 磨擦停靠的渡口
> ……
> 色彩在燃烧。一切转过了脸
> 大地和我对着一跃

其次,丰富修养,保持沉静,写得少些。特朗斯特罗姆迄今只写过一百六十多首诗,并且很少是长诗,其中文全集译本也只是薄薄的不到三百页。但是,他的诗歌却被翻译成近五十种文字,研究他的文字更是其作品的千倍以上,谁都不敢动摇他的大师地位。

1984年,《美国诗评》指出欧洲诗的质量超过美国时,在列举了米沃什、布罗茨基、希尼、蒙塔莱等代表诗人后,认为特朗斯特罗姆是其中最杰出的一个。二十世纪八十、九十年代,特朗斯特罗姆的声誉达到顶峰,他获得过彼特拉克奖、领航员奖等多种荣誉。有人甚至发出这样的感叹:"特朗斯特罗默瘫痪以后,欧洲最好的诗人在哪里?"

"诗人必须敢于放弃用过的风格,敢于割爱、消减。如果必要,可放弃雄辩,做一个诗的禁欲主义者。"特朗斯特罗姆曾如是说。

特朗斯特罗姆年轻时学的是心理学,写诗属于业余。直至退休,他一直是少管所和社会福利机构的一名心理学家。他生活平静安谧,与妻子相濡以沫,旅行和写作,几乎构成了他全部的业余生活。

特朗斯特罗姆极富修养,喜欢画画,少年时就开始画素描。喜欢弹钢琴，钟情于莫扎特。他拥有丰厚的传统资源，诚如北岛的评价：特朗斯特罗姆把象征主义、表现主义、印象主义与传统的欧洲抒情诗结合了起来，并体现了他的宗教信仰所带来的某种宁静。在接受李笠的访谈时，特朗斯特罗姆说：

> 写诗时，我感受自己是一件幸运或受难的乐器，不是我在找诗，而是诗在找我，逼我展现它。完成一首诗需要很长时间。诗不是表达"瞬息情绪"就完了。更真实的世界是在瞬息消失后的那种持续性和整体性，对立物的结合。

联想到中国目前诗坛，许多人纷纷抢着自费出版诗集，在网络上彼此谩骂，争抢地盘，轻视传统，忽略修养，不得不令人惋惜。诗歌，毕竟是一个人通往存在的内心之旅，它令人情感丰富，精神高蹈。而我们这个国度，有着漫长的"诗教"传统，让诗歌变得简练、干净，意象精准，耽于幽深，这本是中国诗歌一直以来的要求。或许，这也是此次特朗斯特罗姆的获奖，带给当代中国诗坛的深刻启迪。

2011 年 10 月

自画像中的心灵景象
——冯晏和她的诗

在《新美露西娜》中，歌德讲述的是一个男子爱上了一个女子，而她其实是一个微型女子，只是暂时获得常人大小的身体。这个男子随身携带一个盒子，殊不知盒子里有一个微型王国，他爱上的女子就是公主。在歌德的故事里，世界真的缩小成一件可以收藏的东西，一件行李或物品。

冯晏喜欢旅行，去过世界上很多国家。她随身携带的行李，最要紧的估计就是回忆吧。回忆，充满被遮掩和跃出的奥秘。它的确是一位母亲，一个王国；其辽阔的、又可以随意折叠的疆域里，也的确能绰绰有余地寄居着一位恋人。

> 而在我的身体里，能与
> 树木的持久性相比的
> 是一种虚幻的东西
> 比如记忆，在一张底片中
> 竟然挤进许多人，或者是
> 从久远跟随而至的心愿
> ——《长存是多久》

从本质而言，追忆，是为了否定时间，宛如定海神针否定波浪。在回忆中，时间的涡流偶尔形成了一个个光滑的内壁，事件和声息悄悄投射在那里,在这种空间化的轻盈转换中,往昔得以复活。

  仔细阅读冯晏的诗作,便会发现她的回忆有着明显的类型化,有时它是一个完整的事件,有时又是一个个片刻和非连续性场景。时间运动在一个个空间形象中得以把握和分析。冯晏一部分使人倍感亲切的诗,描画的是日常生活事件,气息稳定而坚决。她写过儿子的钢琴,父亲的病逝,丢失的小狗,自燃的汽车,哈尔滨停水。她还写过众多的异国他乡的游历。

> 树木被折断了
> 已经表示和风诀别,而我
> 却不是风躲到边缘
> 自闭在哀伤里,被坍塌的
> 碎瓦把心埋葬也不算完
> 该怎么办?已经好多日子了
> 我还坐在路上,挡着前方
> 穿过父亲的树林和草地往回看
> ——《父亲病逝》

  在另一类诗中,冯晏的情感变得复杂起来,迟疑、观望、不明所以、难以选择,既要"躲避流星组成的偏激暗示和心愿的滑行",又要顾及现世的安全和生存。这些私密的、自省的个人表达中,有着诗人内心最深刻的忧郁和悲凉——"在海边,我是我自己,我的内心和外表相见后又要分离。"

> 随时想逃走,把皮全部扒掉
> 再干净些,要能露出脚趾
> 或者长刺,代表喊的声音

> 最好冲出去，扎进海里
> 也做一次没穿泳装的另类吧
> ——《果核的状态》

在上面那首诗里，被诱惑、憋闷、狂野的冲动与自控，最终形成心灵的焦虑状态，即"果核"状态。在挤压的变形记中，唯一的动力就是那种"很深的忧郁"。而忧郁，一种普遍的现代重症，又让心灵况味无穷。

> 我一直试着选择生活
> 设想寂静是否一定会在
> 明天等我。冷水里到底潜藏着
> 多大的承受力？为什么
> 我开始去冷风洗脸？
> ——《选择》

> 这身旁的一跃，月下的一躲
> 这只寂寞的小虫今夜所找到的
> 依然是我的未知，还有
> 那菜中的翠，果中的酸
> 那些最懂得深深隐藏的物质
> 他们用什么保持自己纯粹的质地
> ——《午夜的好奇》

在论述本雅明的一篇文章中，苏珊·桑塔格将抑郁寡欢、漫游、犹豫、追忆、无方向感、深刻的悲伤、内心无以掌控的旋涡，归结为一种心灵忧郁症症状，并由此勾勒出一个重要的现代作家的长长序列,即波德莱尔、普鲁斯特、卡夫卡、本雅明,等等。

"对于忧郁症来说,装腔作势、遮遮掩掩似乎是必要的。他与别人的关系复杂、不明朗。那些高人一等的、不足的、情感迷茫的感觉,那种难以企及的、抑或甚至无法对自己以合适的(或统一的)名称讲出来的感觉——所有这些感觉都觉得应该隐藏在友好或者最具道德原则操纵之下。"在完成忧郁心灵的精神分析之后,桑塔格立即将这种症状统领在一颗行星的标志之下,这颗行星,即土星。借用本雅明自身的说法,就是:"我在土星的标志下来到这个世界——土星运行最慢,是一颗充满迂回曲折、耽搁停滞的行星……"

但生活中的冯晏,又给人一种"火星"人的印象,她明亮、积极、热情入世,是一位果断坚定、具备行动能力的女性(在一次言谈中,我记住了一个细节,父亲去世后,冯晏曾很快动员朋友们组织一个车队,深夜把父亲的遗体从哈尔滨运回吉林老家。)与那种模棱两可、迷迷糊糊、无能为力的"土星标志"下的人,的确构成巨大的差异。

那么,是什么出了偏移,使问题变得复杂起来?在我看来,全部生活中的人与事都有其令人惊奇的品质。对于现代人而言,没有什么东西是直截了当的,一切理解起来都很困难,更何况对于像冯晏这样敏捷、脆弱而又富饶的内心。

> 黄昏,凡高麦田的鸦雀随处可见
> 彩霞的绸缎要比画布柔软
> 饥饿的蚊子,红树林弄湿了
> 他们的翅膀和视线,为了傍晚
> 我来得及走远,再走远
> 躲进一家孤独的小客栈
> 四周万物啼叫,只是没有

> 人的声音。那是哪一年,哪一天
> 我在天涯海角,整夜失眠
> ——《国家公园记忆》

不久前,在《诗歌月刊》的一次聚会中,我偶然认识了冯晏。灯下,她由眼神生发出的笑容,使我瞬间回忆起她青春时代的一张照片。庆幸的是,在我随后的验证中,我的记忆没有出现误差。像所有的聚会一样,话题起起落落,众人各怀心事。告别前,冯晏送了我一本诗集。

看冯晏的诗,的确给我提供了一种新奇的阅读感受。我个人的喜爱,是那种刀削斧劈的短诗——从头到尾一句话,偶尔埋伏一两个秘密的核心,作为整首诗的精神支点。我始终坚信"一首长诗是不存在的"的断言。而冯晏的诗显得过于繁复,音调近乎喃喃自语,在你几乎要失去耐心的时候,她又变得有话要说。但不可否定的是,冯晏的诗作对我构成感染,思虑再三,我想还是因为她诗中独特的词汇和对内在情绪的精准把握吧。由此,反映出一种基本的真诚态度,我想,首先冯晏是一位真诚的诗人。

在诗集的后记中,冯晏谈到童年,谈到学理工科的知识分子父母,谈到"文革"时自家门前张贴给父亲的"大字报",还有母亲与家庭"划清界限"以及随后五年的母女久别。冯晏还谈到年幼时,熟读"四书五经"的祖父对她近乎"法西斯"的强制教育,以及由此滋生出的阅读兴趣,她整个青春时期对于存在主义哲学家的痴迷阅读,并顺势发展的对于精神世界的渴求。

> 假如再轻浮一点,再平庸一点
> 你的神经是否就不会在
> 时间里折断。那塔楼的鱼网

也不会罩住你三十五年
假如心碎能陪伴一个天才
我宁愿从出生一直心碎到老
——《敏感的陷入：致荷尔德林》

"所谓文人生活，不过是打着思想旗号的生存。"在合肥某个街边的梧桐树下，我和冯晏居然短促地谈起过维特根斯坦，这对我而言，确实是一件万分羞涩的事情。有位作家在一本小说中，曾经言及过靠近伟人意味着自身渴望"不朽"。他说道，不朽，我们必须有所区别，一种是所谓"一般的不朽"，即熟人之间对一个人的怀念；另一种是"伟大的不朽"，即一个人活在从来不认识他的人的心目中。现在的问题是，我们之中，有人认识维特根斯坦吗？

一个比喻，我们手执一杯清水，远处必有一座雪山在闪耀——凛冽而幽深的精神实体，对于我们是一个远方，一个背景，一种抚慰，一如维特根斯坦对于我们。

在随后的交流中，我越来越肯定的是，冯晏对于莎乐美和弗里达·卡洛的热爱，真正是出于一种内心的感动。我也同意欧南先生的观点，冯晏对于莎乐美的热爱，是诗人内心的一种驱动，一种对现有生活的否认。莎乐美仅仅是冯晏的一个影子，一种向往。

有次，冯晏打开电脑，给我看过一张她拍摄的美国南部佛罗里达半岛的风景照——几株高挑的棕榈树，海水和灯火。她说，南部就是古巴。古巴之西，就是弗里达·卡洛的墨西哥。冯晏说，她是为了弗里达才去墨西哥的。

我一直沉湎于
她眉宇间的诱惑，被她
画中的根须所缠绕

后来我知道，她的墨西哥爱她
已经超过了她的迪戈
整个国家都在歉意地
举着她的精神，就像雨后
天空举着多姿的彩虹
　　——《弗里达的墨西哥》

弗里达对个人图像的迷恋崇拜，太过日常的个人表达，使她在充满自我伤痛和个人记忆的自画像下，有着最为深邃的生命体验，也有对于墨西哥文化认同的矛盾、殖民强权的个体审察。

布勒东曾经对弗里达的画惊为天人之作，他说，弗里达的画是"系在坟上的缎带"，同时表现出生命的冷酷与礼赞。但是，弗里达说："我不是什么超现实派，我没有画梦境，我只画自己的现实状态——我只知道那是我对自己最坦诚的表达。"

但实际情况却是，弗里达的确画过许多超自然的风景，许多梦幻般的空间。这种"内心最坦诚的表达"是什么呢？我们只能理解成一种爱和痛苦挥刀砍出的道路，一种心灵景象，一种被逼迫出的形象思维。

在整整一代人的写作中，二十世纪八十年代，作为女性诗人，冯晏的诗浪漫、单纯、质地透明，她没有陷入心安理得而又来路不明的"黑夜意识"；在普遍的道德释放、纵情声色的时代风尚里，冯晏又倍感一种内心认同、欲望自控、爱的不足、道德重负的焦虑。

一位中国诗人，一位心灵明慧的女性，妈妈、女儿、妻子、朋友、职员，角色交织；世俗生活与精神世界的落差，个体生命冲动与社会道德水准的矛盾，自由驰骋与厮守故乡的冲突，凡此种种，我想，这就是冯晏身上"土星人"和"火星人"相依相克的最重要原因吧。

生命的研磨，虔敬的步履，必将催生出内心的景象。实际上，我个人认为，冯晏迄今为止最为成功的作品，恰恰体现于那种轻盈的、超自然的、梦幻般的形象之中。心灵景象暗含着秘密的时间耗损，一种被遮蔽的能量，宛然回忆对时间摧毁的力量，它们是《另一种蜘蛛》、《光的细沙》、《神经的波纹》、《冬天的幻影》、《粉末的变化》等一批诗作。

> 当一粒飘落的细沙
> 在卧室地板上发出声音
> 那一刻，寂寞已经像
> 一个成熟的蜘蛛长满了脚
> ············
> 密集的蜂孔，在连声音都难拾到的
> 屋子里，呼吸如充了氢气的球体
> 到处冲撞，从寂寞到爆破
> 只须在球体上扎一根细细的铁针
> ——《另一种蜘蛛》

曾经有一位犹太妇人，在她的同胞被成千上万地推入纳粹的焚尸炉后，她的诗篇里并没有出现尸骨累累的情景。但她内心连绵闪烁的心灵形象，却使成千上万的人得以安葬。这些形象，在静谧中有更为强烈的恐怖感，它们是西奈山的沙尘，鞋中的沙尘，艾草奥秘中的苦涩，天使在岩壁磨刮出的忧伤闪电……这些形象中，最为显赫的是一只蝴蝶的翅膀，安静地停息在那里，给人一种神秘、短促、喘不过气来的感受：

> 蝴蝶

万类的幸福夜!
生与死的重量
跟着你的羽翼下沉于
随光之逐渐回归圆熟而枯萎的
玫瑰之上。

多么可爱的来世
绘在你的遗骸之上。
多么尊贵的标志
在大气的秘密中。
——奈莉·萨克斯《蝴蝶》

  个体痛苦如何超越,虔诚的人生磨砺如何生发出更有说服力的内心景象,的确是我们共同面临的写作难题。关于冯晏,关于冯晏令人充满期待的诗歌,关于我们秋天短促的聚会,此刻,突然使我的回忆陷入一种几近虚幻的场景之中——告别合肥的前一夜,冯晏、海波和我等人,坐在合肥芜湖路的一间宾馆大厅吃饭,玻璃幕墙外,偶尔有梧桐树叶落下,街道有一种奇妙的纵深感,有人拎着一个箱子走远;我们坐着,在等待,每人手中一杯清水,冯晏的脸上露出"少女妈妈"的微笑,菜还在后堂,我们在等待,情况就是这样。

2007 年 2 月

诗人与批评

——凌越与《寂寞者的观察》

清明节前一天,凌越从广州飞合肥,友人何客组织我俩在"保罗的口袋"做了一个小型座谈会,关于诗歌与批评。现场气氛还算热烈,两三个小时后,凌越匆匆赶赴故乡铜陵。马路边阳光闪闪,告别后,我念起凌越。

最早知道凌越的名字,是十多年前,2001年底,因为一份杂志。那时,我在一家新闻单位兼职拍纪录片,每有闲暇,常常去绩溪路一家音像店淘碟。离音像店不远,有家报刊店,那里有《书城》杂志。其时,这本杂志刚复刊,由上海三联书店主办,编者有诗人朱朱和凌越。可惜,该杂志2005年底又再度休刊。

凌越、朱朱他们办《书城》,借鉴美国《纽约客》,曾一度带给我隐秘而惊奇的阅读体验。其中,我读到过凌越对柏桦、多多等当代中国诗人的访谈。印象最深的是,《书城》2003年11月号上,凌越托耶鲁大学孙康宜教授所做的"布鲁姆访谈"。之前,哈罗德·布鲁姆《影响的焦虑》在中国已有汉译本,在一代诗人中影响很大。布鲁姆就凌越的提问——最值得推荐的年轻美国诗人、他自己的批评历程、西方诗歌的形式化等问题逐一作答,我也注意到布鲁姆推荐的两位中青年诗人,即加拿大女诗人安妮·卡森(Anne Carson)和美国诗人亨利·科尔(Henri Cole)。

2007年8月,凌越到合肥,我们第一次见面。在芜湖路拉芳舍咖啡馆，我俩有过一次安静的交谈。凌越温婉睿智，强闻博记，语速平缓，不极端，不争强好胜，更不装神弄鬼，与我心目中真正的诗人风仪很吻合。这次交谈，我得知他从华东政法学院毕业后，去了广州，在一所大学教书，一边写诗，一边写评论。

之后，每年春节，在何客撮合下，我们三人在合肥都有小聚。最近两年，我陆续读到凌越新出的评论集《寂寞者的观察》、访谈录《与词的搏斗》，去年我们又在上海同一家出版社出版了诗集，他的诗集名为《尘世之歌》。

我与凌越曾经谈过诗人与批评的话题。虽然波德莱尔说，诗人天生携带着批评器官，但中国当代诗人真正具有批评能力的人很少。就我的阅读范围而言，印象较深的也只有黄灿然、朱朱、凌越，还加上西川、王家新，等等。

究其原因，我想还是因为诗人太主观，太感性，对不合自己诗歌路径的诗人一律反对，党同伐异，小圈子意识，对与自己诗风接近的人又极力抱团吹嘘。

还有，中国当代诗歌受西方先锋诗歌影响较大，对东西方传统诗歌，大家既没有耐心阅读，也缺乏应有的感受力和判断力——大家整天谈论的都是保罗·策兰、里尔克、特拉克尔、布考斯基、约翰·阿什贝利，其实从保罗·策兰等诗人身上往往又得不到什么营养。你要是谈谈歌德、惠特曼、雨果、马雅可夫斯基，谈谈济慈、乔叟、多恩，谈谈曹植、韦应物、韩愈，诗人们要么是不屑一顾，要么就是不得要领。在我接触到的诗人中，很少有人能将中世纪法国行吟诗人与姜夔的"高雅爱情诗"做个有说服力的比较。

在一次谈话中，凌越曾表示过对朱光潜写的万字长文《陶渊明》由衷赞叹。凌越说，在中国现当代批评家中，他喜欢看李健吾、朱光潜、夏志清，其原因是他们的批评文章有着共同的特点，即诚实和有见识。

《寂寞者的观察》是凌越的第一本书，在我看来，这本评论集恰恰既"诚实"，又"有见识"。该书共收文五十篇，一类是诗歌评论，另一类是文化评论。诗歌评论是全书的核心，这类文章，凌越往往从内部出发，凝聚了他平时的阅读与思考——有对惠特曼、波德莱尔、兰波、雨果、佩索阿、巴列霍、昌耀、曼德尔施塔姆、史蒂文森等诗人的出色评论，也有对中国当代诗歌的印象式描述。文化评论，多为书评，如对批评家勒内·韦勒克、埃德蒙·威尔逊、哈罗德·布鲁姆、苏珊·桑塔格等人的书评，还有对晚年萨义德的深情致敬，对纳博科夫作为挑剔读者的赞赏。我赞同诗人黄灿然对《寂寞者的观察》的评价："全书整体上给人的感觉是才华洋溢，生机勃勃，视野辽阔。尤为难得的是，我们看到一个品味端正的声音在发言。"

诗人和作家中，其实有很多大批评家。在我有限的阅读中，波德莱尔、阿波利奈尔、艾略特、伍尔夫、卡尔维诺、奈保尔、库切等等都是，而我偏爱读作家和诗人所写的评论文章。究其原因，还是因为这些文章词采响亮，文风摇曳，见解幽深而直接（虽然部分有些偏激）。而中国古代诗人写的诗话更是不可胜数。

为什么诗人或作家要兼写批评文章？大抵说来，诗人写评论文章，还是为了拓展自己的精神疆域，使自己变得更加沉潜、正派和丰盈——诗歌写作之初，多在青春年少、情绪勃发之时，但个体情绪和博大情感终究不同。任何诗人都会面临热情耗尽的危险，要不是创作枯竭，要不就是虽在写作也是原地踏步。而持续的阅读乃至介入批评，可以唤醒一个人的感受萎缩，使人摆脱惰性，培养自信心，给创作以良性、积极的影响。

凌越的诗歌创作，其质量提升与数量加剧，与他系统阅读和撰写评论文章相互促进。这两年，他写了七八十首诗，有许多力作。从最初的抒情风格，到有意识选取庞杂的城市意象；由略带感伤的沉思，转为讽刺和反讽；由自发抒怀，到重新考虑写作与生活、与世界的关系。凌越之诗,心灵视野和精神当量日渐扩大。

在我所见的中国当代诗人中,凌越是极少数严肃、勤奋的阅读者和写作者,近年又开始翻译诗歌,出过几本精彩的译诗集。他写评论,旁征博引,语调温和,思路清晰。写这类文章,实际上很辛苦,有时候为了短短几千字文章,他往往要读近两百万字的书,差不多有点像威尔逊那样"为了写一篇评论而读了一架书"。而此类评论,又不能作为专业学术论文,赢得学院体制的首肯。那么,一个人为何要独自寂寞耕耘?我想,还是因为他对自我有着期许和要求,要对自己有所交代。

"佩索阿的作品如此丰富和绚烂,他的生活因此注定是单调和平淡无奇的。这看似奇怪的逻辑,对于像佩索阿这样的写作狂和天才来说又显得异乎寻常地合乎情理。"凌越在评论葡萄牙大诗人佩索阿时如是说。

在今天,沉迷内心,过一种单调的、有规律的生活,的确需要勇气。佩索阿在反思自己的单调生活和写作时说:哪里有新奇,哪里就有见多不怪的厌倦,而后者总是毁灭前者。真正的聪明人,能够从他自己的躺椅里欣赏整个世界的壮景……他仅仅需要知道如何运用自己的五种感官,还有一颗灵魂里纯真的悲哀。

纯真,悲哀,寂寥,是精神的宿命。教学之余,凌越在广州还主持一份极有影响力的"书评周刊",我给他主持的栏目写过两篇文章——我记得,前年池州的一个诗会上,某个大风之夜,王家新、蓝蓝、凌越和我去吃宵夜,凌越说"你们三位正好都是我的作者"。蓝蓝说,"那你是说我们该请你客,还是你该请我们呢?"凌越只是温和一笑,沉默不答。春寒之夜,冷风吹得围拢夜宵摊桌椅的塑料布呼呼作响。

2013 年 4 月作
2019 年 5 月改

雄辩与依偎
——读吴少东诗歌有感

在《阿克梅派之晨》一文中,诗人曼德尔施塔姆表达过如下观点:人们往往惊讶于一位数学家瞬间得出两个十位数的平方和,却时常忽略某位诗人将一个现象提升到它的十次幂——在艺术品普通的外表下,时常包容着极度浓缩的现实。

现实为何要浓缩、要提升?诗人的天然使命,难道不是如早期祭师或吟游诗人般直接歌唱与赞美?这里,要么是现实出了问题,要么就是诗人的内心另有企图。

儿子自小拒绝吃带皮的苹果,父亲百思不得其解。按理说,把苹果皮削掉再递给儿子,父子俩也就相安无事。但事情的奇妙之处在于,父亲是一位诗人,不甘心只削苹果皮,他爱千思百虑。在《苹果》一诗中,诗人吴少东由苹果想到儿子也是"一个天然的果实",从这个比喻出发,不断展开联想,直到其心智所能构想的最大范围。

> 果实,一条在春天就开始分叉的河流。
> 我们只好将红色的绿色的黄色的皮削去,
> 这卷曲的彩色正是他
> 一度所热爱的。他三岁时用过这几种油彩
> 绘就一幅斑斓的地球。而现在,我们削去它
> 从极地,沿着纬度一圈一圈削去……

诗人的意识一旦萌芽，便噼啪分蘖，形成一条由各种现象串联的、无始无终的链条：满月，圆规画出的圆，开普勒的星球绕行说，分子、原子、质子，足球，球星，欧美与中国足球赛实力之别，儿子使用刀叉的用餐习惯，父子之间东西文化代沟……诗中的一个个意象，仿佛深夜沼泽上的火苗，成为"意义和形象帝国"的路标。最后，父亲感叹自己像"像一双弃用的筷子"，并反思自己"我却在说服一只苹果／长出香蕉的模式"。

在这里，"说服"一词令我警醒，站在传统中国伦理学角度，"说服"即"说教"，即父子关系中的"话语雄辩"，这其中隐藏着我们现时文化体系中的全部复杂性，而这种复杂性，则在中国当代诗学上，也激起同样复杂的波纹。

强调才智与奇想，把哲学思辨和理性论说运用于诗歌写作，历史可谓悠久。在中国，有十一世纪的"江西诗派"，在西方，有十七世纪英国的"玄学诗"。

把截然不同的意象结合在一首诗中，其中可能隐藏着风险，那就是诗歌会变得怪异和晦涩。因之，衡量一首"玄学诗"的好坏，其关键之处就在于，诗人是否有能力将驳杂的材料，组合成为一个新的统一体，从而使思想和情感合而为一。

吴少东的《苹果》，语句清新，节奏和谐，联想精细，现实描绘和形而上玄思结合巧妙，即便是放在整个中国当代诗的版图上，也无疑是一首至为优秀、重要的诗作。

在论及感受力和理解力时，艾略特曾说："普通人发生了爱情，阅读斯宾诺莎，这两种感受是相互无关联的，也和打字机的闹音或烹调的香味毫无关系；但在诗人的头脑中这些感受却总在那里被组合成为新的整体。"考量诗人的诸多修养中，我想第一要紧的还是感受力。诗人的感受力愈强，他对之感兴趣的事物也就愈多。由《苹果》推之，诗人吴少东近期的内心状态有多活跃。

一个文学常识是,十八世纪古典主义诗人重视规范,十九世纪浪漫派诗人强调自然,为何在二十世纪初,艾略特特别重视十七世纪"玄学派诗歌",并指出玄学派诗人是"统一的感受性"的典范?

实际上,"玄学诗"的再度崛起,与第一次世界大战后普遍存在的怀疑气氛密切相关。质言之,时代变得险峻、复杂,叙事也随之显现危机——过往的浪漫主义直抒胸臆,象征主义迷离的诗意传达,往往会使现实与精神双双落空。因此,艾略特选择"客观对应物",避开直截了当的表达,而采用迂回曲折的方式,把理性与感性结合起来,以揭示复杂的世界与自我的关系。

"用一个苹果作喻体,说出我的主旨是困难的。"诗人吴少东面临着同样的时代处境。今日中国,因时代剧变,大到国家发展,小至孩子教育,都处于矛盾丛生之际。

现实繁杂破碎,而诗人的心智又天然地趋向于寻求统一和联系。由此,自1987年欧阳江河创作《玻璃工厂》肇始,中国当代诗歌的"玄学"之声不断,再历经二十世纪九十年代的叙事诗,一代诗人的语调变得更为冷静、隐晦,间接,趋向于"分析式"、"主智性"写作。吴少东的《苹果》,显然位于这类优秀诗歌之列。

"约翰·多恩除看到心灵深处之外,还看到很多其他东西的深处。"身为父亲的吴少东,深知对孩子"说教"难以奏效时,我想他不仅仅看到了心灵深处,还看到了大脑皮层、神经系统和消化道的深处吧?

一首好诗,难道非得大脑的"逻各斯"作为内容,远离大脑的理解力,唯一依靠心灵和情感就难以言说?看来,事情远远不是那么简单。

在吴少东的近作中,还有一首名为《描碑》的力作,这首远离"哥特式逻辑深渊"、直接献给母亲的心灵之歌,令人内心酸楚、热泪盈眶,堪称一代人心灵中的母亲挽歌。

> 前些年，还在怨她，
> 将最后一升腊月的麦面，给了
> 拮据的邻居，让年幼的我们，观望
> 白雪，面粉般饥饿的白雪……而当
> 我们生气，坚持去饭馆
> 她屈从地坐在桌旁，小口吃着
> 埋怨着味道和价格……

七十七岁的老母亲去世，新坟初垒，母子阴阳两隔。清明时节，儿子跪下，细心地给石碑上的母亲姓名由红色描成黑色。子欲养而亲不待，春风吹起，往事历历：

> 母亲姓刘。我一直将左边的文弱，当成
> 她的全部，而忽视她的右边——
> 坚韧与刚强。她曾在呼啸的广场，冲出
> 人海，陪同示众的父亲。她曾在
> 滔滔的长江边，力排众议，倾家荡产，
> 救治我濒死的青春……

耐人寻味的是，吴少东的《苹果》与《描碑》，一首处理的是父子关系，一首写的是母子关系——两首诗作，一首主智，一首主情。参照西方文艺理论，我们也会马上发现，在处理父子关系时，《苹果》铺上拉丁文学中的"雄辩"底色，有明显的"神智学"倾向；在处理母子关系时，《描碑》忠实于古希腊文学中亲切而和煦的"依偎"情感。

曼德尔施塔姆在论述词语的一篇著名文章中，一语道破俄语是一种希腊化的语言。俄语的希腊化本质，指向一种家庭式的温暖，他比喻说，希腊精神，就是一个陶罐，一座壁炉，一把牛奶壶，是围绕着身体的任何东西。曼氏继而指出，象征主义作家安德烈·别雷，为了顺从自己的思辨式思想，随便催逼俄语，对俄语的希腊化本质犯下了罪孽。曼氏竭力倾心于阿赫玛托娃诗歌的心理设计中，"如枫叶纹理"般的自然感。

> 我不能饶恕自己
> 对母亲误解、高声大气说过的每句话。
> 而现在，唯有一哭
> 她已不能听见。
> 膝下，荒草返青，如我的后悔。

在我们这个国度，语言难道不也是直指心灵和情感？人们日常念念难忘的，难道不总是儿女情长？行文至此，我想起最近看过的一本书《中国哲学如何登场？》。哲学家李泽厚在游历美国二十年后，论及世界思想走向时，他认为二十一世纪应该由孔子来消化海德格尔。既然西方当代哲学已濒绝境，人还得安身立命，还不如从语言纠缠回到"情本体"中来，回到伦常日用、世间人际情感中来。

当代中国诗歌，语文学新的抽芽，还必须从诗意沉思的内在温暖中抬起头来。虽然，真正的词语出生得十分缓慢，但词语一旦生出，还得如吴少东先生献给母亲墓前的花束。是的，"任何一个词都是一个花束，意义会从其中向四面八方张露"。

2013 年 6 月

把岁月打翻的灯盏搂进怀里
——许敏近作读后

黎明时分,儿子去母亲的房间探望,患绝症的母亲把床铺收拾得干干净净,母亲不在了。驻足于蓝幽幽的凌晨光线里,儿子的第一个念头就是,母亲已离家出走,一去不回头。

"我一下子惊呆了,我妈妈肯定是不想拖累我们,不想拖累这个家庭。过了很久很久,她又回来了,并且从临近的一个小镇买回了一条鱼,显得很高兴的样子。"

初春时节,在合肥包河边拉芳舍咖啡馆,迄今为止我与诗人许敏唯一的一次长谈中,他情不自禁的往事叙说令我内心震颤。那个早晨,妈妈出走又回家,许敏至今也不明白她经过了怎样的情感挣扎。

许敏的母亲去世已有十多年,但在交谈沉默的间隙,我偶尔望着窗外,包河公园里水波闪耀,似乎有青鱼在跳动中散发着鳞光。

> 万物融合得多么惬意,又难以表达
> 几只鸟飞走,树枝裸出来,
> 又缓缓地在你的记忆里消失
> ——《冬天是一炉火》

> 人过中年了,光阴有时往回走,
> 一直走到长青苔的井底

> 只要少许的雨,你的泪水就会溢满眼眶
> ——《光阴往回走》

许敏的诗作,秉承了一种哀凄的音调,很多是在悲悼一个苦涩而又美好时代的离去。诗人沉浸于往事和回忆,其本质意义何在?在我的理解中,关注记忆,就是关注现实。现实,是在与过去的联系中才具备意义——说到底,这也是一个人的心灵觉醒状态,一种情感复苏的标志,即在不安的现实中,在无以名状的当下,诗人仿佛只有宿命地回到往昔,在时光的涡流中,寻求自己真正的安身立命之所。

> 我宁愿陪你跪在地上,捡拾被打翻的米粒
> 我宁愿今生是蚂蚁,背着种子陪你下地
> 我宁愿自己是默默的泪水,陪着你一遍遍地流
> 我宁愿再穿一次血污之衣,把脐带接上
> ——《母亲,如果》

脐带,即道路,亦即缰绳。一条路的缰绳,牵出一座村庄。通过脐带,诗人试图要回到母腹中。油灯下,母亲抚摸着高高隆起的腹部,也就是诗人在记忆中顾念往昔,抚摸村庄。

"后之视今,亦犹今之视昔。"实际情况是,中国诗歌自古老的草创时期,就渗透着对复活昨天的期望。而记忆,叙说往事,的确是一代一代中国诗人永恒地"写下自我"的拿手本领。

哈佛学者宇文所安,在其声名卓著的著作《追忆:中国古典文学的往事再现》中,干脆将中国文学定义为一种记忆的文学,并强调:"如果说,在西方传统中,人们的注意力集中在意义和真实上,那么,在中国传统中,与它们大致相等的,是往事所起的作用和拥有的力量。"记忆的文学是追溯既往的文学,它目不转睛地凝视往事,尽力

要扩展自身，以填补围绕在残存碎片周围的空白。

> 头顶荒凉的天幕
> 那十几颗星星是你舍不得花去的硬币
> ——《领着母亲的亡灵去看海》

十几颗星星凝固在天空，支撑起夜晚，映照昔日的贫困——艺术的功能，就是把艺术家对时间的胜利悄然物化。这种物化，我想，首先是通过一个醒目的物件，或者一个生活细节，比如许敏诗歌中的一束头发，一间土屋，一场大雪，一枚带血的鸡蛋，瘫痪的大伯的一声咳嗽，母亲手上的一条青鱼，把现在和过去连接起来，把我们引向过往的、已经消逝的完整情景中，捕捉住记忆中的真实。

> 阴雨天。火柴皮湿了。
> 母亲擦了两根，没擦着
> 就心疼得不忍去擦第三根了……
> 她去邻居家引火，攥紧一把柴禾
> 又从柴堆里抽出一把，以作酬谢。
> ——《简单的一天》

在上面那首近乎白描似的短诗中，诗人许敏有着罕见的细节捕捉本领，这使一位乡村农妇节俭、善良的本性突然明晰起来。

事实，即便是记忆中的事实，也从来不是真实。所谓真实，就是考量一个诗人是否拥有技巧，就是看他从往昔这个广阔的世界里，怎样提供和处理材料，从而使物化的过去像幽灵似的瞬间推到眼前。

> 父亲去院里扫雪　然后回来　低头蹲在旮旯里
> 一声不吭地抽烟　他担心的是一个七口之家的命运

>   也是乡村持久的命运　而你却躲进灶烟熏黑的厢房
>   一个瞎眼的说书人　滞留在年前的一场大雪中
>   ——《1976年的大雪》

一直以来，在我对一首短诗的具体要求中，除细节的精妙把握之外，我认为每首诗应该有一个秘密的核心，而这个核心，就是这首诗的能量所在，这能量使所有的诗句短兵相接，闪闪发光，成为一个息息相关的整体。

"一个瞎眼的说书人　滞留在年前的一场大雪中"，这近乎神奇的一笔，一个意料之外的细节，一个戛然而止的音调，这秘密的底座支持，使我对许敏诗歌的技巧敬佩有加。

早在1997年，因为编辑《诗歌报月刊》的关系，我就开始接触许敏的诗歌。在最初的印象中，许敏描绘乡村的诗作，清新而又诚恳，但尚缺乏如今的深沉。随后是不断的通信交流，但我们几乎未曾谋面，随后是长久的暌隔。

曾经在合肥一家旧书店，我和许敏有过一次邂逅，灰蒙蒙的光线里，他的静谧，说话时低沉的语调，使我印象深刻。新世纪以来，特别是2005年以后，许敏别具一格的乡土诗，在全国产生广泛影响，并于2007年参加了《诗刊》社第二十三届"青春诗会"。

>   远嫁穷乡僻壤的二姐。是在傍晚炊烟
>   升起前，背着一捆沉重的湿柴滚下山坡。
>   ——《咽下这些尘土的苦味》

>   苍鹭飞来，涌向我潮水般的窗口
>   身披露水，在一个遗忘的早晨
>   告诉我溪流中鱼的消息。
>   ——《苍鹭》

苍鹭，给我们带来水田青悠悠的梦境。安徽是个农业大省，如同整个中国一样，正在经历由"农业系统"向"工商系统"的现代化转型。而这种转型，又反映出东方农民社会的深刻困境，即中国的现代化，也许是世界现代化史上最为艰难的转型过程。

对于今天的艺术家来说，要想完全生活在现时代里，几乎是不可能的，因为现时代是一个正在剧变的时代。假如我们需要信仰，或者需要一种历史观点，我们就不得不转向过去，或者在某种程度上运用我们的想象力，以便生活在未来之中。

灯笼，井水，桑木扁担，大雪覆盖的草垛，晾衣绳上的露珠……许敏诗歌的意义，首先表现在一种耀眼的感受力里，在一种恳切和真诚的描画中，交代出诸多即将一去不复返的乡村经验。诗的道路，也就是心的道路。许敏诗歌的更深意义，还在于他的诗不是一味地表达激情，而是将感情内化，在综合和沉思中，在克制、诚挚与悲悯中，给我们提供了一种成熟心灵之美，并给读者抚慰。

> 荒野里
> 风弯腰捡拾什么
> 火苗一颤　娘
> 那是你五十年人世间抽搐的背影
> ——《泥土里的灯》

此刻，许敏母亲买回的那条鱼还在跳动，鱼鳞的光，仿佛灯盏；心灵的泥土，将闪烁的火苗紧紧包裹。一盏泥土里的灯，昭示着祭奠，也在风里传递着挽歌的曲调。博尔赫斯曾经感叹："随着时间的推移，所有的诗都成了挽歌。离我们而去的女人属于我们，而我们却不必再受焦心的傍晚的煎熬、不必再受期待的惊恐的煎熬了。除了已经失去的天堂，不会再有别的天堂。"

2009 年 3 月